www.tredition.de

Michael Hauck

Warum die grauen Schatten

Eine politische Dystopie?

www.tredition.de

© 2020 Michael Hauck

Verlag und Druck:
tredition GmbH, Halenreie 40-44, 22359 Hamburg

ISBN
Paperback: 978-3-347-22391-2
Hardcover: 978-3-347-22392-9
e-Book: 978-3-347-22393-6

Warum die grauen Schatten

- Ein Roman von Michael Hauck -
Dezember 2012 unter dem Titel „Die letzte Instanz"

KAPITEL I

<u>Sonntag 12. September</u>

Der Urlaubsflieger setzte langsam zum Anflug auf den
Berliner Flughafen an. Karl Lehman hatte Angst vor dem
bald einsetzenden Fremdschämen. Man muss sich schon
bewusst drüber sein, wenn man von Mallorca heimreist,
dass sich so allerhand gemischtes Volk im Flieger tum-
melt. Denn am Schluss den Piloten zu beklatschen gehört
wohl einfach zum beliebten teutonischen Urlaubsritual
dazu. Er versuchte diesen kommenden möglichen Moment
einfach beiseite zu schieben. Was ihn vielmehr umtrieb
war eine ganz melancholische Mixtur aus Traurigkeit über
die vergangenen zwei Wochen mit Sandra. Klar, es war auf
jeden Fall ein sehr schöner Urlaub. Und der Beziehung
hat er ebenfalls sehr gut getan. Hie und da eine kleine
Auseinandersetzung, aber kein richtiger Streit. Und das
soll in zwei Wochen schon mal passieren. Vor allem, wenn
man schon so lange zusammen ist. Karl kannte Sandra
nun schon seit ca. vier Jahren. Eine richtige Beziehung
wurde daraus aber erst etwas später.

Karl hatte Sandra Schneider bei einer Ballettvorführung
im Theater kennengelernt. Er war damals, wie das für Karl
so üblich war, zunächst vom Äußeren dermaßen beein-
druckt, dass ihm die ein oder andere gute Erziehung ab-
handengekommen ist. Karl ging immer aufs Ganze, sein
ganzes Leben lang. Auch wenn's mal so richtig in die Hose
ging. Egal, immer wieder aufstehen, von neuem anfangen,
das war sein Motto! Sandra und Karl sind vor etwa eineinhalb Jahren in eine gemeinsame Wohnung gezogen. Das
klappte anfangs sehr gut. Aber wie die Tücken des zwi-
schengeschlechtlichen Zusammenlebens so spielen, kam
zum einen dieses und jenes und er erkannte, dass sie
wohl doch alle eine kleine Macke haben, die Mädels.

Umgekehrt, so war er sich jedoch ebenfalls sicher, wird es nicht anders gewesen sein. Vor einem halben Jahr fing es dann aber etwas massiver an, mit den Problemen. Karl arbeitet bei einer Berliner Tageszeitung. Nicht so bedeutend, dass sich die große Politik drum kümmern würde, kein sog. Meinungsblatt also, aber zumindest auch keine ganz unwichtige Stimme im Berliner Blätterwald. Auf jeden Fall war er die letzten Monate über alle Massen eingespannt. Einer seiner Kollegen, der Politikchef musste, so war zumindest das Gerücht, auf Entziehung. Der Chefredakteur und die Verlagsleitung hielten sich in Schweigen, aber es war ein offenes Geheimnis, dass da so manches mit Xaver Hinrichsen nebenraus ging. Karl war's unterm Strich egal. Er wurde vom Chefredakteur, Walter Baumann, gefragt, ob er für die Übergangszeit den Posten von Hinrichsen übernehmen könnte. Nichts lieber als das. Karl hatte keine Lust mehr, auf irgendwelche bescheuerten Ortsvereinssitzungen von allen möglichen Splitterparteien zu gehen. Auch keine Lust mehr, immer wieder den Zuträger zu spielen. Er wollte mal an der "großen Politik" schnuppern. Es war seine Chance, und die wollte er sich von nichts und niemandem nehmen lassen.

Schließlich standen ja auch schon die Bundestagswahlen im Herbst an und das war die Garantie, dass selbst auf dem Berliner Lokalparkett so einiges los sein würde. Mit dem, zumindest übergangsweisen Job war natürlich erheblich mehr Zeitaufwand verbunden. Sandra Schneider auf der anderen Seite war, wie so viele ihres Fachs, weder fest angestellt, noch hatte sie ein festes Engagement in Aussicht. Viel reisen, viel Leerlauf, viel Muse, viel Frust, das war das Resultat. Sandra hätte sich eben gewünscht, dass ihr Karl einfach öfter an ihrer Seite wäre. Sie mal in den Arm nehmen, sie trösten, sie einfach mal wieder zum Lachen bringen, wenn eh schon alles so beschissen für sie lief.

Neiden tat sie ihm den neuen Job auf keinen Fall. Neiden
tat sie ihm nur, dass er in der neuen Verantwortung förmlich aufging. Karl fand wohl endlich seine Berufung. Er in-
vestierte viel Zeit und vor allen Dingen viel Nerven. Was
Karls Charakter etwas schwierig macht, ist die Tatsache,
dass er gerne mal überschnappt. Von null auf hundert,
vom Nobody zum "Politikchef". Solche Sachen hatte er immer etwas schlecht im Griff. Mag an seinem Sternzeichen
liegen. Entweder tief betrübt oder eben himmelhoch
jauchzend. Und letzteres schlug dann in der ein oder anderen Situation auch mal in Arroganz um. Karl wunderte
sich immer, wenn ihn Leute direkt drauf ansprachen. Das
passierte zwar selten, aber gute Freunde, oder eben
Sandra hatten den Mut, den grantigen Löwen auch mal
anzufahren. Man kann sich also gut vorstellen, wie das
Leben der beiden die letzten Monate und Wochen verlaufen ist. Eine Melange aus Wollen aber nicht richtig Können.

Baumann, der Chefredakteur, kannte Karl ganz gut. Er
hatte für Zwischenmenschliches ein Auge, für einen Mann
eher ungewöhnlich, aber nicht umsonst saß er wohl auf
diesem Posten. Baumann befahl Karl förmlich in den Urlaub, ohne Widerrede. Und ohne, dass sich Karl Sorgen
machen müsste, um seinen neuen Job. Zwei Wochen!
"Lehman, wie lange waren Sie nicht mehr im Urlaub?
Dreieinhalb Jahre? Sie sind ja total bekloppt. Wissen Sie,
was uns im Herbst noch alles bevorstehen wird? Sie
hauen jetzt zwei Wochen ab. Ich möchte kein Wort mehr
von Ihnen hören. Ab Montag möchte ich Sie hier für zwei
Wochen nicht mehr sehen, ist das klar?" Baumann hatte
dabei einen unwiderstehlich väterlich freundlichen Blick,
so dass Karl wirklich nichts anderes übrig blieb. Mit
Sandra und ein paar Freunden feierte man noch in den
Geburtstag hinein, und am selbigen 28. August ging der

Flieger nach Palma. Das hatte Sandra so durchgesetzt.

Karl wollte nie, nie, nie nach Malle. Aber bevor der
nächste Anlass für Streit aufgezogen wäre, hatte er lieber
mal den Mund gehalten. Im Nachhinein muss er jetzt, wo
die ganze Chose schon wieder vorbei ist, zugeben, dass es
gar nicht mal so schlecht dort war. Man muss halt wissen,
wie man dem eigenen Volk aus dem Weg gehen kann.
Rundum gesagt, die Beziehung hatte wieder neues Futter
bekommen, sich etwas zu entspannen und das Leben wieder gemeinsam zu genießen, anstatt sich's schwer zu machen.

Also mit einem sehr feuchten Auge verabschiedete er sich
von dieser Zeit des müßigen, schönen Nichtstuns. Und
mit einem feuchten zweiten Auge blickte er gespannt aber
doch etwas ängstlich in die Zukunft. Hin und wieder hat
er mit Baumann per Mail oder SMS kommunizier, ja sogar
den ein oder anderen Artikel sollte er schreiben. In der
heutigen mobilen Welt ja kein Problem. Das hatte ihm
Baumann zugestanden. Aber kein Wort von Baumann
über die Zeit seiner Rückkehr, kein, "eigentlich bräuchte
ich Sie jetzt doch langsam wieder hier, Lehman." Karl be-
unruhigte das. Von seinen Kollegen bekam er auch keine
Neuigkeiten aus dem Nähkästchen mit. Auf die meisten
war er eh nicht sonderlich gut zu sprechen. Als er noch
der Nobody war, hat es sich eingebürgert, dass Karl
"Brother Lehman" genannt wurde. Was für ein pubertärer
Scheiß. Ausgedacht hat sich's Müller. Karl-Christian Müller aus der Wirtschaftsredaktion; klar eigentlich. Dieser
fand sich besonders witzig und glaubte wohl von sich
selbst, dass er der größte Charmebolzen in der Redaktion
sei. Zugegeben, dieses Arschloch sieht verdammt gut aus.
Ist der Hengst auf jeder Feier. Aber dieses Extrovertierte
ging Karl einfach unendlich auf die Nerven. Sei's drum,
Kollegen und Familie, heißt es, kann man sich leider nicht

aussuchen. Von der Sorte Müller gab es einige weitere Kollegen.

Als Sahnehäubchen ein paar zickige Kolleginnen, die grade mal ihr Volontariat abgeschlossen haben und dachten, dass ihnen jetzt aber mal wirklich niemand mehr was erklären braucht. Einen ganz guten Draht hatte Karl in den Sport. Fußballbegeistert, wie er ist, eine logische Folge. Mit diesem Ressort konnte man zumindest ohne dummes Getue einfach mal auf ein Bier gehen, den Tag gut sein lassen und sich über die wirklich wichtigen Dinge unterhalten. Naja, was in einem Männerleben eben als solche zu betrachten sind.

Morgen ging's also wieder los. 9.30 Uhr Redaktionssitzung, letzte Vorbereitungen zur Bundestagswahl am kommenden Sonntag. Volles Programm also, bis in die Puppen Arbeiten, wenig Schlaf, geschweige denn Beischlaf. Aber in ein paar Wochen ist der ganze Zinnober ja wieder vorüber. Da wird Sandra schon irgendwie drüber hinweg kommen, nach den schönen zwei Wochen.

<u>Montag, 13. September</u>

Karl betrat recht zufrieden sein Büro. Das war einer der weiteren Vorzüge in seinem neuen Job. Ruhe vor der ganzen Hektik da draußen und Ruhe vor nervigen Kollegen. Die Redaktionskonferenz lief wie üblich, nichts Besonderes. Außer dass sich doch einige Kollegen ernsthaft freuten, dass Karl wieder da ist. Selbst Karls Spezialfreund Müller schien ihn ohne Missgunst freundlich zu begrüßen. Wer weiß, vielleicht freute sich Müller, dass er endlich wieder jemand zum Piesacken hatte. Die kommende Woche hatte es also in sich.

Termine über Termine. Parteiveranstaltungen, Podiums-
diskussionen, zu jeden politisch wahrnehmbaren Furz
eine Veranstaltung. In seiner Position konnte Karl sich
zum Glück die Rosinenstücke rauspicken. Was muss er
jetzt noch in die stupiden Tiefen von Ortsvereinssitzungen
abtauchen, die in etwas so spannend sind, wie ein Schne-
ckenwettrennen. Nein, die dicken Fische, die wirklich
wichtigen Termine, das war jetzt sein Ding. Soll sich doch
das Fußvolk mit dem ganzen Kram abtun. Zwei Termine
interessierten ihn ganz besonders. Am Donnerstag war
eine Podiumsdiskussion mit den Spitzenkandidaten aller
Parteien und den Spitzenleuten aus Wirtschaft, Kultur
und Medien angesetzt. Das ist seine Kragenweite und
nichts anderes. Am Freitag dann noch die Abschluss-
kundgebungen der Parteien, wobei er sich für die diejenige
der größten Oppositionspartei entschieden hat. Wobei dieser Ausdruck bei einer regierenden Großen Koalition etwas in die Irre führen mag. Also zumindest hatte diese
Partei die meisten Sitze in der Oppositionsriege. Naja, und
am Sonntagabend ist die ganze Chose eh schon wieder
vorbei. Dann gibt es wieder nur Sieger und alles bleibt
beim Alten.

Wie Karl wahrnehmen konnte, hat sich in den letzten zwei
Wochen seines Urlaubs nicht wirklich viel bewegt. Und
das in der Endphase des Wahlkampfes. Bezeichnend! In
der Redaktion war die Meinung über den Ausgang der
Wahl sehr ambivalent. Die eine Hälfte vermutete, dass
wohl die Große Koalition weitermachen werde, zumindest
versprachen das alle seriösen Zahlen der Umfrageinstitute. Ein Viertel der Redaktion, in Wahrheit eigentlich die
komplette Mischpoke aus dem Wirtschaftsressort, ging
fest davon aus, dass die Liberalen wieder mit ins Boot ge-
holt werden. Selbstredend egal, von welcher dann führenden großen Volkspartei.

Die Kulturfuzzis erhofften sich natürlich einen kleinen revolutionären Umbruch und die zumeist ketterauchenden Sportleute waren eher dran interessiert, wie das Berliner Derby am Sonntag ausgehen wird. Also, wie gesagt, es war eigentlich wie immer. Wenn man bedenkt, wie die Stimmung in den Medien befördert wurde, die mal wieder davon schwadronierten, dass diesmal auf jeden Fall wieder eine "historische" Wahl ansteht, war davon auf den Straßen, den Cafés und den Kneipen nichts, aber rein gar nichts zu spüren. Den Leuten schien just diese Bundestagswahl komplett egal zu sein. Die Umfrageinstitute warnten bereits seit Wochen vor erschreckend niedriger Wahlbeteiligung. Auch, dass jetzt die letzten Tage des Wahlkampfes anstanden, konnte man nur mittels Terminkalender und unmäßig vielen Anfragen von diversen Hinterbänklern erkennen, die sich noch mal in Position bringen wollten. Ansonsten, absolute Flaute. Geringe Einschaltquoten bei den politischen Talksendungen, ja sogar sinkende Auflagenzahlen bei den meinungsführenden Tageszeitungen der Republik.

Stell dir vor, am Sonntag ist Wahl und keiner geht hin.

Nie war dieser - etwas abgewandelte - Spruch so wahr. Was also könnte die wehrten Leser dann eigentlich interessieren? Köpfe, Geschichten, Affären. Letzteres immer, aber das passt eher in eines dieser Boulevardblätter, die es in Berlin zuhauf gibt. Obwohl Karl immer offen war für Halbgares aus der Gerüchteküche, musste er diesmal die Seriositätsbremse reinhauen. Zumindest für die Sachen, die er selber schreiben wollte. Naja, irgendwas ließ sich ja schon immer aus der Nase herausziehen, wird diesmal wohl auch klappen. Karl lehnte sich zufrieden in seinen viel zu groß dimensionierten Ledersessel - der war natürlich noch von seinem beurlaubten Vorgänger Xaver Hinrichsen - und machte sich einen Plan für den Tag zurecht.

Erst mal die gefühlten tausend E-Mails checken, mit den befreundeten Kollegen Mittag machen um den allerneuesten Tratsch aus der Redaktion zu hören, seine Termine für die Woche vorbereiten und mit ein paar wichtigen Leuten telefonieren.
Dann würde er heute nochmal piano machen, Sandra hätte sicher nichts dagegen, wenn er heute mal vor 20 Uhr nach Hause käme.

Donnerstag 16.September

Karl war schon wieder ziemlich spät dran. Er wollte eigentlich etwas früher zu der Podiumsdiskussion gehen. Man trifft ja auf solchen Veranstaltung den ein oder anderen Kollegen von der Konkurrenz, den man schon länger nicht gesehen hat. Ein schönes kühles Pils, ein paar Häppchen und der neueste Klatsch aus den anderen Redaktionen. Der Chefredakteur hat nochmal kurzfristig eine Redaktionskonferenz im engeren Kreis einberufen, weil er die nächsten Tage einfach auf Nummer sicher gehen wollte. Müller nervte Karl wieder ungemein, er brachte ihm ganz wichtige Ratschläge für den Abend mit, als ob Karl nichts von seinem Job verstehen würde. Müller war wohl einfach eifersüchtig, dass nicht er vom Chef zu der Podiumsdiskussion geschickt wurde, schließlich war das Hauptthema ja die Wirtschaft. Karl war's so was von egal, er gab nicht einmal einen Kommentar zu Müllers Einlassungen ab. Er war darüber selbst ziemlich erstaunt. Der neue Job erzeugte eine unglaubliche Selbstsicherheit, die ihn über solche Sachen erhaben machte.

In der Eingangshalle des Velodrom angekommen, empfing ihn eine umherstehende Masse an allerhand B- und C-Promis aus der Stadt. Der Beginn verzögerte sich wohl, da einer der Podiumsgäste ganz wichtigen Staatsgeschäften

verpflichtet war. Er schlenderte so langsam in den Innenraum. Holte sich vorher in der Presselounge die überle-
benswichtige Grundausstattung ab, Bier und Häppchen.
Plötzlich entdeckte er Michael Hofmann.
Ein alter Kollege aus Volontariatszeiten. Michael war mittlerweile beim Fernsehen gelandet, das hier live von der
Veranstaltung übertragen sollte. Michael Hofmann war
Regieleiter und schien ziemlich nervös zu sein. Karl be-
musterte ihn während ihres kurzen Gesprächs sehr aufmerksam. Nach einem Vierteljahrhundert bemerkt man
schon die Nuancen des Verhaltens anderer.

Er fragte, ob bei ihm alles paletti sei. Michael entgegnete
ihm, dass er einfach etwas Bauchgrummeln habe, schließlich sei das das wichtigste Event vor der Wahl überhaupt.
Wenn das schief geht. Er müsse sich mit lauter Praktikan-
ten herumschlagen, weil der Sender kein Geld mehr für
die ganzen Kabelträger ausgeben will. So nannte er irgendwie alle, die unter ihm arbeiteten. Was Karl aber viel
stutziger machte, war die Tatsache, dass in Michaels Gesicht so ein Zucken unterhalb seines linken Auges deutlich wurde. Das hatte Michael noch nie. Er insistierte weiter, bis er den Eindruck hatte, dass Michael langsam
ziemlich angefressen war. "Wirst schon sehen, was die
nächsten Tage auf uns zukommt." verabschiedete sich Michael ziemlich genervt. Karl hatte keine Ahnung, was dieses kryptische Gerede bedeuten sollte, er schob es auf
dessen Angespanntheit.

Endlich wurde es dann etwas ruhiger in diesem überdi-
mensionierten Diskussionsforum. Eigentlich gedacht für
Rockkonzerte, Sportveranstaltungen und dergleichen.
Etwa 800 Personen zählte Karl in den Zuschauerreihen.
Wahnsinn, wer tut sich so etwas freiwillig an und zahlt
auch noch dafür. Mediengeile No-Names, die einfach mal
im Fernsehen erscheinen möchten? Parteiclaqueure, die

von den Parteizentralen hierher gekarrt wurden? Gerade in dieser Umgebung schien ihm so eine Massenveranstaltung etwas beängstigend. Nein, Karl wollte jetzt gar nicht an den ganzen alten Nazi-Quark erinnern, aber irgendwie machte ihm diese Stimmung im großen Rund und die ganze Choreografie etwas Kopfweh.

Dann war es soweit. Deutschlands bekanntester und wohl auch beliebtester Moderator - Karl war da explizit anderer Meinung - eröffnete das Podium. Zunächst waren die Spitzenkandidaten dran, die sich "bitte kurz vorstellen mögen".

Dies scheint, wie beim Pawlow'schen Hund das Signal für Politiker zu sein, sich ohne Punkt und Komma ins Nirwana zu reden. Von den eigenen Beweggründen, warum man überhaupt in die Politik gegangen ist, über das Stahlbad in der eigenen Partei, das einen ja doch irgendwie ein bisschen verändert, landet man beim politischen Gegner, bzw. Feind. Karl konnte diesen Euphemismus nicht mehr ertragen, dass sich Politiker in der Öffentlichkeit immer in der Art darstellen, dass man ja "eigentlich" auch ganz gut mit dem gegnerischen Kollegen könne. Es gehöre aber einfach zum politischen Geschäft, dass man sich medienwirksam auch mal etwas härter angeht. Das sei so, wie beim Fußball. Noch so ein beliebter Vergleich! Dieses erstaunlicherweise immer kurz vor einer Wahl, anbiedernde Herauskehren von Bodenständigkeit und Verständnis mit "den Menschen da draußen" – zum Kotzen!

Karl stand auf, zum Glück saß er ganz am Rand des mittleren Durchgangs, und holte sich in der Lounge ein Bier. Vielmehr ein Herrengedeck, das brauchte er jetzt. Er holte tief Luft und besann sich, dass er ja von dieser ganzen Show auch was zu Papier bringen sollte. Also, wieder runter und sich wieder öffnen für die lehrreichen, noch niemals vorher vernommenen Wortkreationen. Er ließ es über sich ergehen, bis endlich die zwei Vertreter aus Wirtschaft und Kultur dran waren. Kultur ist natürlich Frauensache.

Eine Vertreterin aus der Theaterwelt brachte endlich etwas Humor und Weitblick in die ganze Runde. Es schienen alle, sogar die Spitzenpolitiker etwas aufzuatmen, so konnten sie einen kurzen Ausbruch aus ihrer realpolitischen Zwangsjacke genießen. Sehr kurzweilig, sehr originell, was die sehr attraktive Dame mittleren Alters in die Runde warf, zumindest fanden das die Zuschauer. Denn bei ihrem zum Schluss in die Runde geworfenen Satz, bemerkte man ein gewisses Entsetzen bei den Volksvertretern.

Sie behauptete, wenn es, und nicht nur in der Kulturpolitik, so weiterginge, wir "in der nächsten Zeit wohl noch so einiges erleben werden." Ist das Kultursprech?" dachte sich Karl. Diesen Satz hat er doch gerade vorhin schon mal gehört. Die Antworten der jetzt voll in Fahrt kommenden Spitzenleute waren genauso zu erwarten, wie nichtssagend. Man müsse natürlich viel näher an den Menschen dran sein, ihnen zuhören. Aber der Politzirkus in Berlin lasse einem einfach nicht mehr genügend Zeit. Der Mann von der kleinsten Oppositionspartei brachte den Vergleich mit den Ärzten. Die hätten ja auch schon Zeitbudgets für Patienten, da komme das Menschliche einfach zu kurz. Wie Herz zerreißend!

Nun war der Mann der Wirtschaft dran, der Vorsitzende des DIHT. Ein Bild von einem Geschäftsmann. Immer irgendwie busy, in allem, wie er sich bewegte und redete. Zielführend seine Ausführungen, ohne Umschweife.

Kann er sich doch gar nicht leisten, so viel Palaver um Kleinigkeiten. Er muss jeden Tag Entscheidungen treffen. Von einer Tragweite, die über das Politische hinausgehen. Denn in der Wirtschaft ginge es ja schließlich und endlich auch "um die Menschen". Obwohl dieser Lobbyist seit Jahren von einer Regierung profitiert, die alles andere als wirtschaftsfeindlich ist, merkte man ihm mit jeder Faser seine unternehmerische Unzufriedenheit an. Es sei ihm als Unternehmer ja gar nicht mehr möglich und überhaupt, man könne doch nicht immer nur von den Wohlhabenden verlangen, dass...

Karl schüttelte mit dem Kopf. Er hoffte bzgl. seiner Entscheidung, dass nur er aus der Redaktion hier sein dürfe, ganz naiv, mal etwas klitzekleines Neues zu hören. Zumindest ein einziger neuer Gedankengang. Nichts. Von niemandem, nicht mal von der Kultur. Witzig und unterhaltsam zu sein ist zwar nett und lenkt ab, hat aber ebenfalls wenig Substanz. Er war verzweifelt.

Er wusste ernsthaft nicht, was er bitteschön über diesen Abend schreiben sollte. Was könnte die Leser, die sowieso alle heute Abend vor der Glotze sitzen, morgen noch darüber lesen wollen? Karl spielte verschiedene Alternativen durch. Er könne morgen dem Chef erzählen, dass, als der den Artikel wegschicken wollte, irgendwie sein iPad abgestürzt sei. Und als er ihn wieder hochgefahren hätte, wäre der Artikel einfach verschwunden, ehrlich! Danach hätte er sich aus Frust darüber so in der Presselounge besoffen, dass alles zu spät war. Letzterer Gedanke war zumindest eine Option. Er hielt es wirklich nicht mehr länger aus, bis er noch den letzten Satz vom Mann der Wirtschaft hörte. Wenn die Politik meint, dass sie so weitermachen kann und all die fleißigen kleinen Unternehmer in ihrem Tun behindern will, dann soll sich die Politik mal ganz warm

.

anziehen, denn "da wird in der nächsten Zeit ein ganz anderes Fass aufgemacht", und da wäre er sich sogar der Unterstützung vom "Mann auf der Straße" sicher.

Was sollte das alles? Stammtischparolen, elegant umgetextet für den akademischen Wutbürger? Irgendwann hätten die Leute die Schnauze voll und dann gibt es Revolution, und dann werden sich die Herren da oben mal umschauen. Na klar, hat ja in Deutschland schon immer so gut funktioniert, mit dem wütendem Volk!

Karl verließ den Ort des Schreckens mit dem Gefühl, auf einem psychologischen Seminar gewesen zu sein. "Wie schaffe ich es, endlich auch mal meine Meinung zu sagen, die aber keiner hören will". Sage und schreibe zwei geschlagene Stunden volle Aufmerksamkeit für null Ertrag. Er rief sich ein Taxi und ließ sich an seiner Stammkneipe absetzen, wo er sicher sein konnte, dass er hier ganz normale Menschen mit normalen Gesprächsthemen antraf.

Ein paar Jungs von seiner Freizeitmannschaft waren da und einer der Kollegen aus dem Sport, der zufällig auch hier um die Ecke wohnt. Die letzten Minuten des Europa-League-Spiels liefen und Karl fühlte sich endlich angekommen. Seine Zufriedenheit über diesen Moment schien keine Grenze zu finden. Jetzt nur noch drei Tage diesen ganzen Wahnsinn überstehen und dann ging das normale Leben wieder weiter. Tooooor! Sein Kumpel Anton fiel ihm in die Arme und übergoss ihn mit seinem komplett neu gezapften Pils. Anton war aus dem Pott und natürlich Anhänger der Dortmunder; der hatte es gut heute. Karl freute sich mit ihm, diese Bierdusche war wie der Gewinn der Meisterschaft für seine geschundene Journalistenseele.

Freitag, 17. September

Die Nacht dauerte ausgesprochen lange. Karl konnte sich einfach nicht losreißen. Definitiv 2-3 Bier zu viel und schlechtes Gewissen machten den Abschluss des Abends zu etwas Quälendem. Sandra war nicht unbedingt begeistert von Karls Zustand. "Drei Tage noch, Schatz, dann bin ich wieder für dich da, versprochen!" Ob sich Sandra mit diesem verbalen Gang nach Canossa zufrieden gab, war zu bezweifeln. Aber sie hätte doch vorher wissen müssen, auf was sie sich mit einem Journalisten einlässt, oder?

Am Morgen überraschte ihn Sandra mit einem ausgesucht feinem Frühstück. Alles frisch vom Bäcker, die ganze Wohnung duftete nach italienischem Kaffee. Was war das denn jetzt? Vielleicht sollte Karl vielleicht doch öfter mal über die Stränge schlagen?

Sandra war eine Frau, die sich fokussiert auf ihre Künstlerkarriere und folglich auf diese ganz spezielle Szene konzentrierte. Das heißt aber nicht, dass sie in irgendeiner Form uninteressiert war, was Politik anging. Sie hatte einfach nur etwas spezielle Ansichten. Wählte seit sie denken konnte eine Partei. Lobbyismus im Kleinen sozusagen.

Sie schlug die Zeitung auf und fragte Karl, wie er es bitte geschafft hat, in dem gestrigen Zustand noch einen Artikel in die Redaktion schicken zu können. Eine schlüssige Antwort konnte Karl ihr nicht anbieten. Er wusste es schlicht und einfach nicht mehr. Die einzige Erinnerung an den Abend in der Kneipe war Fußball, die davon geprägten Fachgespräche und eben unbotmäßig viele Getränke. Trotz aller Anstrengung, sich an eine irgendwie geartete journalistische Tätigkeit zu erinnern, verliefen im Sand.

Sandra wollte von Karl wissen, was es mit den kryptischen Aussagen der Diskutanten gestern auf sich habe. Tja, was sollte er sagen, er hat im Artikel einfach nur zitiert, was ihm erwähnenswert erschien. Das war wohl die Essenz davon. Sandra war entsetzt über den Grundtenor, der in Karls Artikel wahrnehmbar wurde.

Sie gibt ja zu, dass sie jetzt auch nicht täglich Zeitung lese oder die Nachrichten im Fernsehen ansehe. Das sei ja auch gar nicht nötig. Aber man müsse doch einen Standpunkt haben, wissen, wofür man im Ernstfall kämpfen würde.

Alles, was sie im Artikel über die Aussagen der Parteileute gelesen habe, hätte sie ernsthaft entsetzt. Ihr sei das in dieser Intensität vorher noch nie bewusst gewesen. Selbst der Mann der "eigenen" Partei hätte sie ziemlich ermüdet, was er so von sich gegeben hat. Egal, sie wird "ihre" Partei trotzdem wieder wählen. Ist doch klar, bevor sie ihre Stimme an irgendwelche rechten oder linken Idioten verschenkt. Was sei eigentliche seine Position, insistierte Sandra. Schwierig, schwierig. Wenn Karl so darüber nachdachte, konnte er es nicht eindeutig sagen, wo er sich politisch verorten würde. Rechts natürlich gar nicht, was für ne Frage. Links? Kommt auf das Thema an. Vielleicht "im Zweifel", wenn es Spitz auf Knopf steht, ja, eher hier. Aber sicher auch mal konservativ, wenn nicht gar spießig, wenn es um Themen, wie "Innere Sicherheit", "Integration" und dergleichen ging. Also alles Themen, die die persönliche gefühlte Sicherheit, oder besser, Unsicherheit betreffen. Dort, wo einem das Hemd näher ist, als der Rock.

Diesmal geht's doch mal echt um eine grundsätzliche Richtungsentscheidung. Da müsse man doch wissen, wem man seine Stimme gebe. Karl bemerkte für sich, dass er für diese Frage keine Antwort geben konnte.

Nicht weil er hier ein Transparenzproblem gegenüber Sandra gehabt hätte.

Nein, er hätte ihr es, wie aus der Pistole geschossen sofort und auf der Stelle gesagt. Allein, er war nicht dazu fähig. Seit er für die Zeitung arbeitete, noch dazu seit der Übernahme der neuen Position, fühlte sich Karl eher als interessiert Beobachtender, denn als aktiv Teilnehmender. Karl betrachtete den Politikbetrieb eher wissenschaftlich differenziert, wie durch ein Mikroskop. Eine Versuchsanordnung, die der Erklärung, aber nicht der Wertung bedarf. Erstaunlich eigentlich. Karl verstand sich doch immer als politischen Menschen. Das sollte doch implizieren, dass man auch aktiv daran teilnimmt.
Aber im Lauf der Zeit hat sich sein Verhältnis in Bezug auf seine Berufswahl in eine zynische Hassliebe entwickelt.

Er verachtete im Grunde das Heer an willenlosen Parteisoldaten. Egal, ob sich diese in den etablierten Parteien befanden, die auf Basis einer machtpolitischen Hierarchie funktionieren. Oder ob sie sich in sogenannten basisdemokratischen Parteien befanden. Alphatiere hatten überall das Sagen, hier wie dort, machen wir uns doch bitte mal nichts vor. An selbigen faszinierte ihn der Mut, dass sie mit jeder Handlung, mit jedem Wort, mit jeder Regung deutlich machten, dass es ihnen allein um eines ging. Macht! Das leuchtete Karl auch ein. Was nutzt mir die beste Idee, wenn ich sie nicht umsetzen kann? Das ist nicht klug, nicht effizient.

Sandra war ziemlich ungehalten, dass sich Karl nicht mal irgendwie äußern wollte. Sie verstehe ja, dass er als "neutraler" Beobachter mit seiner persönlichen Meinung nicht hausieren gehen kann, aber ihr gegenüber? Also, das findet sie einfach nicht ok. Sie dachte eigentlich, dass in einer Beziehung Offenheit nicht nur auf Beziehungsgeschichten und Sex bezogen sei. Aber im Grunde kann es ihr auch egal sein. Sie weiß ja eh, was sie wählt. Liebe ist wohl im seltensten Fall von einer politischen Einstellung abhängig, aber sie wüsste schon gerne, mit wem sie es diesbezüglich in diesen vier Wänden zu tun hätte.

Um etwas Frieden zu stiften, sagte Karl schließlich, dass sie sich doch denken könne, wofür er sich entscheidet, ihre Partei stehe ihm doch auch ziemlich nahe. Diese kleine Liebeserklärung durch die Blume untermalte er mit seinem charmantesten Lächeln, das er zu diesem Zeitpunkt zustande brachte. Sandra winkte nur herablassend ab, gab ihm einen Kuss auf die Wange und eine ziemlich heftige Kopfnuss. Warum müssen diese Künstler immer so kompromisslos sein, in allem was sie tun?

Karl versuchte sich zu Sortieren und sich mental auf den heutigen Abend vorzubereiten. Abschlusskundgebung der Ökos. Wird sicher ein Heidenspaß, gähnte er vor sich hin. Schließlich schleppte er sich, die Tasse Kaffee in der Hand, ins Bad und begann sich öffentlichkeitstauglich herzurichten.

Am Abend war also Endspurt angesagt. Karl war im "Hamburger Bahnhof" angekommen. Ein mittlerweile traditioneller Rahmen für Veranstaltungen der einst alternativen Anti-Parteien-Partei, die mittlerweile selbst arg in die Jahre gekommen ist und zum festen Inventar des Berliner Machtapparates geworden ist. Die Partei machte insgesamt einen irgendwie abgekämpften, ja abgeschmirgelten Eindruck. Regierungserfahrung im Bund und in vielen Ländern haben sicher nicht zur "Frische" beigetragen. Aber Karl hatte schon seinen Grund, warum er gerade hierher wollte. Klar hat er des Öfteren bei jenen sein Kreuz

gemacht, aber nicht immer. Karl wollte sich nie parteimä-
ßig vereinnahmen lassen. Aber unterm Strich fühlte er
sich dennoch zu ihnen hingezogen. Mit Bauchschmerzen
oftmals, aber für ihn schien diese Partei noch immer so etwas wie ein Korrektiv für die drohende Allmacht der beiden Volksparteien zu sein.

Alles war wie zu einer Hochmesse der politischen Agitation
vorbereitet. Plakate, Fahnen, große Bühne. So als hätte
auch diese Partei gelernt, wie wichtig es ist, die Massen zu
vereinnahmen. Karl erwartete sich inhaltlich sicher nichts
Neues. Ihm war nur wichtig, letzte interne Stimmungsbil-
der aufzuschnappen. Vielleicht sogar noch einen richtigen
Knaller, den einer der beiden Spitzenkandidaten heute
Abend raushauen würde. Irgendein Ass im Ärmel hat doch
jeder Politiker. Für morgen war in der Zeitung ein großes
Special angekündigt. Großer Programmvergleich aller Parteien, Stimmung in den Parteien und natürlich allerletzte
O-Töne, die den einen oder anderen Unentschiedenen
nochmal an die Urne treiben sollte.

Die Liturgie konnte also beginnen. Wie für diese Partei üblich, begann der weibliche Part der zwei Spitzen. Inhaltlich
etwas mau und rhetorisch ziemlich angestrengt wirkend,
spulte sie ihr Programm runter. Als Einpeitscherin also e-
her eine suboptimale Besetzung. Dem Parteivolk schien es
aber zu gefallen, zumindest gab es volle fünf Minuten
Standing-Ovations. Es wirkte alles sehr einstudiert. Ge-
treu dem alten Sponti-Motto, "wenn du keine Chance
hast, dann nutze sie", hatte das alles etwas sehr Trotziges,
Beleidigtes. Die Umfragen sagten ja voraus, dass es wohl
eher zu einer Fortführung der Großen Koalition käme, als
dass ein Wechsel vor der Tür stünde. Also sehr viel Pfeifen
im Walde. Der Spitzenmann im Anschluss machte seine
Sache auch nur geringfügig besser. Auf den großen Knaller wartete Karl also vergebens.

Kantig geschliffene Sätze aus dem Baukasten des parlamentarischen und TV-kompatiblen Politsprech. Der Stimmung im Saal tat das keinerlei Abbruch, ganz im Gegenteil. Die Unterbrechungen wurden häufiger, der Applaus heftiger, die Basis fiebriger. So, als ob der Sieg mit absoluter Mehrheit kurz bevor stünde. Karl fragte sich, was das ist, das Menschen zu solch unreflektierten, widerspruchslosen Wesen macht. Nur die Tatsache, dass man sich mit dem Eintritt in eine Partei zu Solidarität und Geschlossenheit verpflichtet fühlt?
Oder glaubten die fast schon in Ekstase verfallenden Claqueure ernsthaft selbst dran, dass sich innerhalb 48 Stunden die Stimmung im Lande noch zu eigenen Gunsten drehen ließe?

Lauter intelligente Menschen hier, gerade in dieser Partei, die ja immer so viel auf ihren akademischen Bildungshintergrund hielt. Und dann so was. Die ersten eineinhalb Stunden sind dann trotz allem wie im Fluge vergangen. Nicht, dass Karl irgendeine Begeisterung für die Reden verspürt hätte. Die fast schon zoologisch zu nennende Betrachtungsweise der Anwesenden hatte Karl ganz gut die Zeit vertrieben. Er war sich sicher, seinen Kollegen bei den parallel laufenden Veranstaltungen ging es just in diesem Moment nicht anders. Ja, er war doch froh über seine Berufswahl. Dieses Stück Freiheit, eine Meinung haben zu dürfen, ohne sich vor irgendwelchen Gremien dafür rechtfertigen zu müssen, das hat schon eine andere Qualität. Wer kann sich das schon leisten. Am Krückstock gehende Altkanzler vielleicht, die über jeden Parteihader erhaben sein dürfen, aber sonst?

Als nun noch ein paar ausgesuchte Hinterbänkler zu ihren Reden aufgefordert wurden, war das für ihn Anlass genug, das Weite zu suchen. Standpunkte, die zwar bereits gehört werden durften, aber noch nicht von allen gesagt, das war nicht das, was Karl jetzt noch hören wollte.

Lieber in der Lobby noch ein wenig Stimmung aufsaugen und sich Gedanken über den letzten Schliff seiner Reportage machen, dann sollte es endgültig genug sein mit Wahlkampf. Am Sonntag würde eh alles beim alten bleiben und das politische Leben ging wieder seinen gewohnten Gang, bis zur nächsten, richtungsweisenden Landtagswahl in irgendeinem eher unbedeutenden Bundesland.

Sonntag, 19. September

Endlich! Endlich war er da. Der Tag. Der Tag der mentalen Erlösung. Der Erlösung von all der Last. Der Last, in jeder wachen und nichtwachen Sekunde eine Antwort auf die ungelösten Probleme dieses Landes zu finden. Von der Last, sich mit dem "Mann auf der Straße" abgeben zu müssen. Flyer zu verteilen, Luftballons für die Kleinen aufblasen zu müssen. Sich den Anfeindungen demokratiemüder Wutbürger entwinden zu müssen. Seine soziale Ader öffentlichkeitswirksam in Szene setzen zu müssen, auch wenn es einem zuwider war. Die Grußreden, die man auf Feuerwehrfesten und lokalen Festivitäten abzuhalten hatte, mit all dem schalen Bier, das es zu trinken galt. Es war endlich vorbei! Rien ne va plus! Jetzt musste das kleine Kügelchen nur noch ins richtige Loch fallen. Heute konnte man eh nichts mehr dran ändern.

Diese seltsame Art der Befreiung von allen seelischen und charakterlichen Zumutungen für einen Menschen betraf nicht allein die zu Wählenden. Ein ähnlich euphorisierendes Gefühl empfand auch Karl und sicher alle Kollegen aus der schreibenden Zunft. Karl freute sich auf einen schönen sonnigen Tag mit Sandra, zumindest bis späten Nachmittag.

Karl, dem man keine emotionale Ungebildetheit vorwerfen konnte, genoss dieses Gefühl in vollen Zügen und die etwas ausgefranzte Beziehung profitierte an diesem Tag am meisten davon. Ein Hochfest der Zweisamkeit. Nur Sandra und er, Pläne und Wünsche und Ehrlichkeit und tief empfundene Empathie.

Von dieser Stimmung im tiefsten seines Wesens berührt, machte sich Karl auf in den Reichstag. Er versprach Sandra, dass man morgen Abend schön Essen gehen wird, heute sei halt leider nochmal Höchstleistung angesagt.

Der Leser habe ja schließlich ein Anrecht darauf, morgen zum Kaffee zu lesen, warum und wieso und weshalb es so hatte kommen müssen. Gegen halb sechs betrat Karl den Reichstag. Die Spannung der Medienmeute schien zu bersten. Komisch, da eigentlich jeden relativ geradeaus denkenden Menschen klar sein sollte, was dieser Wahlabend bringen würde. Dann die berühmte Uhr, der berühmte Gong. "Es ist jetzt genau 18 Uhr. Die Wahllokale sind nun geschlossen. Hier nun unsere Prognose....." Was wird Sandra jetzt wohl machen? Sie wollte sich mit Kolleginnen in einem Biergarten am Spreeufer treffen. Da draußen war sicher die Hölle los, klar bei dem Wetter.

Der Rest der Republik, die noch einen letzten Funken Interesse an Politik hatte, saß natürlich vor dem Fernseher. Die erste Hochrechnung, Gewinne und Verluste, Sitzverteilung im neuen Bundestag. Und schon um 18.30 Uhr die Gründe, warum diese oder jene Partei nun doch wieder nicht ihre selbst gesteckten Ziele erreicht hat - plus Wählerwanderung. Alles war heutzutage innerhalb weniger Sekunden griffbereit und valide. Hat das eigentlich jemals irgendjemand hinterfragt? Bereits um 18.45 Uhr konnte die Parteienvertreter, zumindest für sich selbst, genau erklären, warum man es einfach nicht geschafft hat, seine Kernwählerschaft zu motivieren, obwohl doch, "und ganz herzlichen Dank an die vielen einfachen Mitglieder da draußen", diese doch mit einer so phantastischen Motivation um jede einzelne Stimme gekämpft haben. Was und wo überhaupt ist "da draußen"? Draußen von was und von wem?

Und schließlich konnten all die Sieger dieser Wahl - also sozusagen alle, außer diejenigen, bei denen selbst mit bunten Statistiken nicht mehr zu Kaschieren war, dass sie haushoch verloren haben - erklären, warum die Wahl so erfolgreich verlaufen ist. Man hat einfach auf die Menschen an den Infoständen und in der oft nicht gewürdigten Wahlkreisarbeit gehört. "Denn man muss wissen, was den Leuten wirklich am Herzen liegt und welche Sorgen sie haben....." Das wurde Karl langsam doch etwas zu viel. Alles so schön dick aufgetragen, wie beim Metzger. Lieber noch eine Scheibe obendrauf, zahlen muss es ja am Ende der Kunde. Die Berliner Runde, die früher noch so poetisch die "Elefantenrunde" genannt wurde, stand noch auf dem Plan von Karl, danach wollte er wieder in die Redaktion und seinen Abschlussbericht abliefern.

Dann war Schluss mit der nichts wirklich entscheidenden Wahl. Gegen drei Uhr nachts viel Karl daheim ins Bett. Er schmiegte sich in aller Demut an diesen gemeinsamen schönen Tag mit Sandra an sie und schlief innerhalb weniger Minuten ein. Morgen geht's wieder aus einem anderen Fass. Ruhiger, weniger panisch, überschaubarer.....endlich!

KAPITEL II

Montag, 20. September

Karl hörte Sandra weder beim Aufstehen, noch beim Du-
schen, noch beim Herumklappern in der Küche. Das einzige, was er, wie in Trance wahrnahm, war der herbe Duft
frisch gemahlenen Kaffees. Jetzt noch mal kurz rumdre-
hen und sich von ihr ein wenig kulinarisch verwöhnen
lassen.

Heftiges Rütteln riss ihn aus all seinen Träumen. Sandra
besaß sogar die Unverschämtheit und zog Karl einfach die
Decke weg. "Sag mal, bist du jetzt vollkommen verrückt
geworden?" Sandra entgegnete ihm völlig mitleidslos, dass
er jetzt sofort und auf der Stelle aufstehen solle und aus
dem Fenster sehen müsse.

Was war das denn schon wieder? War die Sonne nicht
aufgegangen, oder der Himmel rosa? Karl war wirklich, ja
man muss es so sagen, angepisst, bis er aus dem Fenster
der Wohnung sah. Die Wohnung lag ziemlich zentral in
Mitte. Am Boden abschließende große Fenster, eine ganze
Wandzeile in Glas. Alles im Blick. Gerade recht für einen
Journalisten. "The Observer" sozusagen.

Helikopter am Himmel. Nicht nur einer, auch nicht vom
Roten Kreuz oder von der Polizei. Dutzende. Alle schwarz.
Ohne Zeichen. Ohne Emblem. Ohne irgendwas. Dumpfe
Rotorengeräusche, leicht abgedämpft durch die verschlos-
senen Fensterscheiben. Keiner der Helikopterschien sich
nur einen winzigen Zentimeter in der Luft fortzubewegen.
Sie schienen förmlich mit ihrer Schnauze auf irgendetwas
hinabzusehen. Insistierend. Kontrollierend. Alle 22 Helikopter, die Karl mittlerweile zählen konnte.

Und, ohne normalerweise mittels einer ersten Tasse Kaffee am Morgen überhaupt einen klaren Verstand zusammenzubringen, wurde ihm trotz allem mit einem Schlag ganz klar, wo er die Helikopter verorten konnte. Reichstag, Paul-Löbe-Haus, Kanzleramt, Schloss Bellevue, Bundesrat, Parteizentralen, BKA, Verfassungsschutz, Dependancen der nationalen Fernsehsender und und und.

Karl war ernsthaft bemüht eine erste rationale Handlung zu tun, so wie es sich für einen professionellen Journalisten gehört. In der Redaktion anrufen. Oder bei seinen Kontaktleuten bei der Polizei. Oder bei seinen Quellen aus dem Reichstag. Nichts. Gar nichts. Karl konnte sich eben so wenig bewegen, wie die Helikopter dort draußen das anscheinend beabsichtigten. Er hatte definitiv nichts unter Kontrolle mehr.

Sandra nahm Karl von der Seite in den Arm und blickte ihn mit einem zutiefst verstörten Blick an. "Was ist da draußen los, Liebling?" Karl wusste keine Antwort, keine Worte, nicht einmal eine Ahnung, ob es sich nicht einfach um eine Übung der Sicherheitskräfte handelte. Vielleicht eine Terrorwarnung? Karl musste sich jetzt wirklich zusammenreißen, es kann doch nicht sein, dass er sich so unmännlich verhielt. Was sollte Sandra von ihm denken? Als Kriegsreporter, einer seiner früheren innigsten Jungmännerträume, hätte er ja jetzt wohl komplett versagt.

Mit einem Mal beobachteten die beiden, wie sich einer der Helikopter aus der Gruppe um den Reichstag herauslöste und in ihre Richtung abdrehte. Nicht ruckartig, nicht hektisch oder aufgebracht. Ganz ruhig, ganz kontrolliert bewegte er sich weiter Richtung Mitte, genau auf Klaus' Wohnung zu.

Das kraftvolle Wummern der Rotorblätter wurde immer eindringlicher. Nicht nur die akustische Wahrnehmung wurde dadurch gelähmt, alles in der Wohnung vibrierte.

Jede einzelne wuchtige Umdrehung der Rotoren war jetzt auch förmlich in der Magengegend pochend spürbar. Nach was hielten die hier Ausschau? Ist doch nichts hier in der Gegend, zumindest kein Amt, keine Behörde. Nur ein paar Leute, die sich in einer Art Medienghetto eingenistet haben.

Die Langsamkeit der Fortbewegung des Helikopters ließ Klaus die Gänsehaut aufsteigen. Er steuerte direkt auf die Fensterfront ihres kleines gemütlichen Reiches zu, die Fenster fingen leicht zu pochen an. Die Fluggeräusche wurden nun immer lauter, immer insistierender, immer eindringender in die körperliche Unversehrtheit. Es wurde unerträglich. Der Helikopter war nun fast auf der Höhe der Dachterrasse. Instinktiv versuchten Sandra und Karl sich weg zu ducken, sich zu verstecken. So, als wenn unvermittelt die Polizei vor der Tür steht und man, auch ohne ersichtlichen Grund, ein schlechtes Gewissen bekommt. Man hat sich doch nichts zuschulden kommen lassen, oder? Aber es wird schon seinen Grund haben, warum die plötzlich vor der Tür stehen. Könnten diese Leute also etwas von ihm wollen? Hat er sich in irgendeiner Weise staatszersetzend verhalten, hat er sich gegen etwas verschworen, von dem er nichts wusste?

Der Helikopter schob sich wie eine fliegende Dampfwalze über ihre Wohnung hinweg, ohne den beiden auch nur irgendeine Beachtung zu schenken. Karl versuchte noch, irgendjemand im Cockpit zu erkennen. Aber die Scheiben waren leicht abgedunkelt und die Piloten hatten Helme mit Sichtschutz auf. Also keine Chance, nur im Ansatz etwas zu erkennen.

Das pochende Rotorengeräusch verflüchtige sich jedoch nicht, sondern war nun wie fixiert, anscheinend genau über dem Haus. Karl versuchte sich aus seiner ganzkörperlichen Lähmung zu befreien und auf die gegenüberliegende Wohnungsseite zu gelangen.

Am Küchenfenster würde er sicher mehr erkennen können, was die wollen. Er schleppte sich schweren Schrittes hinüber, seine Beine schienen wie eingeschlafen zu sein. Ein heftiges, sehr schmerzhaftes Kribbeln in den Beinen ließen ihn zunächst nur ein paar Zentimeter vorwärts kommen. Karl war, zum ersten Mal in seinem Leben, wirklich mit sich überfordert. Es gibt ja viele Situationen im Leben, in denen man meint, man sei ein Loser und zum Überleben einfach nicht erschaffen worden. Aber diesmal war wirklich dieser Moment. Er schämte sich dafür, dass er sich und seinen Körper einfach nicht mehr unter Kontrolle hatte. Wie konnte es so einfach sein, durch angstbesetzte Schlüsselreize, einen menschlichen Körper schachmatt zu setzen?

Am Küchenfenster angekommen, ging der enttäuschte Blick ins nichts. Keine Chance, irgendetwas zu sehen. Aber es reichte Karl, zu verstehen, dass der Helikopter da oben war, unüberhörbar, unverrückbar. "Willst du nicht endlich mal irgendwo anrufen?" forderte Sandra ihn von drüben auf, endlich mal seinen Mann zu stehen und sie zu beschützen. Ja, das sollte er eigentlich schon längst getan haben. Wo war das Handy schon wieder? Im Schlafzimmer? Als er sich gerade umdrehen wollte, bemerkte er die Schatten am Fenster. Das schwarze Ungetüm hatte sich wohl einige Zentimeter weiter fortbewegt, aber sonst passierte nichts. Wieder schleppte sich Karl durch die Wohnung, obwohl das Kribbeln in den Beinen langsam nachgelassen hatte. Im Vorbeigehen fragte Karl, ob sie denn schon mit irgendjemand telefoniert habe?

"Nein, ich hab's vorhin versucht, aber mein Handy hat keinen Empfang. Bitte mach' doch endlich, ich will wissen, was draußen vor sich geht." Karl setzte sich auf seine Seite auf die Bettkante. Er nahm sein Handy in die Hand und wollte die Nummer der Redaktion wählen, als er entdeckte, dass auch sein Empfang tot war.

Kein einziger Balken, nicht einmal die Anzeige, dass Notrufe möglich sind. Was ist das hier sonst, als ein Notruf? "Meins ist auch tot, das gibt's doch gar nicht!"

Karl stand auf und schob seinen innerlich zerfetzten Körper nach nebenan ins Arbeitszimmer. Er schaltete seinen Tablet-PC an und wartete eine Ewigkeit. Sonst ist das blöde Ding doch immer sofort hochgefahren und online. Karl schaltete sein Tablet nie auf Flugmodus, kann er sich als Journalist schon mal gar nicht leisten. Also hätte doch jetzt schon längst die WLAN-Verbindung da sein müssen. Mit eiskalt schwitzigen Fingern, wischte er über den Bildschirm, er bemerkte, wie er völlig durchnässt war. Kalter Schweiß rann von überall her an seinem Körper herunter. Er klickte in die Einstellungen. Das Tablet suchte nach einem Netz, aber anscheinend vergeblich. "Schatz, schalte doch bitte mal das Radio ein, irgendwas muss doch in diesem verdammten Haushalt funktionieren. Mein Tablet bekommt auch keine Verbindung..."

Karl hörte Sandra an der Anlage im Wohnzimmer rumhantieren. Knackendes lautes Rauschen, sich verwischende Wortfetzen, sonst nichts. Nirgendwo Musik, geschweige denn Worte. Aufbauende Worte, dass alles in Ordnung sei. Dass sich die Menschen "da draußen" keine Sorgen machen müssen. Keine gut unterrichteten Kreise, die voller Überzeugung berichten konnten, dass alles unter Kontrolle sei. Karl schaltete den Fernseher an. Er zappte durch alle vorhandenen Kanäle. Nur rieselnder

Fernsehschnee, keine Stimme, nichts. Karl und Sandra schauten sich beide mit einem Blick an, der verriet, dass sie sich jetzt in diesen Minuten eigentlich gegenseitig stützen müssten. Aber jeder hatte so viel Angst, dass diese alle Kraft auffraß, selbst die Kraft, sich selber "über Wasser halten zu können".

Sandra unterbrach das lähmende laute Schweigen. "Schatz, du musst jetzt mal da rausgehen. Wir müssen doch irgendwie herausfinden, ob wir hier die einzigen sind, die herumspinnen" Ja, ok. Er hatte verstanden. Karl versuchte, seine restlich vorhandenen Sinne zusammenzunehmen. Sich anzuziehen und zu versuchen, in einem einigermaßen mannhaften Zustand das Haus zu verlassen. In der Redaktion ist er ja in ein paar Minuten. Dann wird man schon sehen, was hier los ist. Karl stellte in diesem Moment fest, dass der Rhythmus der Gedanken sich bereits dem Rhythmus der Rotorenblätter angepasst hat.

Mit pochenden Schmerzen an den Schläfen schlich sich Karl schließlich aus der Wohnungstür, mit einem zärtlichen Drücker von Sandra verabschiedet. Sie wäre am liebsten mitgegangen, sie hatte Angst allein hier in der Wohnung zu sein. In einer Wohnung, die eigentlich von allem großstädtischem Unbill gut abgeschirmt ist. Von niemand Unerwünschten erreichbar und jetzt plötzlich mit so offener Flanke unbeschützt daliegend. Karl überzeugte sie davon, dass es so besser sei. Er wird, sobald er nur irgendeine neue Information habe, versuchen, sie zu benachrichtigen, egal auf welchem Weg, sie müsse ihm jetzt einfach nur vertrauen. Sandra sah ihm hinterher und blickte unvermittelt aus dem Treppenhaus nach draußen. Ein Helikopter stand direkt vor den Fenstern in der Luft. Sie glotzten geradezu hier rein. Sie haben die beiden gerade beobachtet. Vielleicht sogar Zugehört?

Ein kalter Schauder durchblitzte Sandras kompletten Körper, sie musste alle Kräfte zusammennehmen, um die paar Zentimeter zurück in die Wohnung zu kommen und die Türe zu schließen. Als dieser qualvolle Kraftakt vollendet war, ließ sich Sandra langsam auf den Boden sinken und verharrte in einer Art Schockzustand. Keine Tränen. Kein Gebibber. Nur kaltes geradeaus gerichtetes Schauen ins Nichts, ohne Regung. Wie in einem Emotionsloch.

Karl bewegte sich nun schon wieder etwas leichteren Fußes und war irgendwie froh, dass sich jetzt wieder was bewegte. Dass er endlich wieder handlungsfähig war.

Als er die Stockwerke nach unten lief, sie selber wohnten ganz oben im fünften, bemerkte natürlich auch er den Helikopter, der sich vor den Fenstern des Treppenhauses postiert hat. Karl war aber nicht mehr geschockt, die Situation war ja nun eh schon surreal genug, um sich auch noch darüber wundern zu müssen. Endlich war er im Erdgeschoss angekommen. Aber nicht, wie von ihm erwartet, war der Eingangsbereich licht und hell und offen. Nein, auch hier standen sie jetzt schon. Warum hier? Wollten sie etwas von ihm? Von ihm kleinen, nun wirklich nicht gerade bundesweit bedeutenden meinungsrelevanten Journalisten? Vor der Eingangstür waren ca. fünf schwer bewaffnete Männer postiert. Alle in kohlrabenschwarzer Uniform. Keine Abzeichen, kein Firlefanz, kein Namensschild. Kein Namensschild! Mein Gott, wie naiv ist man manchmal in seiner seit Jahrzehnten geprägten Sicht der Dinge. Schließlich lebt man doch in einem Rechtsstaat. Da kommen die Brandstifter doch nur von außerhalb, oder nicht? Die Gesichter der Bewaffneten konnte man natürlich auch nicht sehen, sie hatten, wie die Piloten da oben, schwarze Helme mit verspiegelten Visieren an.

Als Karl etwas näher zur Eingangstür gelangte, konnte er
außen auf der Straße zwei große schwarze Limousinen
entdecken. Solchen Kalibers, die von Ministern und sonstigen Würdenträgern gefahren werden. Er wollte nun die
Tür nach außen hin öffnen, als ihn plötzlich von hinten
ein unheimlich schmerzhafter Griff in den Nacken überraschte. "Tut mir leid, Sie können dieses Haus die nächs
ten 30 Minuten nicht verlassen!" sagte der Typ, der wie
aus dem Nichts aus dem Treppenhaus auftauchte. Karl
beschwerte sich, was das alles zu bedeuten habe. Er sei
Journalist bei einer großen Berliner Tageszeitung, er kann
sich so etwas als Vertreter der vierten Gewalt nicht einfach so bieten lassen.

"Wie heißen Sie?" fragte der Typ weiter.
„Lehman"
"Gut Herr Lehman. Hören Sie zu. Das hier ist eine Perso-
nensicherung. In einer halben Stunde sind wir wieder
weg, dann können Sie gerne hingehen, wohin Sie wollen.
Aber jetzt muss ich Sie bitten, wieder in Ihre Wohnung zu
gehen! Ach ja, übrigens, der Griff gerade eben war wohl etwas zu hart. Ich möchte mich dafür bei Ihnen entschuldigen" schloss der Typ, aber ohne jede emotionale Regung.
Karl wusste nicht, was er von ihm halten sollte. Was er
von dieser ganzen Truppe hier halten sollte.
"Könnte ich dann bitte auch Ihren Namen erfahren, nicht
weil ich mich beschweren will. Ich weiß nur immer ganz
gerne, mit wem ich es zu tun habe."
Selbstverständlich könne Karl seinen Namen erfahren,
man habe ja schließlich nichts zu verbergen. Herr
Schmidt hieße er. Aha. Naja, was sollte Karl jetzt insistieren, es gab ja wirklich genug Menschen, die Schmidt hießen.
"Ich möchte Sie nun nochmals auffordern, nach oben in
die Wohnung zurückzugehen. Gegen 10.00 Uhr sind wir,

wie gesagt, verschwunden, dann können Sie in Ihre Redaktion gehen."

Karl nahm nun den Aufzug. Seine körperlichen Kräfte, die sich vorhin so langsam wieder gesammelt hatten, waren jetzt wie von diesem Typen ausgesogen worden.
Karl schloss die Wohnungstüre auf, bemerkte jedoch, dass sie sich nicht öffnen ließ. "Sandra, ist alles ok bei dir?" Sandra erwachte aus einem gefühlten Sekundenschlaf, sie stand auf und öffnete ihm die Tür. "Was machst du hier? Ich dachte, du wolltest in die Redaktion gehen? Mann, kann man sich nicht mal irgendwann auf deine Hilfe verlassen?" Karl wollte eigentlich schon zum Erklären der Situation ansetzen, bis er durch diesen letzten Satz arg gekränkt und wortlos ins Wohnzimmer ging. Sandra bemerkte, dass sie in der Hitze der überkochenden Emotionen wohl etwas unfair war. Sie nahm ihn von hinten in die Arme und entschuldigte sich.

"Ja, ist schon ok." Karl war wieder etwas besänftigt, auch wenn er gerne immer etwas nachtragend war. Aber diese Umstände schienen nicht gerade passend, diese charakterliche Eigenart in diesem Moment ausleben zu müssen. Er erklärte ihr jetzt mit einigen wenigen Worten, was da unten passiert sei. Der harte Griff dieses Typen. Das Verbot, das Haus zu verlassen. Nach Ablauf einer Frist dann aber doch wieder die Freiheit zu besitzen, tun und lassen zu können, was man wollte.

Sie überlegten beide, was sie nun in dieser guten halben Stunde tun sollten. Was für ein lähmend langer Zeitraum, wenn einem die Zeit eigentlich davonrennt. Sandra versuchte erneut, alle technischen Gerätschaften ans Laufen zu bringen. Aber dieser Versuch war so zwecklos, wie auf die Beschleunigung der Zeit zu hoffen. Karl tigerte nun in der Wohnung umher. Teils mit Angst, teils einen von ganz tief unten hochsteigenden Zorn fühlend.

Wie kann man sich als gestandener demokratischer Bürger nur so leichtfertig abservieren lassen? Reicht es wirklich aus, einen Menschen in eine Uniform zu stecken, egal wie diese aussehen mag, um als Gegenüber einen unerklärlich Respekt davor haben zu müssen? Hat man eigentlich Respekt vor der Person, oder der Uniform? Karl konnte sich mit diesem Nichtstun einfach nicht abfinden. Er lief wieder zur Wohnungstür und überlegte sich währenddessen, dass er schon irgendwie einen Weg nach draußen finden würde. Als er die Wohnungstür öffnete, hörte er ziemlich gut vernehmbare Stimmen im Treppenhaus. Es musste ziemlich weit unten sein, erster oder zweiter Stock. Karl hielt ein und versuchte, sich nicht zu bewegen. Der Helikopter vor dem Treppenhaus war immer noch bedrohlich nahe, aber zum Glück nur akustisch. Er sah ihn nicht mehr. Aber bei diesen Dingern weiß man ja nie, die bewegen sich so schnell in der Luft, dass man plötzlich ganz blank dasteht, und dann haben sie einen.

"Herr Schmidt, wir möchten Sie bitten, ein wenig schneller zu machen. Er erwartet sie in einer halben Stunde, wir müssen jetzt wirklich los."

Schmidt. Schmidt? Wohnte hier ein Schmidt? Karl musste zugeben, dass er seit der Zeit des Einzugs hier im Hause fast nie einen Nachbarn wahrgenommen hat. Vielleicht mal kurz, aber nie in vollem Bewusstsein. Und im Grunde seines Wesens war es ihm auch egal, wer hier im Haus noch so wohnte. Jedoch hatte er ein Auge für Klingelschilder. Fast wie ein Kriminaler. Als Journalist gehörte das für ihn zur Grundausstattung. Man musste ja immer drauf vorbereitet sein, wen man zu einer Story in der Gegend ansprechen könne. Also, ein Klingelschild mit dem

Namen "Schmidt" ist ihm nie aufgefallen, noch dazu, da gerade einmal nur zehn Parteien hier im Haus wohnten. Karl versuchte, sich etwas näher an den Ort des Geschehens heranzupirschen, um etwas besser mitzubekommen, was da unten besprochen wurde.

Als er auf der Höhe zwischen dem dritten und zweiten Stock angelangt war, erfasste ihn plötzlich ein Lichtstrahl. Scheiße, der Helikopter! Wie konnte er ihn vergessen, bei dem Krawall, den er verursachte. Wie sagt man, der Mensch sei eben ein Gewohnheitstier. Anscheinend gewöhnt man sich also auch an eine dauerhafte akustische Überreizung, so dass man sie gar nicht mehr wahrnimmt. Karl kam der Gedanke auf, wie sich das denn dann mit anderen Reizen verhielte? Schmerzen, Psyche, Gedanken...?

"Verlassen Sie sofort das Treppenhaus und gehen Sie unverzüglich in Ihre Wohnung zurück, Herr Lehman!" tönte es aus dem Lautsprecher des Hubschraubers. Vor Angst erstarrt, konnte sich Karl gar nicht mehr bewegen. Ganz beschissene Situation jetzt. Er machte ihnen jetzt richtig Trouble. Das war sicher nicht gut, was den Verlauf der nächsten Minuten betraf. Der Lautsprecher wiederholte die Aufforderung und bemerkte, dass das jetzt die letzte Warnung sei.

Wie es Karl schließlich schaffte, sich in den Aufzug und nach oben in die Wohnung zu befördern, konnte er sich später selbst nicht mehr erklären. Adrenalineinspritzung, direkt in die Blutbahn, pure Überlebensangst. Irgendwas in der Art. Karl musste erst mal ganz tief durchatmen, als er die Wohnungstür hinter sich verschloss. Sandra sah ihn mit einem versteinerten Blick an.

"Bist du da jetzt wohl nochmal rausgegangen? Spinnst du?" Karl versuchte ihr zu erklären, dass er es einfach nicht mehr ausgehalten hat, wie ein Kaninchen im Stall eingeschlossen zu sein. Er hat doch irgendetwas tun müssen.

Dann fragte er sie, ob sie denn einen Nachbarn mit dem Namen "Schmidt" kenne, schließlich hält sie sich ja öfter und länger hier in der Wohnung auf. Sie hätte doch bestimmt viel mehr Kontakt mit den ihm unbekannten Nachbarn. Sie verneinte. Sie hat zwar den ein oder anderen schon öfter mal im Aufzug oder im Treppenhaus getroffen, klar. Aber einen "Schmidt" kenne sie jetzt auch nicht. Aber, wie das so in einer Großstadt ist. Wer stellt sich heutzutage schon mit seinem Namen vor, selbst wenn man Tür an Tür wohnt.

Auf jeden Fall wollten die was von dem. Karl erinnerte sich an die Worte des groben Typen, dass es sich um einen Personenschutz handele. Also müsse dieser unbekannte Nachbar wohl irgendwie in diese ganze Aktion involviert sein. "Er erwartet Sie in einer halben Stunde..." Das waren die Worte, die er zuletzt vernommen hatte. Hätte er mal seine journalistische Neugier nicht an der eigenen Haustür abgegeben, dann hätte er vielleicht eher wahrgenommen, welches Publikum sich hier im Haus seine Nachbarn schimpften. Karl ärgerte sich über seine Unprofessionalität. "Man, lern doch mal endlich, dein direktes Umfeld etwas besser in den Griff zu bekommen. Alles außerhalb davon ist immer ach so wichtig. Und meinen Privatbereich vernachlässige ich immer wieder. Kein Wunder, dass ich schon so viele Beziehungen und Freundschaften in den Sand gesetzt habe" überlegte er laut.

Karl schlug sich mit der Handfläche an den Kopf, er verlor sich fast in einer Art Selbstmitleid, die so typisch war für ihn. Er brauchte jetzt was Hartes. Er ging ins Wohnzimmer, öffnete die Türen der kleinen Hausbar und schenkte sich einen Cognac ein. Er nahm das Glas in einem Zug, schnaufte tief durch und versuchte, seine Gedanken zu ordnen. Also gut, dachte er, warte man eben jetzt noch die paar Minuten ab, bis diese Mischpoke das Haus verlassen hat. Dann hätte er keinen Ärger mehr mit denen und kann in aller Ruhe in die Redaktion laufen. Was soll's, den Helden brauchte er auf jeden Fall nicht zu spielen. Die Schlacht mag verloren gegangen sein, aber der Tag war ja noch nicht zu Ende.

Als Karl sich endlich auf den Weg machen konnte, fühlte sich das an wie eine Flucht aus einem Gefängnis. Ihm war immer noch nicht klar, ob er diesen Tag wirklich schon bewusst wahrgenommen hat, oder ob er sich in einem Albtraum befand. Er trat auf die Straße und versuchte erst einmal die Lage zu erkunden. Waren die Typen nun wirklich verschwunden? Was ist mit den Helikoptern? Er richtete den Blick nach oben und war geradewegs enttäuscht über seine kindliche Naivität. Natürlich kreisten sie da oben in der Luft! Er überlegte ernsthaft, ob er sich, wie ein Verbrecher an den Hauswänden entlangschleichen sollte, oder wie ein anständiger Bürger. Er entschied sich, nachdem er sich in der Straße umsah, für Letzteres. Karl war erstaunt darüber, dass sich die Szenerie wie ein ganz normaler Werktagmorgen anfühlte. Halb Berlin war auf der Straße. Die Menschen waren auf dem Weg in ihre Arbeitsstelle, Mütter schoben ihre Kinderwägen herum, oder hielten ihre schulpflichtigen Kinder an der Hand. Aber doch war heute alles anders!

Er sah in die Gesichter der Passanten. Pure Verzweiflung und Fraglosigkeit. Jeder Zweite tippte ganz hysterisch auf dem Handy herum, in der Hoffnung, dass man sich endlich wieder an den Nabel der Welt anzapfen kann. Wie hilflos doch die Menschen geworden sind, wenn sie das Gefühl hatten, von allem abgeschnitten zu sein, obwohl sie doch hier, mitten drin im Leben waren. Niemand wagte es in irgendeiner Form einen anderen Passanten anzusprechen, seine Ungewissheit und Angst mit ihm zu teilen. Wer weiß denn schon, wer der andere war. Einer von denen vielleicht?

Der Weg in die Redaktion war gemütlichen Schrittes eigentlich in gut 20 Minuten zu erreichen. Karl hatte jedoch das Gefühl, dass sich der Weg ins Büro wie ein Gipfelsturm auf den Himalaya anfühlte. Atemlosigkeit, trotz langsamen Dahinschleichens. Als ob einem jemand die Kehle zudrückt. Schweißausbrüche, obwohl die Luft um diese morgendliche Zeit noch ziemlich frisch war. Das Gefühl, von jedem beobachtet zu werden, so wie man selber alle beobachtete. Eine fast greifbare Missgunst dem Entgegenkommenden gegenüber. Gut, Karl war in dem Sinne noch nie ein ausgesprochener Menschenfreund. Die meisten seiner eigenen Spezies hielt er für komplette Vollidioten, Mitläufer und selbstverliebte Konsumhedonisten, die sich sowieso einen Dreck um den Rest der Gesellschaft kümmerten. Eigentlich hätte er sich in dieser Stimmung hier sauwohl fühlen müssen.

Als er endlich, nach gefühlten zwei Stunden am Redaktionsgebäude ankam, verwunderte er sich, dass von diesen Typen niemand vor dem Eingang stand. Ein Militärputsch, um den es sich nach Karls Meinung eindeutig handeln müsse, ist doch immer damit verbunden, dass vor allem und in erster Linie auch die freie Presse unter Kontrolle gebracht werden müsste. Wo waren sie also?

Nichts, niemand, keine Bewaffneten, keine schwarzen oder sonstigen militärischen Fahrzeuge, nicht einmal ein Helikopterschwebte über dem Verlagsgebäude. Karl erinnerte sich just in dieser Sekunde an die Entschuldigung des groben Typen zuhause. Welcher Putschist entschuldigt sich bitte schön bei einem unwichtigen Zivilisten? Das leuchtete ihm alles nicht ein. Das passte doch alles überhaupt nicht zusammen!

Er betrat das Foyer und wurde von den beiden Empfangsdamen begrüßt. Ob sie denn schon irgendwas Genaueres wissen, hat der Chef schon irgendetwas verlauten lassen? Nein, sie wissen nur, dass schon einige aus der Redaktion oben sind, zu einer Lagebesprechung.

Karl nahm den Aufzug in den achten Stock. Ohne in sein eigenes Büro zu gehen, schob er sich an den eher nicht so wichtigen Mitarbeitern vorbei ins Konferenzzimmer, wo sich bereits die halbe Führungsriege der Redaktion eingefunden hatte. Alle glotzen ihn erwartungsvoll an. So als wüsste Karl als einziger auf diesem Planeten, was da draußen gespielt wurde. Im ersten Moment empfand er nur seine Pflichtschuldigkeit, sich für das Zuspätkommen zu entschuldigen.

"Was reden Sie da für einen Mist, Lehman?" frotzelte Baumann, der Chef.
"Ich bin froh, dass Sie überhaupt hier sind. Ich habe keine Ahnung, wo sich der Rest der ganzen Mannschaft befindet. Und Gott verdammt nochmal, es funktioniert nichts, gar nichts. Kein Handy, kein Internet, kein Fernsehen, kein Radio. Wir sitzen hier wie die Vollidioten, obwohl wir hier die Aufgabe haben, unsere Leser zu informieren. Wir stehen absolut blank da. Kollegen! Ich weiß, dass das für uns eine absolut unbefriedigende Situation ist, aber wir müssen jetzt versuchen, kühlen Kopf zu bewahren. Nachdem wir null Möglichkeiten haben, nach außen zu kommunizieren, müssen wir jetzt alle den Arsch hochkriegen. Jeder von Ihnen macht sich jetzt bitte sofort auf den Weg zu den Leuten ihres absoluten Vertrauens. Mir scheißegal,

ob Hinterbänkler, Fraktionsvorsitzender, Lobbyist aus der dritten Reihe oder meinetwegen der Hausmeister vom Kanzleramt. Wir brauchen sofort alle verfügbaren Informationen. Ich hab keinen Bock, dass wir heute Nacht keine Zeitung auf die Maschine bekommen.
Also, ab die Post und zwar Dalli Dalli.....Ach ja, nicht alle fortrennen, mein Gott. Um 14.00 Uhr ist hier wieder Treffpunkt und dann möchte ich von jedem von euch eine Story auf dem Tisch liegen haben, klaro?" Wow, das war mal eine vollkommen unsentimentale Ansage.
„Hat Baumann eigentlich nur ansatzweise begriffen, was hier im Regierungsviertel los ist?" fragte Karl einen Kollegen beim Verlassen des Konferenzzimmers.

Der erste Griff, als Karl sein Büro betrat, war der nach seinem Handy. Tot! Er warf den Rechner an und hoffte, dass sich hier endlich mal was bewegt. Währenddessen nahm er den Hörer des Festnetztelefons ab, auch tot. Karl schrie seinem Kollegen vom Lokalteil rüber, ob man denn wenigsten den Polizeifunk reinbekomme. Wenn, dann müssten die doch zumindest Empfang haben, das kann doch echt nicht wahr sein. "Nein, Lehman, wir probieren schon seit zwei Stunden, da kommt nichts, nada, niente." Es war jetzt bereits kurz nach halb elf Uhr. Ok, durchatmen, zusammenreißen, nachdenken. Wen kann er angehen? Und vor allen Dingen, wem kann er zu 100% vertrauen. Die letzte Frage war schlicht und einfach nicht zu beantworten. Wenn schon niemand da draußen wusste, was überhaupt los ist, geschweige denn, wer hinter diesem ganzen Zirkus steckt, dann kann er unterm Strich eigentlich nur Sandra vertrauen. Karl war selbst erschreckt über seine so plötzlich aufkommende Paranoia.

Aber im Ernst, wenn man sich vorkam, als wenn man nach dem Aufwachen auf einem vollkommen fremden Planeten aufwacht und sich weder emotional noch kommunikativ zurecht findet, dass muss man schon genau abwägen, in welche vertrauensvolle Hände man sich begeben soll und in welche besser nicht.

Als Baumann an seinem Büro vorbeilief und ihm andeutete, dass er jetzt bitte schön möglichst sofort Land gewinnen soll, sprang Karl auf und verabschiedete sich mit einem gespielten militärischen Gruß, ohne im Ansatz zu wissen, wo ihn sein Weg hinführen sollte.

Karl verließ das Verlagsgebäude und stand nun auf der Straße. Er blickte umher und versuchte, einen klaren Gedanken zu fassen. Einen analytischen Blick für das Ganze zu bekommen.

Stück für Stück zusammenfügen, was seit heute Morgen passiert ist. Er musste irgendjemand zu fassen kriegen, der genau Bescheid wissen müsse. Er ging gedanklich sein halbes Adressbuch durch, in dem jede Menge Strippenzieher aus Parteipolitik, Wirtschaft und Regierungsstellen vorrätig waren. Vielleicht irgendjemand, der aus der Nähe der Bundeswehr kam. Er glaubte sich mittlerweile sicher zu sein, dass sich ein eingeschworener Kreis aus der Bundeswehr hinter dieser ganzen Aktion verstecken müsse. Wer sonst hat denn Zugang zu dem ganzen militärischen Gerät, was sich seit heute Früh hier in Berlin zusammengezogen hat. Da fiel ihm endlich König ein. Hans-Dieter König. Er war vor Jahren Abteilungsleiter im Verteidigungsministerium, als die jetzige Opposition noch dran war. Er wusste von ihm, auch wenn dieser wahrlich kein Pazifist war, dass König in einigen konkreten Dingen sehr kritisch war. Was von der Leitung des Ministeriums durchaus geduldet, wenn nicht sogar gefördert wurde.

Aber wo sollte er König jetzt finden? Karl wusste, dass er zuletzt wissenschaftlicher Mitarbeiter einer MdB war. Also blieb nichts anderes übrig, sich in Richtung Paul-Löbe-Haus aufzumachen. Um die Zeit müsste das Abgeordnetenhaus ja besetzt sein, einen Tag nach der Wahl. In normalen Zeiten. Aber nachdem das jetzt keine normalen Zeiten mehr waren, war sich Karl sicher, dass da eher niemand sein würde. Aber egal, ihm blieb ja nichts anderes übrig. Er musste ja irgendwo mit der Suche beginnen.

Während Karl sich in seinen Gedanken verlor, bemerkte er gar nicht mehr den Lärm und die ganze Aufregung um ihn herum. Je näher er sich Richtung Spree-Bogen näherte, nahm die Konzentration an Militärfahrzeugen immer deutlicher zu.

Auch die Helikopter waren nun, fast wie schwarze Perlen an einer Kette aneinandergereiht, so drückend wahrnehmbar, dass Karl schon wieder seine analytische Denkfähigkeit zu verlieren drohte. Das war alles so surreal. Er konnte sich das einfach nicht vorstellen. Ein Putsch. Am Anfang des 21.Jahrhunderts! In der Bundesrepublik Deutschland! War es doch ein Fehler, dass die Bundeswehr vor einigen Jahren auf eine Berufsarmee umgestellt wurde. Hatten all die Kritiker, die man damals als zu typisch ängstlich deutsch belächelt hat, vielleicht doch Recht? Der Bürger in Uniform, der Idealtypus des deutschen demokratischen Soldaten, hat damals also wohl doch aufgehört, zu existieren. Hat sich doch wieder ein "Staat im Staat" gebildet, der sich nicht in die eigenen Karten schauen lies?
Die wenigen Menschen, die sich jetzt überhaupt hierher trauten, machten alle einen ziemlich verstörten Eindruck. Karl ging davon aus, dass es sich hauptsächlich um Kollegen handeln müsse. Denn welcher "normale Mensch"

würde sich in einer solchen Situation schon hierher trauen. Einige Gesichter kannte er natürlich.

Es waren vor allen Dingen viele internationale Kollegen hier. Die schienen einen noch deutlich verwunderten Blick aufgesetzt zu haben. So als ob die sich einen Umsturz umso weniger vorstellen konnten, als die deutschen Kollegen. Lauter umherirrende Fragezeichen. Umherirrend wie Fliegen, die nach tausendmaligen Versuchen, den Raum zu verlassen, immer noch nicht die sperrangelweite Tür gefunden haben. Jeder war auf der Suche nach irgendetwas und irgendjemand und jeder war irgendwie für sich, allein.

Karl machte sich nun hinüber zur großen Glasfront des Paul-Löbe-Hauses. Er ging gemäßigten Schrittes, denn er hatte immer noch dieses Gefühl, ja nicht auffallen zu wollen. Wie lächerlich, als ob das hier eine Szenerie war, die nur einen Hauch von Normalität ausstrahlte. Hier war jetzt alles und jeder auffällig.
Karl fühlte wieder diesen kalten Schweiß an sich herabrinnen. Er bildete sich ein, dass er auf den paar Metern vom Reichstag hinüber zum Abgeordnetenhaus von einem Helikopter beobachtet und verfolgt wurde. Er fühlte den immer wiederkehrenden Luftstoß hinter sich, wenn die Luft durch das Rotieren einmal abgesaugt und dann wieder hinausgepresst wurde. Er wagte es nicht, sich umzudrehen. Damit hätte er sich endgültig verraten. Aber für was? Karl war fassungslos, wie einfach es doch schien, aufgeklärten und erwachsenen Menschen, die meinen, den Durchblick zu haben, Angst einzuflößen. Eine solche Scheißangst, die man für sich selbst eigentlich niemals akzeptieren wollte.

Als Karl endlich am Eingang ankam, zog er nochmal sein Handy heraus. Er wollte einfach nochmal sehen, ob man jetzt endlich wieder ein Netz habe. Im selben Augenblick näherten sich zwei der Bewaffneten. "Keine Fotos!" rief der eine sehr eindringlich. Ein Schrank von einem Kerl, der kein weiteres Wort zur Verdeutlichung seiner Aufforderung mehr sagen musste.

Karl beteuerte, dass er doch nur sehen wolle, ob er telefonieren könnte.
"Ihr Name? Was wollen Sie hier?" fragte der zweite, nicht minder einschüchternd. Karl erklärte ihnen, wer er sei, zeigte ihnen seinen Presseausweis und bat darum, ins Paul-Löbe-Haus gehen zu können.
"Aber klar, gehen Sie nur hinein..." War das jetzt wirklich deren Ernst? Karl erinnerte sich in diesem Moment erneut an die Entschuldigung des einen Typen heute Morgen. Jetzt diese, ja fast schon freundliche Aufforderung, doch ruhig dort einzutreten.

Warum bewachten die dann das Abgeordnetenhaus, den Reichstag, das Kanzleramt und so weiter? Karl dachte, wenn man alle wichtigen Schaltstellen der Macht besetzt und bewacht, dann hat man zunächst das Interesse, dass da niemand reinkommt. Also wirklich NIEMAND. Aber nun das. "Gehen Sie ruhig hinein..." Karl schüttelte mit dem Kopf, als er an der Drehtür ankam, an der die Abgeordneten ihre Chipkarten an ein Lesegerät halten mussten. Die Presseausweise hatten diese Funktion leider nicht, man musste diese immer noch einem Pförtner vorzeigen. Hier war aber kein Pförtner. Er ging durch die Drehtür und war erstaunt, dass es hier plötzlich ziemlich ruhig erschien, mal abgesehen, von der Geräuschkulisse draußen. Zwei Bewaffnete empfingen ihn. "Ihren Ausweis bitte!" Karl legte seinen Presseausweis erneut vor. "Ist ok, gehen Sie bitte weiter." Karl wollte zu einer Frage ansetzen, ob die beiden wüssten, wer sich bereits im Gebäude aufhielt. Da vernahm er nur einen verneinenden Kopf. Der eine der beiden hielt sich den Finger an den Mund um zu verdeutlichen, dass man leider keinerlei Auskunft geben dürfe.

Es wurde Karl immer deutlicher, dass dieser Tag, umso länger er bereits dauerte, nicht klarer in seiner Struktur wurde, sondern im Gegenteil, immer irrealer. Er verstand die Zusammenhänge nicht. Warum bekam er so leicht Zutritt ins Zentrum der Macht, wenn man ein solches Bohei da draußen treibt. Warum bewachte man all die Gebäude, wenn man doch einfach so hineinmarschieren konnte?

Er nahm die Treppe in das Stockwerk, wo sich die Büros der Abgeordneten befanden. Nichts. Niemand. Kein hektisches Gewusel, wie sonst. Nur er, ein paar verstreut herumlaufende Kollegen, seiner Annahme nach. Ok, denk jetzt nach. Warum ist hier niemand?

Sind die MdBs und Ihre Mitarbeiter vielleicht irgendwo in einem Raum zusammengelegt, damit man sie besser im Auge behalten konnte? Was würde sich dafür am besten eignen? Klar, einer der großen Ausschuss-Säle.
Karl verlies das Stockwerk wieder und eilte nun schnellen Schrittes und voller Erwartung zu einem der großen Säle. Hier tagt zumeist der Haushaltsausschuss, einer der wichtigsten und mächtigsten des Bundestages überhaupt. Er öffnete die Türe. Er blickte zunächst in die direkt hineinscheinende Sonne und erkannte in den ersten Bruchteilen von Sekunden zunächst gar nichts. Er verschloss die Augen. Öffnete sie dann nur halb, damit das Licht ihn nicht mehr so blenden konnte. Er sah sich um und sah ins Leere. Auch hier kein einziger Abgeordneter, kein Beamter aus der Bundestagsverwaltung, noch sonst irgendjemand. Karl fand weder Worte noch ein Erklärung für das alles. Er hatte jetzt nur noch das Gefühl, dass er hier raus müsse, an die frische Luft, sonst platze er. Er muss

jetzt nur einen kleinen Winkel finden, wo er ganz allein ist, wo es ruhig ist, wo er tief durchschnaufen kann. Er muss ja irgendwie mal zu Potte kommen, wenn er heute Nachmittag dem Chef eine Story auf den Tisch legen wollte. Es war mittlerweile auch schon nach 12 Uhr. Also nur noch knapp zwei Stunden Zeit, irgendetwas in Erfahrung zu bringen.

Aber wie soll das gehen, wenn er seine Kontakte nirgends abgreifen kann. Ging es nur ihm so, oder hatten seine Kollegen auch alle die Arschkarte gezogen? Nein, da gab es sicher den ein oder anderen, der cleverer war als Karl. Die wussten sicher, wo sie ihre Kontaktpersonen finden konnten. Am besten sogar privat, in deren Wohnungen? Wusste Karl, wo König wohnte? Nein, natürlich nicht. Er hatte nur die geschäftlichen Kontakte in seinem Handy. Und ein ehemaliger Referatsleiter im Verteidigungsministerium wird sicher nicht einfach so im Telefonbuch stehen. Aber das war die letzte Chance.

Also gut, zunächst mal raus hier und eine Telefonzelle suchen. Am besten rüber zum Hauptbahnhof. Er muss ja jetzt mal hinmachen, wenn er überhaupt etwas Brauchbares liefern wollte. König war hierfür die einzige Chance und einen Plan B konnte Karl sich einfach nicht zurechtlegen, dafür fehlte ihm jede kreative Muse. Wie auch an solch einem Morgen

Karl machte sich also auf den Weg. Vom Paul-Löbe-Haus zum Hauptbahnhof war es ja nun wirklich nur ein Katzensprung. Er fing jetzt sogar leicht das Rennen an. Einerseits war es jetzt auch schon egal, ob er auffällt oder nicht. Andererseits, wer sollte sich bitte darüber wundern, wenn jemand schnellen Schrittes zum Bahnhof eilt? Auf jeden Fall hatte Karl das Gefühl, wenn er es nicht wagen

würde, sich schneller fortzubewegen, ihm die Zeit davon-
rennen würde. Und das könnte er sich jetzt im Moment
definitiv nicht leisten. Wollte er auch nicht, er hatte ja
selbst das allerhöchste Interesse, seine eigene Neugier
über diesen heutigen Mummenschanz zu befriedigen. Als
er an dem großflächigen Vorplatz des Hauptbahnhofs ankam, bemerkte er, dass es nicht Bemerkenswertes gab.
Taxis, die Kundschaft ausspuckten und wieder aufsogen.
Menschenmengen, die Ameisen gleich ziellos durch die
Gegend wuselten.
Aber keine Bewaffneten. Keine gepanzerten Militärfahrzeuge. Keine Absicherung. Einzig die Helikopter, die sich
zwischen Kanzleramt und Reichstag aufreihten, wie die
Krähen hatten den Hauptbahnhof im Blick gehabt. Sie
schienen jedoch keinerlei Notiz von dem dort Geschehe-
nen zu nehmen. Waren das Dilettanten? Hatten die Ihren
Putsch nicht richtig geplant, oder ging es hier um etwas
ganz anderes? Karl schien langsam ein Muster zu erkennen.

Das, was er bisher selbst erlebt hat, also um genauer zu
sein, der direkte Umgang mit diesen Leuten, schien von
deren respektvollen Behandlung der Zivilbevölkerung ge-
prägt zu sein. Er sah bisher niemand in irgendeiner Form
auszurasten. Er konnte bisher auch noch keinerlei Über-
griffe gegen Passanten feststellen. Und wenn er hier das
Treiben am Hauptbahnhof beobachtete, bestätigte das
seine Vermutungen. Auch innen, an den Rolltreppen, an
den Bahngleisen. Business as usual. Klar, die Menschen
hier drinnen machten einen genauso ratlosen und ver-
ängstigten Eindruck, wie alle anderen bisher. Aber hier
schien die Welt wieder ein bisschen in Ordnung zu sein.

Was jedoch die andere Seite der Medaille darstellte, war
die Tatsache, dass man die Kommunikationsmöglichkeit
der Menschen untereinander komplett gekappt hatte. Also
wollte man die Zivilbevölkerung doch treffen. Irgendwie

passte das einfach nicht zusammen, auch wenn er noch so lange drüber nachdachte. Wenn er jetzt einfach nur seinen Job macht, würde er es sicher bald herausfinden. Endlich fand Karl eine Telefonzelle, ein Wunder eigentlich in der heutigen Zeit, dass es so etwas überhaupt noch gab. Hastig durchblätterte er den Band 2 des Berliner Telefonbuchs durch. Was glaubt man, wie viele Königs es gibt.

Und dann noch diejenigen, die meinen, so wichtig zu sein, dass man den Vornamen abkürzen muss, oder noch besser, gar nicht mit angibt. Er hasste das.

Für was lassen sich diese Idioten dann überhaupt im Telefonbuch registrieren? "König, B. - Hannoversche Straße 345,....." So in der Art. Was soll der Scheiß. Kann man dann doch auch gleich lassen. Karl war aufgrund seiner verrinnenden Zeit jetzt extrem angespannt und sauer. Er rutschte mit dem Zeigefinger im er weiter nach unten. In diesem Moment, als sein rechter Arm so abgewinkelt war, bemerkte er, wie schrecklich er nach Schweiß roch.

Dieses ewige emotionale Auf und Ab hat seinen Körper heute schon arg mitgenommen. Aber auf solche Äußerlichkeiten durfte er jetzt keinen Wert legen, auch wenn ihm das sehr missfiel. Karl war im Grunde seines Herzens ein doch sehr eitler Typ.

Das gibt's ja gar nicht. König, Hans-Dieter. Mit Straße und allem Drum und Dran. Er riss einfach die Seite raus, machte sich flugs auf den Weg nach draußen. Ihm fiel ein solch großer Stein vom Herzen, dass er fast dachte, dass das jetzt irgendwie zu einfach schien. So ein wirklich wichtiger Mensch ließ sich einfach so im Telefonbuch veröffentlichen? War das vielleicht nur ein Namensvetter? Karl packte den Zettel nochmal aus der Jackentasche, knüllte ihn auf. Nein, da stand nur dieser eine, dieser wahre und echte Hans-Dieter, seine Rettung. Karl winkte sich ein Taxi herbei. Ging alles ganz gut, ganz schnell. Als er den Taxifahrer anwies, wo er hinzufahren hatte, kam ihm in den Sinn, ob es denn nicht gescheiter wäre, auf dem Weg nach Spandau, wo König wohnte, eben noch schnell an der Parteizentrale vorbeizufahren. Vielleicht haben sich ja alle relevanten politischen Personen sozusagen in Ihre Waben zurückgezogen, inklusive König.

Als sie an der Zentrale der großen Oppositionspartei ankamen, bemerkte Karl schon einen großen Pulk Menschen. Auch die Dichte der Helikopter hatte wieder sehr stark zugenommen. Um das Dach des Gebäudes kreisten drei dieser Dinger im Tiefflug. Die Schnauze nach unten, alles im Visier, was da unten kreucht und fleucht. Karl wies den Fahrer an, er solle hier einen Moment warten. Er sei in ein paar Minuten wieder zurück. Auch wenn er nicht mehr nach Spandau müsse, er zahle ihm das dann schon. Das Taxi hielt auf der gegenüberliegenden Seite des Eingangs.

Als Karl den Pulk erreicht hatte, konnte er erst erkennen, was hier eigentlich los war. Der Eingang war mit Sperrgittern abgesichert. Davor circa ein gutes Dutzend Bewaffnete. Um einen kleinen Zirkel an Menschen herum, gab es ein regelrechtes Geschreie und Geschubse. Was war hier los? Karl versuchte sich, mit beiden Ellbogen einen Weg nach vorne zu verschaffen. Gar nicht so leicht, da hier ausschließlich Ellbogengesellschaft anwesend war. Als er es endlich doch schaffte, erblickte er der Parteivorsitzenden, der mit einem der Bewaffneten heftig diskutierte. Was ihnen denn einfiele, er sei der Vorsitzende der ältesten deutschen demokratischen Partei und das sei sein Haus hier. Wenn er nicht sofort Zutritt bekäme, wird er sich an höchster Stelle beschweren. Das war so die Essenz dessen, was man von der Ferne mitbekommen konnte. An der Reaktion der Bewaffneten konnte man erkennen, dass man den großen Vorsitzenden nicht wirklich ernst nahm. Sie waren zwar alle mit Helm und einer Maske wie vermummt. Aber allein durch das lässige Abwinken des Gesprächspartners und das danach einsetzende Lachen der Truppe wurde das überdeutlich. Mit einem wütenden "Sie werden schon sehen, ich werde Sie alle vor Gericht bringen, das kann ich Ihnen versprechen" verließ der Parteivorsitzende den Ort des Geschehens, stieg in seinen Dienstwagen und brauste davon.

Karl versuchte sich bei einem der Bewaffneten zu erkundigen, was der Grund der Absicherung des Gebäudes sei.

"Zeigen Sie mir erst mal Ihren Ausweis!" Karl zog seinen Presseausweis hervor. Der Gegenüber nickte nur. Ja, und weiter? dachte sich Karl.

"Ich kann Ihnen da leider keinerlei Auskunft darüber geben, tut mir leid. Aber Sie können sicher sein, dass im Lauf des Tages etwas mehr Klarheit geschaffen wird. Sie werden schon sehen."

Das war's. Karl erlaubte sich, ihn zu fragen, wie er heiße. "Schmidt. Mein Name ist Schmidt. Sie können mich da gerne zitieren." Wie edel von ihm.

Was sollte Karl das denn bringen, wenn seine bisherigen "Quellen" alle Schmidt hießen. Wer soll ihn da bitte ernst nehmen?

Der Zwischenstopp war also auch nicht wirklich fruchtbar. Klar, er hatte es befürchtet, aber dass nicht mal irgendjemand in das Parteigebäude durfte, nicht mal der Chef, das hatte schon eine gewisse Qualität. Das war schon irgendwie eine Nummer. Karl hielt Ausschau nach dem Taxi. "Arschloch!" Der Typ ist einfach weitergefahren. Hatte wohl die Hosen voll, als er die ganzen Sicherheitskräfte sah. Karl war nun langsam kurz davor, die Fassung zu verlieren. Nicht nur die Zeit rannte ihm davon, auch sein Nervenkostüm versuchte sich aus seinem Körper Bahn zu brechen.

Er lief hinüber auf die andere Straßenseite und fuchtelte wild mit der Hand in der Luft, bis endlich nach ca. drei Minuten ein anderes Taxi anhielt. Die Uhr tickte, die Zeit und der Schweiß rann. Bitte lass König zuhause sein. Wenn der nicht zu fassen ist, dann kann ich mir meine Story sonst wo hinschieben. Karl sackte auf dem gemütlichen Lederrücksitz zusammen und fragte den Fahrer, ob er ihm eine Zigarette abschnorren könnte.

"Klar Alter, bin eins der wenigen Taxis, wo man noch rauchen darf, Mann. Die Kippe kostet aber extra."

"Ey Meister, Sie sind doch einer dieser Schreiberlinge, oder? Habt ihr nen Plan, was da heute Morgen vor sich geht?"

Nein, hatte er nicht. Die schnoddrige Art des Taxifahrers ging Karl ganz schön auf die Nerven. Ein Typ aus dem Westen, dem Dialekt nach aus der Nähe von Hamburg, aber einen auf "Berliner Schnauze" machen. Aber er musste versuchen, da drüber zu stehen. Die Taxifahrer wussten ja manchmal mehr, als alle anderen.

Er fragte ihn, ob man über den Taxifunk irgendetwas Genaueres erfahren habe. "Nee. Wir fahren seit heute Morgen ziemlich blind. Das einzige, was wir aus der Zentrale erfahren haben ist, dass es wohl eben im Regierungsviertel zu Absperrungen und Kontrollen kommen könnte, wenn bestimmte Personen im Taxi seien." Was meint er mit "bestimmten Personen?"

"Naja, so hohe Tiere und so, alles was man ebenso aus dem Fernsehen kennt. Bei Jauch und so..." Kam da nichts Konkreteres aus der Zentrale?

"Nö, die hätten nur drauf hingewiesen, dass man, wenn man sich Ärger ersparen wolle, den einen oder anderen Gast lieber nicht mitnehmen solle." Aha. Mächtig schlauer war Karl jetzt also auch nicht. Er blickte auf seine Uhr. Es war mittlerweile schon zehn vor eins. Er soll doch bitte etwas Gas geben, er steht extrem unter Druck.

"Klar Meister, wenn Sie dann mein Ticket zahlen."

Endlich kamen sie in Spandau an. Noble Gegend hier. Karl mochte nicht wissen, wie viel Geld hier wohl wohnte. Sie bogen in die Straße ein, in der König wohnt.

"Stopp. Hier ist es. Warten Sie bitte auf mich. Ich werde vielleicht maximal eine halbe Stunde hier bleiben. Lassen Sie einfach den Taxameter laufen, ist eh schon egal alles."

Der Taxifahrer deutete ihm auf seine ganz spezielle Art an, dass das klar geht. Bezahlt ja sicher alles sein Verlag. Karl schnaufte durch und war ganz froh, dass er das Taxi jetzt für einen Moment verlassen durfte. Manche Menschen kann man sich einfach nicht aussuchen. Er ging auf die Einfahrt zu und blickte in den Hof. Ein Haus, das haargenau auf König passte. Understatement pur. Nicht zu protzig, aber doch sehr edel alles. Gründerzeit mit einem Einschlag von Bauhaus.

So was hatte er noch nie gesehen. Würde ihm auch taugen, so ne Hütte. Er klingelte und stand erst mal da. Nach ca. 30 Sekunden probierte er es erneut. Er versuchte sich die Zeit damit zu vertreiben, etwas genauer in den Garten des Hauses zu blicken, da bemerkte er plötzlich, wie sich die Kamera in der Klingelanlage bewegte. Ein Fischauge, das die Linse öffnete und ihn jetzt direkt mit dem Glubschauge ansah. "Wer ist da?" fragte eine weibliche Stimme. Karl stellte sich kurz vor und erwähnte, dass Herr König und er sich sehr gut kennen. "Moment!" Es summte an der Tür und sie sprang einen klitzekleinen Spalt nach innen auf. Karl ging über den Kiesweg in Richtung Haustür, die sich eher als Portal gebar.

"Lehman, was machen Sie denn hier? Ich kann Ihnen sicher auch nicht mehr erzählen, was Sie eh schon wissen."

Karl fragte König, ob man nicht kurz ins Haus könnte. Er erwiderte, dass ihm das nicht so recht sei. Er habe ein ganz beklemmendes Gefühl, dass er seit heute Morgen beobachtet werde. Karl drehte sich einmal um die Achse und sah auf alles, was sich in erhöhter Lage vom Haus befand. Von wo, bitte schön, soll er denn beobachtet werden? Keine Ahnung, meinte König, es sei einfach so ein Bauchgefühl. Heute Morgen gegen kurz nach zehn überflog ein Helikopter einige Minuten lang sein Haus.

Die kamen bis ganz nahe an die Fenster heran und er hatte das Gefühl, dass sie ihm direkt ins Wohnzimmer reinglotzten. Hm, ja, das könne schon sein, meinte Karl, von dem was er bisher in der Stadt mitbekommen hat, würde ihn das nicht wundern. Karl fragte König, ob er denn irgendwelche verwertbaren Informationen habe. Wie sollte er? Er hatte genauso wenig die Möglichkeit, wie alle anderen Bürger, mit irgendjemand zu kommunizieren, außer eben jetzt im Moment mit ihm. Karl fragte König, was er überhaupt wisse.

König erzählte ihm, dass er gleich nach dem Vorfall mit dem Helikopter heute Morgen ein Taxi rief und sich in die Parteizentrale fahren lassen wollte. Aber dort hätte er keinen Zugang erhalten. Man ging wohl ziemlich ruppig mit ihm um, als er erklärte, wer er war. Er sei von den Bewaffneten aufgefordert worden, wieder nach Hause zu fahren und dort auf die Nachrichten zu warten. Was für ein Witz. Welche Nachrichten denn, wenn nichts funktionierte, weder Radio, noch Fernsehen, noch Internet, noch sonst etwas. Dann sei König in Richtung Reichstag gefahren und habe gesehen, dass die Situation dort nicht viel anders war und entschloss sich widerwillig, dem "Befehl" dieser Typen notgedrungen Folge zu leisten. Seitdem, also seit ca. einer dreiviertel Stunde sei er wieder hier.

Karl schilderte ihm kurz seine Erlebnisse des Morgens und fragte ihn direkt, ob er sich ansatzweise vorstellen könnte, dass es sich um einen Putsch von Mitgliedern der Bundeswehr handeln könnte. Wie anders sei es zu erklären, woher allerlei militärische Gerätschaften herkommen sollten. Klar, es gebe keinerlei Hinweise auf den Helikoptern, Panzern oder Uniformen, die diese Typen trugen. Aber irgendwer muss das doch organisiert haben? Nein, meinte König, das könne er sich beim besten Willen nicht vorstellen.

Er sei ja immer noch sehr dicht dran an der Truppe und ist an regelmäßigen Runden mit dem Generalbevollmächtigten und Führungsebenen der Bundeswehr zusammen. Die Loyalität der Truppe hat sich auch seit der Abschaffung der Wehrpflicht, die ja bekanntermaßen viele kritisch sahen - auch er im Übrigen - nicht wirklich verändert. Man sei ja schließlich nicht mehr in der Weimarer Republik. Unser Land ist doch nun wirklich ein so Stabiles, dass man sich diese Frage eigentlich gar nicht stellen dürfte.

Ja schon, aber wie könne er sich dann erklären, dass sich eine organisierte Truppe mit dieser Anzahl an Mitwirkenden und mit moderner Bewaffnung unbemerkt habe entwickeln können. König konnte ihm diese Frage leider nicht beantworten. Lehman müsste doch wissen, dass er ihm gegenüber immer sehr offen war.

Also, wenn er nur den Hauch einer Ahnung hätte, könne sich Lehman sicher sein, dass er es erfahren würde. Karl lies den Kopf hängen und fragte König nach einem Drink, das hätte er jetzt so was von nötig. König schenkte Karl und sich einen Cognac ein, sie prosteten sich zu und warfen sich verständnisvolle, aber auch ängstliche Blicke zu. Karl schilderte ihm eben noch die Situation, dass er jetzt mächtig Druck habe. Er muss um 14 Uhr in der Redaktion zurück sein und brauche irgendeine Story. Ob er denn nicht irgendjemand kenne, der ihm nur ein klein wenig weiterhelfen könnte. König vertröstete ihn, dass er sich da gerne mal Gedanken drüber macht, als Gegenleistung hätte er gerne, dass Karl ihn mit in die Redaktion mitnimmt. Von dort aus wäre er irgendwie handlungsfähiger. Warum, fragte ihn Karl. König meinte, keine Ahnung, das sei nur so ein Bauchgefühl. Wenn er irgendwie näher dran sei am Geschehen, dann fühlt er sich nicht so abgeschnitten, wie hier in seinem Haus. Er hält sich auch aus irgendwelchen Redaktionsrunden raus und schnüffelt auch nicht rum, versprochen! Karl ließ sich auf den Deal ein. Im Endeffekt war das ja die genialste Idee des Tages überhaupt.

Karl hatte zwar keine Story im Gepäck, aber so eine Art Pfand gegenüber Baumann. Da drüben sitzt meine Quelle. Die weiß zwar auch nicht mehr als wir, aber vielleicht ändert sich das ja im Lauf des Tages". Sie gingen beide nach draußen, wo der lästige Taxifahrer rauchend wartete. In dem Moment, in dem sie über die Straße liefen, sahen sie am Straßenende einen gepanzerten Wagen in die Straßen rauschen.

"Schnell König, legen Sie sich am besten in den Fußraum, ich hoffe, die haben Sie noch nicht sehen können."

Als Karl die Tür des Taxis schloss, rauschte der schwarze Wagen an ihnen vorbei.

"Los! Fahren sie einfach los, aber langsam. So, als ob nichts wäre, klar?" befahl Karl dem Taxitypen. Als das Taxi losfuhr, drehte sich Karl nach hinten und blickte durch das Rückfenster.

"Wer ist denn der Nachbar drei Häuser weiter von Ihnen?" fragte Karl den zu seinen Füßen liegenden Mitfahrer.
"Benhardt. Der Chef des BND."

"Scheiße Mann, die räumen wohl mal sauber hier auf, krass!" war der unsentimentale aber ausnahmsweise vollkommen ins Schwarze treffende Kommentar des Taxifahrers.

Je näher sie Richtung Regierungsviertel kamen, umso höher wurde wieder die Dichte an Sicherheitskräften. Karl hatte sogar das Gefühl, dass es jetzt noch deutlich mehr waren, als vorhin. Sie bogen in die Straße ein, wo sich das Verlagsgebäude befand. Auch hier gepanzerte schwarze Wägen, Helikopter in Hülle und Fülle. König erhob sich, da er nicht glauben konnte, was er mit seinen eigenen Ohren wahrnahm.

"Kopf runter! Wir können uns jetzt keine Kontrolle erlauben!" schnauzte Karl ihn fast an. In Höhe des Eingangs forderte Karl den Taxifahrer auf, in die Tiefgarage zu fahren. Sicher ist sicher. Er spürte förmlich, wie ihn das Gefühl fast erwärmte, jetzt in relativer Sicherheit zu sein. Als alle Formalitäten mit dem Taxifahrer geklärt waren, schob Karl König in den Aufzug.

Wow, es war 14.05 Uhr! Gerade noch die Kurve bekommen. In der Redaktion angekommen, wurde König von Karl in sein Büro geführt.

"Sie bleiben jetzt erst mal hier. Kaffee und Wasser können Sie sich einfach nehmen, fühlen Sie sich wie Zuhause."

Er bat ihn, sich bereit zu halten, da er ihn sicher später in der Konferenz benötigen würde.

Karl hetzte mit letzter Luft in den Konferenzraum, wo ihn Baumann schon mit einem missmutigen Blick empfing.

"Na schön, dass jetzt alle Kinder da sind" bemerkte er süffisant. "So Leute, einer nach dem anderen. Was habt ihr anzubieten?"

Schweigen im Walde. Karl empfand das mit tiefer Genugtuung. Also war er nicht der einzige, der ziemlich blank war, was eine relevante Story betraf. Bis sich Müller aus der Wirtschaft meldete. Fast der Typ Streber in der ersten Reihe. Klar, dass dieser Vollpfosten wieder mal als erster was liefern konnte.

"Ja, bitte Müller, ich höre" befahl Baumann ihm, endlich loszulegen. Ja, also, es sei so, dass er seine besten Kontakte abgeklappert hätte. Und einer seiner Kumpel, mit dem er regelmäßig beim Golfen ist, der ist Abteilungsleiter beim BDI. Der hätte ihm da was geflüstert.

Von wegen, dass ein Gerücht seit Monaten die Runde machte, dass da irgendwas am Laufen sei bzgl. der Wahl und was danach passieren sollte.

"Ist das alles?" maulte Baumann zurück. Nein nein. Er könne versichern, also der aus dem BDI, dass er sich seitdem allerlei Unterlagen und Papiere besorgt habe, zu denen er sich Zugang verschaffen konnte. Alles nicht ganz einfach, aber er sei da eben etwas besorgt gewesen.

"Weiter, weiter, was steht in den scheiß Papieren drin?" wurde Baumann immer ungeduldiger. Also angeblich, fuhr Müller fort, gebe es in der Leitungsebene des BDI ein paar Leute, die sich regelmäßig mit anderen maßgeblichen Leuten aus Wirtschaft, Politik, Militär und sogar der Kultur getroffen hätten. Angefangen hätte dies als kleiner exklusiver Zirkel.

Wie eine Art gehobener intellektueller Stammtisch. Und es wäre wohl so gewesen, dass sich einige aus dieser Runde ziemlich radikalisiert und sich losgelöst hätten. Der Kontakt zu den Radikalen sei dann abgebrochen. Es sei zwar bekannt, wer sich dazu zählte, aber die Leute, die diese Runde initiiert hatten, hatten keinen Zugang mehr zu denen und wussten auch nicht, ob und in welcher Form die Radikalen weiter aktiv waren.

"Namen?" insistierte Baumann weiter.

Die könne er im Moment noch nicht sagen, um seinen Informanten zu schützen. Außerdem müsse er da noch ein paar Sachen nachrecherchieren, aber ohne Internet ist das alles etwas schwierig.

"Hm. Na gut Müller. Bleiben Sie da erst mal dran. Hört sich zwar alles sehr kryptisch an, aber es scheint zumindest mal ein Ansatz zu sein. Lehman, was ist mit Ihnen?" Karl versank in seinem tiefen Ledersessel und hoffte, dass jetzt irgendein Wunder passieren würde.

"LEHMAN!?"

Karl versuchte zusammenzufassen, was seit dem Verlassen des Verlages heute passiert ist und wie er schließlich zu König gelangte. Nachdem für Karl der einzige Erklärungsansatz eine Art Militärputsch gewesen sei, hätte er sich eben auf König konzentriert, da ja auch die Zeit reichlich knapp war. "Und weiter?" fragte Baumann. Nichts großartig weiter. König sei genauso von allen Informationen abgeschnitten, wie alle anderen. Aber vielleicht könne er ihm im Lauf des Tages weiterhelfen. "Wie soll das denn gehen, wenn kein Telefon und nichts funktioniert?" erwiderte Baumann. Er sei hier, hier im Verlag. Genauer gesagt gleich nebenan in seinem Büro. "Dann holen Sie den Mann verdammt nochmal hierher!" Als sich Karl von seinem Stuhl erhob kreuzten sich die Blicke mit Müller, der ihm schräg gegenüber saß. Dessen feistes Grinsen brachte Karl zur Weißglut. Er wäre am liebsten über den Tisch gesprungen, und hätte diesem bornierten Lackaffen die Visage vermöbelt. Aber leider hatte dieser im Moment die besseren Karten. "Arschloch!" murmelte Karl beim Verlassen des Konferenzzimmers.

Er kam mit König zurück. Jener war etwas verunsichert, als er den Raum betrat und vor allem Baumanns rot angelaufenes Gesicht betrachtete. Baumann erhob sich und mit säuselnder Stimme begrüßte er König.

"Ist uns eine Ehre, Sie hier in unseren heiligen Hallen begrüßen zu dürfen. Setzen Sie sich doch." Baumann nickte König zu, während er sich wieder in seinen Sessel fallen ließ. Für alle Anwesenden das bekannte klare Zeichen, dass man jetzt was erzählen sollte. Es war mucksmäuschenstill im Raum. Baumann räusperte sich.

"Herr König? Können Sie uns eventuell darüber aufklären, was sich in Berlin seit heute Morgen abspielt? Herr Lehman hat uns bereits unterrichtet, dass Sie anscheinend auf demselben Stand sind, wie wir alle hier. Aber ich vermute, dass Sie eventuell doch etwas wissen, an das Sie bisher selbst nicht gedacht haben." König verneinte.

Er hätte Lehman schon darüber aufgeklärt. Ihm sei so wenig bekannt, wie der Runde hier.

"Müller, könnten Sie bitte nochmals wiederholen, was Sie uns gerade eben schon erzählt haben?" Müller fing im Überschwang des Lobes, das wahrscheinlich nur er in diesem Moment so empfunden hat, zu erzählen an. Karl beobachtete König aufmerksam, ob sich irgendeine Zuckung, irgendeine Reaktion vernehmen ließ. Er kannte ihn wirklich ganz gut. Es gab ja diverse Abende, wo man früher in trauter Runde das ein oder andere Bier miteinander getrunken hatte. Als Müller dazu überging, das Militär ins Spiel zu bringen, bildete sich Karl ein, dass da ein kurzes Augenflackern vernehmbar wurde, aber sicher war er sich da nicht.

"Herr König, haben Sie von diesen Gerüchten irgendetwas mitbekommen?" forderte Baumann ihn zu einer Stellungnahme auf. Nein, nicht das er wüsste. Aber ihm sei bitte die ganze Aufregung zu entschuldigen. Er müsse mal in Ruhe darüber nachdenken, was die letzten Monate so alles geschehen und gesprochen wurde. Er sei ja auf so vielen Sitzungen und Meetings und Foren, dass man da schnell mal den Überblick verliere.

"Ok, Herr König. Haben Sie heute schon was gegessen?" fragte Baumann. Nein, hat er nicht.

"Gut, wir besorgen Ihnen, was Sie möchten. Dann ziehen sich mal für ne Weile zurück. Keiner wird Sie stören. Und um 17 Uhr treffen wir wieder zur Redaktionssitzung. Ist das für Sie so in Ordnung? Ich meine, wenn Sie das nicht möchten, können wir Sie nicht zwingen. Wir sind ja hier nicht die Polizei."

Nein, das sei für ihn auf jeden Fall in Ordnung. Wie gesagt, er brauche nur kurz etwas Ruhe, damit er nachdenken kann.

So endete diese Konferenz und Baumann forderte alle Anwesenden auf, die Leute in den jeweiligen Abteilungen anzuspornen, alles Mögliche zu tun, damit man endlich mal zu Potte komme. Schließlich soll morgen eine Zeitung auf dem Tisch liegen.

Karl bat König anschließend, mit in sein Büro und fragte ihn, was er gerne Essen möge. Er könne es sich hier solange gemütlich machen, er selbst müsse sich jetzt auch erst mal sammeln und sich mit den Kollegen besprechen.

Karl machte sich auf den Weg zum Sport. Er wollte nicht großartig rumquatschen, denn er hatte natürlich nicht vor, sich mit seinen Kollegen zu besprechen. Er wollte einfach nur kurz seine Ruhe haben. Ne Zigarette bei den Kollegen schnorren und raus auf die Terrasse. Das Gefühl von Freiheit inhalieren und einfach seine Gedanken wieder in Ordnung bringen. Gerade in diesem Moment passte ihn Baumann ab. Er möge doch bitte mal kurz in sein Büro kommen.

"Nur ne kleine Zigarettenpause?" bat Karl um Erlaubnis. "Das können Sie später auch noch machen. Ich dachte, Sie haben aufgehört mit dem Scheiß?" erwiderte er. Also, wenn's denn unbedingt sein muss.

Karl hatte, seitdem er die Redaktion betreten hatte, keine einzige ruhige Minute, in der er mal runterkommen konnte. Er schloss die Tür hinter sich, als Baumann gleich direkt fragte, "was halten Sie von König?" Karl verstand nicht recht.

"Also irgendwie kommt er mir nicht so richtig koscher vor. Gut, ich weiß, Sie kennen ihn besser als ich. Aber ich hatte ja früher auch das ein oder andere Mal mit ihm zu tun. Irgendwas stimmt mit dem nicht, meinen Sie nicht?"

Karl versuchte Baumann klar zu machen, dass sein Eindruck ein ganz anderer sei. Als er ihn in seinem Haus angetroffen hatte, war seine persönliche Betroffenheit nicht vorgespielt. Er hätte nicht den Eindruck gehabt, dass König ihm irgendetwas vorspielen würde. Auf der anderen Seite, wen kennt man schon wirklich so gut, als dass man ihn richtig einschätzen könne. Die Beziehung zu König sei ja immer sehr geschäftsmäßig gewesen, auch wenn man mal Abends um die Häuser gezogen ist.

"Aber seine Kontakte zur Bundeswehr sind doch meines Erachtens immer noch sehr intensiv, oder nicht?" versuchte Baumann etwas mehr heraus zu Kitzeln.

"Sie meinen die Geschichte von Müller?", Karl musste bei dieser Frage sein allerfeinstes süffisantes Lächeln aufsetzen.

"Hören Sie zu Lehman. Ich weiß, dass Sie Müller in etwas so lieb haben, wie eine Warze an Ihrem Hintern. Aber er hat nun einmal den Tipp bekommen. Ob da was dran ist, oder nicht, ist mir im Moment ziemlich scheißegal.

Es ist so ziemlich der einzige Anhaltspunkt, den wir im Moment haben. Ich kann's mir ja auch nicht wirklich vorstellen, dass sich hier in unserem Lande ein paar Leute verschworen haben. Aber bringen Sie mir eine schlüssige Erklärung für all das, was seit heute Morgen passiert ist und ich schieß die Story von Müller wieder ab." Karl war immer wieder verwundert, wie es dieser Baumann auf den Chefsessel gebracht hat. Wenn er mit den Leuten aus der

Verlagsleitung auch so sprach, dann muss er schon irgendeinen sehr großen Stein im Brett bei denen haben.

Anscheinend gefiel er sich darin, ein wenig Gossensprache einzuflechten, um sich als bodenständiger Kerl zu präsentieren. Denn eigentlich war Baumann doch eher der Typ verkrachter Künstler.

"Was schlagen Sie also vor, Chef?"

"Nehmen Sie König mal etwas härter ran. Wenn die Geschichte mit Müller stimmt, und davon muss ich im Moment einfach mal ausgehen, dann weiß der was. Da wette ich meinen verdammten Arsch drauf. Seien Sie nicht so wehleidig, Lehman. König weiß genau, dass Sie auch nur Ihren Job machen. Also, ich möchte später etwas mehr wissen, als dieses ängstliche Rumgesülze von König, klar?"

Klar!

Warum hatte Karl eigentlich nie ein Hemd zum Wechseln in seinem Büro. Als er sich aus dem Staub machte, war er so durchgeschwitzt, wie ein rotznasiger Pennäler, der gerade einen schönen Einlauf vom Direktor bekommen hat. Er musste jetzt an die Luft. Er ging zielstrebig in die Sportredaktion, als ihm dann auch noch Müller entgegenkam.

Karl ballte seine Faust in der Hosentasche zusammen und dachte, Müller, jetzt nur ein einziges dummes Wort und ich polier dir dermaßen die Fresse. Als ob Müller Gedanken lesen könnte, sah er Karl nur feixend an und ging schnellen Schrittes weiter Richtung Chef-Zimmer. War ja klar, dass er ihm jetzt auch noch fein säuberlich in den Hintern kriechen muss. "Leck mich doch" dachte Karl laut und freute sich jetzt erst mal auf den Tabakgenuss.

Er öffnete die Türe zur Dachterrasse und sog die frische Herbstluft ein. Es wäre fast ein entspannendes Vergnügen gewesen, wenn nicht sofort all der Krach von außen in ihn eingedrungen wäre.

Das stetige und heftig wummernde Kreisen der Rotorenblätter von dem über dem Verlagshaus postierten Helikopter erzeugte fast eine meditative Stimmung. Nicht beruhigend, aber wie ein Mantra. Ein Mantra, zu dem man sich wohl ganz bestimmte Gedanken machen sollte. Karl zündete sich die Zigarette an und nahm einen ganz tiefen Zug. So, als ob das die Lösung aller Unannehmlichkeiten wäre. Er ärgerte sich einerseits über seine Unfähigkeit, nicht mal drei Wochen ohne diese blöden Glimmstengel auszuhalten, aber in einer solchen Situation. Wie soll man sich da bitte selbst im Griff haben?

Er beobachtete die Szenerie nun etwas genauer. Er kam sich vor, wie ein Adler auf dem Horst, der sein ganzes Revier mal etwas genauer in den Blick nimmt. Er zählte an die 30 Helikopter, die sich allein um das Regierungsviertel versammelten. Ein Blick auf die Straße verriet ihm, dass es dort unten zuging, wie immer. Unten Alltag, oben Fiktion? Er kam sich vor, wie in dem berühmten Kinoreißer "Indepandance Day", nur, dass das da oben wohl eher keine Außerirdischen waren, sondern Menschen aus Fleisch und Blut. Deutsche. Militärs? Sondertruppen?

Woher? Von wem zusammengetrommelt, von wem finanziert, von wem ausgestattet? So sehr es ihm missfiel, Müller nur ein Jota entgegenzukommen, aber irgendetwas war vielleicht doch dran an der Story?

Karl erinnerte sich schmerzhaft an den klar und deutlich formulierten Arbeitsauftrag von Baumann. Ok, irgendwie muss ich's auf der persönlichen Schiene versuchen, aus König was heraus zu bekommen, wäre doch gelacht. Er schnippte die fertiggerauchte Kippe nach unten weg, als einer der Helikopter nur ganz knapp über das Dach des Verlagshauses flog. Das Cockpit war nun so nah und erkennbar, dass Karl sicher die Gesichter hätte erkennen können, wenn die Piloten keine Helme aufgehabt hätten. Er bemerkte, dass die beiden ihn genauso musterten, wie er sie.

Ein eiskalter Schauder lief im selben Moment über seinen Rücken und er versuchte schnell Land zu gewinnen und nach Innen zurückzugehen.

Auf dem Weg in sein Büro versuchte sich Karl auf die Schnelle eine Strategie zurechtzulegen, wie er an Königs Eingemachtes herankäme. Er war einfach nicht dieser Typ Journalist, der für jede noch so abartige Story seine Oma verkaufen würde. Vielleicht auch das der Grund, warum er sich lange so schwer tat, überhaupt einmal in eine verantwortungsvolle Rolle zu schlüpfen.

Karl überraschte König gerade bei einer Art Meditation. Er entschuldigte sich und war fast schon wieder dabei, das Büro zu verlassen, als König nur meinte, das sei schon in Ordnung, er soll nur reinkommen.

"Herr König. Ich weiß nicht, wie ich's anfangen soll. Aber ich muss Sie bitten, mir zu sagen, wenn Sie etwas mehr wissen sollten. Ich möchte Ihnen nichts unterstellen, gerade weil wir uns ja jetzt schon ne Zeitlang kennen...."

"Ja, kein Thema. Ich habe ja auch gemerkt, unter welchem Druck ihr Jungs hier alle steht. Der Baumann ist ein ganz schön harter Hund, was?"

"Naja, da ist viel Show dabei. Aber das tut jetzt eigentlich auch gar nichts zur Sache. Diese Sache von Müller, Sie wissen schon, der Wirtschaftsleiter. Ist da irgendetwas dran? Sie kennen doch Hinz und Kunz im Militär. Da muss doch irgendwann mal was nach Außen gesickert sein!"

"Also, das einzige, was ich mal mitbekommen habe - das ist aber schon über ein dreiviertel Jahr her – war als ich ein Gespräch mit einem General der Luftwaffe hatte. Wir waren zusammen auf einer Sicherheitstagung. Als wir abends an der Bar versumpft sind, hat er mir so eine ähnliche Geschichte aufgetischt.

Ich hab das damals nicht für ansatzweise bedenkenswert gehalten, weil es einfach so irreal geklungen hat. Die Namen die er mir damals nannte weiß ich auch nicht mehr. Teils, weil er sie schon in seinem Zustand nicht mehr richtig artikulieren konnte, teils, weil ich auch kein Interesse hatte, nach den Namen nachzuhaken. Wie gesagt, ich empfand das damals eher so, als ob er sich mir gegenüber ein wenig wichtigmachen wollte."

"Haben Sie's irgendjemand danach erzählt?"

"Nein. Ich habe es überlegt, ja. Aber ich befürchtete, dass ich mich in der wöchentliche Parteirunde komplett lächerlich machen würde und so hab ich's einfach gelassen."

"Und danach?"

"Was, danach?"

"Naja, haben Sie danach nochmal irgendjemand davon reden hören?"

"Nein, definitiv nicht."

"Scheiße! Entschuldigen Sie, aber ich bin im Moment einfach etwas angespannt. Wir müssen später mal irgendwie Butter bei die Fische machen und wir stehen total blank da. Die Einzigen, die was für die morgige Zeitung haben, sind die Jungs aus dem Sport. Die können sich zumindest noch irgendwas aus dem Spieltag vom Wochenende aus den Nägeln zeihen. Bayern-Krise und die neueste Trainerentlassung und was das alles für Auswirkungen auf die Liga haben wird bla bla... Verstehen Sie? Wir müssen doch als eine der wichtigsten Zeitungen in Berlin irgendwas zu Berichten haben!"

"Das tut mir wirklich leid, Herr Lehman, aber ich kann Ihnen da wirklich nicht weiterhelfen."

Verarschte König ihn vielleicht doch? Diese ganze Brut an politischen Beamten, die besuchten doch sicher regelmäßig Kommunikationskurse, wo sie lernen konnten, wie man sich am besten nichtssagend verhält, wenn's mal brenzlig wird. Hätte Karl jetzt in diesem Moment eine Streckbank zur Verfügung gehabt, er hätte nicht die Hände für sich ins Feuer legen können.

Er blickte auf die Uhr, 16.39 Uhr. Wie konnte das sein? Was hat er Produktives erreicht in dieser schnell verronnenen Zeit? Er hatte doch im Grunde fast gar nichts Greifbares gemacht. "Ok, wir treffen uns dann im Konferenzraum, in 20 Minuten. Vielleicht fällt Ihnen ja doch noch irgendwas ein."

Konnte er ihn jetzt einfach so allein lassen? Was ist, wenn er doch Dreck am Stecken hat? Er müsste jetzt einfach nur das Büro verlassen, in Richtung Fahrstuhl gehen und sich aus dem Staub machen. Keiner könnte ihn jetzt aufhalten. Wie Baumann schon erwähnt hatte, man sei ja hier nicht bei der Polizei. Sollte er wieder zurück und lieber auf ihn aufpassen? "Ach, scheiß drauf!" dachte er, ging in die Kaffeeküche, um sich sein erstes Päckchen seit drei Monaten aus dem Automat zu ziehen und ging nochmal nach oben in seinen Adlerhorst.

Karl wollte diesmal pünktlich, wenn nicht sogar überpünktlich in der Sitzung sein. Deswegen inhalierte er zwei Zigaretten gleich hintereinander. Mit stoßenden, festen Zügen, ohne Genuss aber in tiefster Zufriedenheit. Er betrachtete währenddessen wieder den Himmel über Berlin. Man gewöhnte sich an die Szenerie. Ja, er glaubte fast, dass man sich jetzt bereits wundern würde, wären keine Helikopter am Himmel, die nach irgendjemand suchten und auflauerten.

Mit dem Gefühl, dass also alles seine, seit heute Morgen, gewohnte Ordnung habe, verließ er die Dachterrasse und machte sich auf den Weg ins Konferenzzimmer. Auf dem Weg dorthin wollte er einen Abstecher in sein Büro machen, um König abzuholen. Wäre er noch da, wenn er anklopft?

Karl ging noch einmal im Kopf durch, was - wenn Baumann Recht haben sollte - König dazu bewogen haben mag, bei dieser Verschwörung mitzumachen? Welchen Vorteil hätte er davon? Ein Ministeramt vielleicht? Ein sonstiger gut dotierter Posten? Es machte alles keinen stichhaltigen Sinn. Aber was bedeutete das heute schon.

Er sah durch die Tür seines Büros. Er war da.

"Herr König, wollen wir?" Sie gingen gemeinsam in Richtung Konferenzraum, ohne ein Wort miteinander zu wechseln. Karl war es leid, weiter zu insistieren, es machte ja doch keinen Sinn. Entweder, weil König wirklich von Nichts eine Ahnung hatte, oder, falls er doch involviert war, in dieser Situation sowieso nichts preisgegeben hätte. Also, was soll's.

Als sie ankamen, bemerkte Karl, wie Baumann und Müller zurückgezogen in der Ecke standen und sich geheimnisvoll zuflüsterten. Mann, nimmt sich dieser Fatzke wichtig. Wenn dieser ganze Mummenschatz mal vorbei sei, dachte Karl, will er sich einen Plan aushecken, wie er Müller mal so richtig einen reinwürgen könne. Man muss nur auf die Zeit der Rache warten können. Baumann blickte auf die Uhr, es war bereits 17.01 Uhr, alle Kollegen waren bereits anwesend und somit konnte es losgehen. Nur womit?

"Also! Liebe Kollegen, wir ihr wisst, ist das unsere entscheidende Runde. Haben wir jetzt nichts, dann haben wir morgen ein paar leere Seiten für unsere Leser. Und das wollen wir doch wohl nicht, oder? Ich möchte an dieser

Stelle auch nochmals Herrn König begrüßen. Wie manche wissen, war er in der Vorgängerregierung Referatsleiter im Verteidigungsministerium. Und wie ich meine, tut uns das gut, dass ein sehr gut informierter Teilnehmer in unserer Runde dabei ist, nicht wahr, Herr König?"

König versuchte, ein dankendes Lächeln aufzusetzen, aber es missriet ihm offensichtlich. Was sollte er auch dazu sagen. Es war ja mehr oder minder eine direkte Aufforderung von Baumann, endlich die Karten auf den Tisch zu legen.

Die ganze Runde starrte König und Karl an. Karl spürte förmlich die Fragen, die die Kollegen im Stillen an die beiden wandten. 'Was habt ihr beiden Nasen eigentlich die letzten zweieinhalb Stunden getrieben?', 'Ist dieser Lehman eigentlich auch zu irgendwas zu gebrauchen?', solche Sachen. Es war so still im Raum, dass man die berühmte Stecknadel hätte herunterfallen hören. In diesem Moment klingelte das Telefon, das neben Baumann stand. Wie ein Blitz durchfuhr es alle, so als ob man ein solches Geräusch noch niemals wahrgenommen hätte. Ein Telefon! Ein Telefon, das klingelt! Selbst Baumann, der ausgefuchste Hund machte ein Gesicht von vollkommener Ungläubigkeit.

"Wollen Sie nicht abheben, Chef?" sprang ihm Müller dienstpflichtig zur Seite.

"Baumann?" meldete er sich kurz und trocken.

"Ja."

"Nein!"

"Ok, danke!"

Bevor irgendjemand aus der Runde eine irgendeine dämliche Frage stellen konnte, befahl Baumann, den Fernseher anzuschalten. Es entwickelte sich sofort eine Betriebsamkeit wie am Hauptbahnhof. Jeder fummelte sofort an seinen Jacken- oder Hosentaschen herum, um sein Handy herauszuziehen. Nur Karl nicht, der hatte seines im Büro liegen lassen.

"Handys auf lautlos, Herrschaften, bitte!" befahl wieder Baumann.

Alle Blicke richteten sich auf den Bildschirm, so als ob man den Altar der Erkenntnis betrachten würde. Baumann, der die Fernbedienung in der Hand hielt, zappte sich langsam durch alle Programme. Überall Ratlosigkeit, überall Sonderprogramme, in der Hoffnung, dass da draußen irgendwann auch jemand zusehen könne.

Selbst die privaten Schundsender fanden es heute angebracht, nicht ihr normales Verblödungsprogramm abzuspielen, von den zwei oder drei HomeShopping-Kanälen mal abgesehen. Alle hofften, dass Baumann mal irgendwo anhalten würde, das führt doch zu nichts. Als ob er das antizipieren konnte, blieb das Bild beim zweiten Programm stehen.

Ein Reporter war gerade vor dem Reichstag und versuchte der Bevölkerung krampfhaft zu erklären, was hier und heute in Berlin passiert ist und was das alles zu bedeuten habe. Am unteren Ende des Bildschirms lief permanent ein Laufband, an dem man bitte unbedingt dran bleiben solle. Um 17.30 Uhr käme ein Gemeinschaftsprogramm mit dem Ersten, eine Extra-Sendung, die etwas mehr Licht ins Dunkel bringen solle.

Die Kernaussagen des Reporters waren nicht wirklich spannend, man erfuhr auf jeden Fall nichts, was man nicht selbst schon gewusst hätte. Baumann machte den Ton aus. "Also, Kollegen. Wir brauchen einen Aufhänger für Morgen und ich bin geneigt, die Story von Müller auf den Titel zu heben. Aber uns allen muss klar sein, dass da etwas Fleisch dahinter muss. Gibt es hierzu irgendetwas Neues?"

Müller setzte an und erzählte, dass er die zweieinhalb Stunden genutzt hätte, sich mit einem weiteren Informanten zu treffen, er könne aber noch nicht sagen, wer dies ist. Auf jeden Fall habe dieser bestätigt, dass in bestimmten Kreisen bekannt gewesen sei, dass es eine solche Gruppe gibt, die sich in Regelmäßigkeit getroffen hätte.

Es gäbe auch ein paar Namen, meinte der Informant, die könne er aber erst nachher bestätigen, er müsse sich da erst mal rückversichern.

"Müller! Irgendwann müssen doch mal Namen auf den Tisch, zumindest hier intern!"

Würde er ja gerne, aber er sei der Meinung, dass nicht alle, die hier in der Runde sitzen davon erfahren dürften, da sei Bedingung seines Informanten gewesen. Baumann legte sein Gesicht in seine aufgestützten Hände und seufzte.

"Also, wer bitte schön darf dann Ihrer Meinung nach hier bleiben, Müller?" Die Wirtschaft, die Politik und natürlich er, für den Rest könne er das nicht preisgeben.

"Gut. Dann bitte Kollegen, nehmen Sie's nicht persönlich."

Als sich auch König erhob, sprach Müller, "Herr König, Sie würde ich bitten, hier zu bleiben. Das könnte sicher interessant werden." Karl bemerkte, dass König das Schwitzen anfing. Also doch? Hat er sich von König wirklich an der Nase herumführen lassen? Karl fragte in die übrig gebliebene Runde, ob er schnell in sein Büro könne, um sein Handy zu holen. Vielleicht hat er ja Nachricht bekommen, die in der Sache weiterhelfen könnte. Als Baumann bejahte, stürmte Karl in sein Büro.

Als er das Handy anstellte, hatte er inständig die Hoffnung, dass irgendeine Nachricht dabei sei, die ihm in irgendeiner Form den Tag retten könnte. Als es endlich soweit war, sah er fünf unbeantwortete Anrufe, alle von Sandra. Drei SMS. Er ging sie schnell nach der Reihe durch. Zwei davon wiederum von seiner Holden. Jedoch eine SMS von einer ihm unbekannten Nummer. Er öffnete die Nachricht.

-- Lehman, wir müssen uns unbedingt treffen, sobald Sie diese Nachricht gelesen haben. Rufen Sie mich umgehend an! Gruß Benhardt –

Scheiße, den haben sie doch heute Nachmittag abgeholt, als er mit König losgefahren ist. Er wählte sofort die Nummer.

-- the person, you have called.... –

Er legte gleich wieder auf. Was sollte er jetzt tun? Weiter probieren, zurückschreiben? Wenn er das tat, und sie ihn wo festhielten, dann würden sie womöglich hier in der Redaktion auftauchen.

Auf der anderen Seite, ihm haben sie bisher ja nichts angetan, ganz im Gegenteil. Und allen anderen Kollegen auch nicht. Also gut, volles Risiko, er musste heute irgendwann mal was zu Schreiben bekommen.

-- hallo hr. benhardt. empfang erst seit einer viertel Stunde möglich. erreiche sie leider nicht. bitte melden sie sich wieder bei mir. lehman. –

Mit leiser Hoffnung, dass Benhardt vielleicht doch verschont wurde, ging Karl ins Konferenzzimmer zurück und bemerkte, dass sich dort in der Zwischenzeit die Situation ziemlich angespannt hatte. Alle Anwesenden hatten verkniffene Gesichter, Baumann einen hochroten Kopf und König sah ziemlich mitgenommen aus. So als ob sie ihn, um die Zeit zu nutzen, in der Karl nicht dabei war, heftig durch die Mangel genommen hätten.

"Was ist los?" frage er etwas naiv in die Runde.

"Nichts! Das ist ja das Problem!" fauchte Baumann.

"Herr König. Wenn Sie uns nicht weiterhelfen möchten, dann würde ich vorschlagen, dass Sie unsere Gastfreundschaft nicht weiter strapazieren" wandte er sich König zu.

König war es sicher gewohnt, auch mal etwas härter angegangen zu werden. Wer auf diesen Ebenen in der Politik arbeitet, sollte das wissen und aushalten können.

Aber diese Bemerkung verletzte ihn wohl sichtlich, da er wohl erwartete, dass ein Chefredakteur einer nicht ganz unbedeutenden Tageszeitung etwas mehr Fingerspitzengefühl haben sollte. Aber da kannte er Baumann leider sehr schlecht. Er stand von seinem Stuhl auf, blickte in Richtung Baumann und bemerkte nur, "Herr Baumann, ich danke für die Gastfreundschaft. Ich werde mich zu revanchieren wissen. Ich empfehle mich."

Er schob sich an Karl vorbei und rempelte ihn dabei an, so als ob er was dafür könne, so unfein behandelt worden zu sein. Karl unternahm den Versuch, König hinterherzugehen. Dieser drehte sich um und meinte, "Lehman, diese Begegnung heute war nicht unbedingt sehr förderlich für unsere zukünftige Zusammenarbeit, falls es überhaupt noch eine geben wird. Machen Sie's gut."

Und weg war er.

Karl hatte nun verdammt schlechte Karten. Der einzige Trumpf, den er überhaupt in der Hand hatte, hat sich geradeben aus dem Staub gemacht. Und der andere, Benhardt, war so sicher wie ein Sechser im Lotto.

"Verdammte Scheiße!" brüllte Karl durch den Flur, so dass es wirklich jeder mitbekommen konnte.

"Lehman, reißen Sie sich verdammt nochmal zusammen" kam postwendend aus dem Konferenzraum.

Zurück bei der kleinen Runde, nahm sich Karl ein Herz und fragte Baumann, was er denn jetzt bitte machen solle. Er hat nichts in der Hand und niemanden mehr, den er noch weiter beackern könne, denn der wurde ja gerade weggeschickt. "Mann Lehman, Sie haben doch genug Kontakte. Nehmen Sie ihr verdammtes Handy in die Hand und legen Sie los. Da wird schon irgendwas gehen! Meine Herren, ich löse diese Runde jetzt auf. Um 19.30 Uhr sehen wir uns wieder hier, in derselben Besetzung."

Als alle anderen den Raum verlassen hatten, kam von Baumann "Lehman, haben Sie mal ne Zigarette für mich?" Klar hatte er die.

"Komm, lassen Sie uns kurz auf den Balkon raus. Ich muss Ihnen da noch was sagen..." Was kommt denn jetzt noch?, fragte sich Karl, obwohl er von Baumanns plötzlich so vertraulichen Ton doch angenehm überrascht war. LEHMAN! LAGEBERICHT! hämmerte es durch Karls Kopf. Er wunderte sich, dass er Baumann nichts sagen hörte.

Als er sich zu ihm umsah, steckte er sich gerade die erste Zigarette an und nahm einen ersten tiefen Zug. Anscheinend war der Befehl aus ihm selbst heraus entstanden. So als fordere der Verstand nun endlich sein Recht auf eine gewisse Ordnung für das heutige Chaos. In Bruchteilen von Sekunden wurde ihm die Situation also noch einmal vor Augen geführt.

Seit heute Morgen sind alle verfassungsmäßigen Organe in irgendeiner Form besetzt, bewacht und vor unwillkommenen Zutritt gesichert. Das galt sowohl für den Bundestag mit all seinen diversen Gebäuden, das Kanzleramt, alle Ministerien, der Sitz des Bundespräsidenten und und und.

Des Weiteren war klar, das hat sich vorhin in der großen Runde noch einmal bestätigt, dass so gut wie niemand aus diesen Organen zu erreichen ist. Niemand aus den höheren Reihen des Staates, geschweige denn aus der höchsten, war greifbar. Niemand wusste, wo diese wiederum sein könnten. Die Kollegen hatten natürlich ebenfalls ihre Kontakte abgeklappert, meisten Leute aus den erweiterten politischen Ebenen, die zumindest in Kontakt mit ganz oben standen. Das hieß also, dass entweder alle politischen Würdenträger, einschließlich der Abgeordneten unter Hausarrest sein oder interniert sein mussten.

Diese Vorstellung allein. In diesem Land. Unmöglich. Karl konnte sich so was einfach nicht vorstellen, als ob es das in diesem Lande nicht schon einmal gegeben hätte. Aber das war ja außerhalb jeder Erfahrungswelt der Generation, die jetzt lebte. Karl dachte sogleich an Schlüsselszenen, die er früher öfter in Filmen über Diktaturen in Südamerika gesehen hatte. Das waren ja auch keine unzivilisierten Gesellschaften. Also, warum sollte so was nicht auch mitten in Europa, am Anfang des 21. Jahrhunderts passieren können. Der Wille zur absoluten Macht ist zeit- und grenzenlos.

"Lehman, ich bitte Sie, dass Sie meinen Ton nicht zu persönlich nehmen?" riss Baumann ihn komplett aus seinen Träumereien.

"Ist schon gut, bin ja nicht aus Zucker."

"Verstehen Sie, ich stehe hier massiv unter Druck."

Karl musste über die Aussage nur lachen, "Sie Einzelfall, Chef!"

"Ich meine es ernst."

"Ich auch. Ist es das, was Sie mir jetzt noch sagen wollten?"

"Nein, noch nicht alles. Hören Sie zu. Ich hoffe, ich kann mich da auf Sie verlassen."

Karl nickte zustimmend. War das eine Chance für ihn? Wenn er jetzt Loyalität zeigte, so könnte später vielleicht noch mehr für ihn drin sein.

"Also Lehman, man hat mir vor ein paar Monaten den Posten als Mitherausgeber angeboten. Mit allen Freiheiten und finanziellen Vorteilen, Sie verstehen?"

"Und wo ist da das Problem?"

"Das Problem ist, dass ich mir keinerlei Fehler erlauben darf, die mit der Außenwirkung unserer Zeitung oder unseres Verlages zu tun hat. Und dann passiert so ein Scheiß, wie heute!"

"Chef, Sie haben's doch gerade im Fernsehen gesehen. Die Konkurrenz läuft doch auch wie die Blinden herum. Niemand hat irgendeine Ahnung. Und dann trauen sich die Fernsehfuzzis auch noch ne Sondersendung drüber zu machen. 'Wir haben zwar keine Ahnung, was in unserem Land gerade passiert, aber wir berichten jetzt mal ne Stunde drüber', wenn wir uns das erlauben würden!"

"Lehman, es gibt aber bestimmte Leute, die mehr wissen!"

"Wie? Wer?"

"Na wer wohl?"

"Aha? Und woher wollen Sie das wissen?"

"Jetzt, Lehman, kommen wir zum eigentlichen Problem."

"Verstehe ich jetzt nicht ganz?"

"Das gehörte zu meinem Plan, mir keinen Fehler zu erlauben und möglichst einen Schritt vor der Konkurrenz zu sein."

"Ok, leuchtet mir ein. Aber was heißt das konkret?"

"Bei denen sitzt ne Laus im Pelz. Und diese Laus steht gerade auch extrem unter Druck."

"Wow!", mehr konnte Karl gerade nicht dazu sagen. Dass Baumann ein ziemlich verwegener Kerl ist, war ihm schon immer klar, aber das hätte er ihm nicht zugetraut.

"Verstehen Sie. Wenn das in dieser brenzligen Situation auffliegen sollte, dann kann ich mir nicht nur den Herausgebersessel abschminken."

"Wer ist es?"

"Das werd' ich Ihnen jetzt auf die Nase binden! Muss Ihnen doch klar sein, dass ich Ihnen den Namen nicht geben kann. Nur so viel. Es ist eine Frau. Bin schon länger auf die scharf..." Karl musste laut lachen und schlug sich an den Kopf. "Lehman, verdammt noch mal. Nicht, was Sie jetzt schon wieder denken! Ich wollte sie einfach hier rüber locken. Ist noch relativ jung, aber sehr smart. Die hat was drauf. Und mit irgendwas musste ich sie ja anfixen."

"Was wissen die mehr?"

"An der Geschichte von Müller scheint leider mehr dran zu sein, als Sie sich vorstellen können. Nur weiß ich auch, dass die morgen nicht drüber berichten werden."

"Dann verstehe ich nicht, wo das Problem liegt. Wenn wir morgen damit aufmachen, dann sind wir doch vorne?"

"Lehman, wenn wir da morgen irgendeinen Scheiß im Blatt stehen haben, der nur gefährliches Halbwissen wiedergibt, dann kommen die am Mittwoch mit der richtigen

Story. Und wir sind erst mal erledigt. Die seriöse Tageszeitung wagt es, Fakten zu veröffentlichen, die keiner Prüfung standhalten. Aber das große Boulevardblatt, die machen hier mal investigativen Journalismus. Das wäre der Todesstoß, verstehen Sie?"

"Was schlagen Sie vor?"

"Ich hab ehrlich gesagt noch keine Ahnung. Ich werde mich in einer viertel Stunde mit besagter Kollegin treffen und will hoffen, dass sie was für mich hat. Wäre es so, dann könnte sie gleich bei uns bleiben. Denn wenn die Herren Kollegen das morgen bei uns lesen, dann müssen die nur noch eins und eins zusammenzählen."

"Kann ich solange was für Sie tun, Chef?"

"Machen Sie einfach Ihre Arbeit."

"Ok. Chef, ich muss Ihnen auch noch was sagen. Ich hatte im Lauf des Nachmittags einen Anruf von Benhardt auf meinem Telefon."

"Ja, und?"

"Chef! Heute Nachmittag!"

"Hm, stimmt."

"Ich hab ihn vorhin natürlich sofort zurückgerufen. Nicht zu erreichen."

"Versuchen Sie's weiter!"

"Ist schon klar. Aber wie soll ich das verstehen? Das ganze Land liegt kommunikationsmäßig brach, und Benhardt konnte mich trotzdem anrufen!"

"Lehman, Sie wissen doch, wer Benhardt ist. Wenn die vom Geheimdienst keine sicheren Leitungen haben, wer dann? Also, Lehman, ich muss los. Drücken Sie mir die Daumen. Ich weiß es übrigens sehr zu schätzen, dass Sie mir zugehört haben." Und schon war er auf dem Weg nach unten.

Karl war in einer sehr seltsamen Stimmungslage. Er fühlte sich einerseits überfordert mit diesem Tag. Er war sehr ängstlich. Andererseits war ihm bewusst, dass er mitten am Puls der Geschichte war, heute ist etwas Historisches passiert. Und als i-Tüpfelchen kam jetzt noch die kleine Verschwörung mit seinem Chef. Langsam verstand er sogar, dass so eine Verschwörung richtig Spaß macht und sie einem ein bisher unbekanntes Gefühl von Machtfülle einflößte. Bei dem Gedanken lief ihm ein wohliger Schauer über den Rücken.

Karl machte sich zurück auf den Weg in sein Büro. Er hatte jetzt keine volle zwei Stunden mehr Zeit bis zur letzten Redaktionssitzung. Er musste jetzt Benhardt erwischen und ihn am besten irgendwo treffen. Karl öffnete die Tür, schaltete den Fernseher ein und ließ sich in seinen Sessel hineinsinken.

Es lief gerade besagte Extra-Ausgabe, in der das ganze Unwissen der Medien in epischer Breite für den „Bürger da draußen" in Hochglanz aufbereitet wurde. Und endlich kamen auch wieder alt bekannte Experten zu Wort, die aber leider auch keine Ahnung hatten. Es war eigentlich wie früher.

Plötzlich fiel ihm ein, dass er vielleicht Sandra mal anrufen sollte. Er musste zugeben, dass er in den Wirrnissen des Tages keine Sekunde an sie denken musste. Er wurde bei diesem Gedanken sogar etwas rot, obwohl niemand sonst im Raum gewesen war, vor dem er sich hätte schämen müssen, außer vor sich selbst.

"Na endlich! Hättest ja schon mal zwischendurch anrufen können Schatz" begrüßte Sandra ihn am Telefon.
"Ja, tut mir echt leid. Aber ich hab's einfach zu spät gemerkt, dass man wieder Telefonieren kann und dann

geht's heute natürlich drunter und drüber, kannst du dir ja sicher vorstellen."

"Ja, ist schon ok. Schatz, ich hab irgendwie totale Angst. Ich hab mich den ganzen Tag nicht einen Schritt aus dem Haus gewagt."

"Jetzt beruhig dich erst mal. So wie es aussieht, tun sie uns ganz normalen Leuten nichts."

"Ich hab vorhin im Fernsehen mitbekommen, dass angeblich die komplette Regierung und so weiter interniert worden sei. Weißt du was davon?"

"Ehrlich gesagt nein. Du kannst dir gar nicht vorstellen, wie schrecklich das ist, wenn man nicht mehr weiß als alle anderen und vor allem nicht mehr als unsere Leser. Wir stehen für morgen ziemlich blank da. Mein Chef hat vorhin erzählt, dass die anderen mal wieder mehr wissen, angeblich."

"Das heißt, ihr wisst gar nicht richtig, was los ist?"

"Naja, was da draußen los ist schon. Ich war natürlich viel unterwegs. Die haben alles dicht gemacht und die Zugänge zu allem gesperrt, was nur irgendwie mit der politischen Ebene zu tun hat. Aber komischerweise nicht für uns Journalisten. Ich konnte z.B. ganz normal ins Abgeordnetenhaus reinmarschieren. Es war nur keine Sau da."

"Und was ist jetzt mit der Nachricht, was ich dir gerade erzählt habe?"

"Also die ist mir neu. Aber wundern würde mich das heute auch nicht. Als ich bei den Roten vorbeigefahren bin, hab ich miterlebt, wie die nicht mal den Parteivorsitzenden ins Gebäude reinlassen wollten. Außerdem haben die heute anscheinend allerhand Leute von Zuhause weggeholt. Also von daher kann ich mir das auch gut vorstellen. Haben die auch gesagt, wo die alle interniert sein sollen?"

"Nein, keine Ahnung."

"Auf welchem Sender hast du das gesehen?"

"Weiß ich nicht mehr. Seitdem heute Nachmittag wieder alles funktionierte, hab ich natürlich sofort die Glotze angemacht und überall rumgezappt, wo es Informationen gab. Keine Ahnung. Was meinst du eigentlich, wann du heimkommst?"

"Du, ich hab im Moment echt andere Probleme. Nicht bös sein, ja? Aber ich hab keinen blassen Schimmer, was uns heute noch alles überraschen wird. Sag mal, noch was anderes, haben die auch berichtet, ob sich die Polizei eingeschaltet hätte?"

"Nein, gar nichts. Beziehungsweise doch. Auf irgendeinem Sender wurde das mal behandelt. Ich glaub, die haben sogar den Polizeipräsidenten interviewt."

"Ja und?"

"Der meinte irgendwie bloß, dass im Moment keine Gefahr für Leib und Leben der Bevölkerung bestehe, von daher sehe er sich nicht dazu veranlasst, einzugreifen. Außerdem hat er durch die Blume zugegeben, dass man mit der Situation auch irgendwie überfordert sei. Da sei die Rechtslage nicht eindeutig."

"Hm, da mag er nicht Unrecht haben. Aber komisch ist es schon, dass anscheinend alles im Land nicht mehr handlungsfähig ist, was mit dem bisherigen Gewaltmonopol zu tun hat, oder?"

"Wisst ihr denn, wer dahinter steckt?"

"Nein, noch nicht wirklich. Also zumindest bis jetzt noch nicht. Allerdings hat sich Müller, dieser Penner, du weißt schon, das Arschloch aus der Wirtschaft, der dich letztes Jahr angebaggert hat, mal wieder in den Vordergrund gespielt. Aber leider Gottes scheint da auch was dran zu sein."

"Ach Karl, der war doch ganz nett, so schlimm fand ich deinen Kollegen gar nicht. Und angebaggert hat er mich überhaupt nicht...."

Schweigen am anderen Ende der Leitung. Karl hätte jetzt gerne seine Fassung verloren, aber was hätte ihm das eingebracht?

"Naja, wie du meinst. Auf jeden Fall scheint es in den letzten Monaten eine wie immer geartete Verschwörung gegeben zu haben. Die Leute kann oder will er bis jetzt nicht preisgeben, dieser Wichtigtuer."

"Was für ne Verschwörung?"

"Naja, was meinst du, wer die ganzen Gerätschaften und Waffen organisiert hat, wer das Ganze organisiert hat? Das muss ja ne Gruppe Leute dahinterstecken, die Einfluss auf alle möglichen Ebenen haben, meinst du nicht?" Karl verfiel jetzt wieder in seinen etwas überheblichen und besserwisserischen Ton. Wie immer, wenn er sich ungerecht behandelt fühlte. Sandra war natürlich so feinfühlig und bemerkte, dass es jetzt wohl besser sei, das Gespräch nicht unnötig in die Länge zu ziehen.

"Ja, da hast du sicher Recht, Schatz. Du, ich will dich jetzt gar nicht länger aufhalten, du hast ja sicher genug zu tun."

Das hatte er. Er verabschiedete sich von Sandra, schon wieder etwas versöhnlicher im Ton und blickte auf die Uhr. Es war halb sieben. Also noch genug Zeit, etwas Gas zu geben. Er versuchte noch ein paarmal, Benhardt zu erreichen. "Not available", immer noch. Was wollte ihm Benhardt denn stecken? Er überlegte, wie er ihn vielleicht doch noch erwischen könnte. Wo hat er ihn früher immer getroffen? Ja eben, in der "Ständigen Vertretung".

Aber nachdem die Putschisten, so konnte man sie jetzt doch ohne Zweifel nennen, nicht blöde sind, hätten sie sicher gerade diese Kneipe, wenn nicht besetzt, so doch beobachtet. Egal, Karl nahm seine Jacke und machte sich auf den Weg. Er brauchte noch ein Ass im Ärmel gegen Müller, das wäre doch gelacht.

Ziemlich abgehetzt betrat Karl das Ziel seiner letzten Hoffnung und war überrascht, dass hier eben keine Wachleute standen. Er traf so allerhand bekannte Leute, die meisten natürlich Kollegen, die alle, wie nach einer Quelle in der Wüste dürstende Tiere auf ihn wirkten. Einfach selig und glücklich, hier zu sein. Unschlüssig, wie es nun weitergehen sollte. Karl ging zur Bar und fragte den Keeper, der wirklich alle kannte, die Rang und Namen in der Stadt hatten, nach Benhardt.
"Ja, der war vor ner halben Stunde noch hier."
"Ehrlich, ganz sicher?"
"Natürlich, was glaubst du denn. Soll ich dir irgend nen Scheiß erzählen?"
"Sorry, nein, natürlich nicht. Hat er irgendwas gesagt?"
"Moment!"

Der Barkeeper ging nach hinten in die Küche. Als er zurückkam, hielt er einen kleinen Zettel in der Hand. Er sah sich um, ob ihn irgendjemand beobachtete. "Da. Das hat er mir gegeben. Soll ich dir überreichen, falls du hier aufkreuzt."
Als Karl ganz hastig den Zettel entfalten wollte, sagte dieser „Stopp! Du sollst ihn erst lesen, wenn du den Laden verlassen hast und wenn du allein bist. Ganz allein, verstehst du?"

Karl verlies die "Ständige Vertretung" so schnell, wie noch nie in seinem Leben und versuchte sich in Richtung Spree ein Plätzchen zu suchen, wo er wirklich allein war. Er steckte sich erst noch eine Zigarette an und setzte sich auf einen Steinboller. Er öffnete den Zettel und las:

-- Lehman. Falls Sie mich noch nicht erreicht haben, hat das natürlich seinen Grund. Ich habe mein Handy entsorgen müssen. Ich habe eine neue Nummer, die Sie bitte möglichst auswendig lernen sollten. Den Zettel hier schmeißen Sie bitte danach sofort weg. Wenn ihn jemand in die Hände bekommt, bin ich erledigt. Merken Sie sich bitte folgendes. Halten Sie sich von König fern, falls es nicht schon zu spät ist. Ich habe Sie heute Nachmittag nämlich bei ihm gesehen.

War keine gute Idee von Ihnen. Aber woher hätten Sie es wissen sollen. Alles Weitere persönlich unter vier Augen. Wir müssen uns bitte möglichst sofort treffen. Ich halte mich nun so lange es geht im Umkreis vom Alex auf. Rufen Sie mich also an! Die Nummer finden Sie auf der Rückseite. Ich hoffe, Sie können Sie lesen, Sie haben doch sicher, wie früher, Ihren Fadenzähler dabei. Ich muss hier auf Nummer sicher gehen, dass nur Sie diese Nummer in die Hände bekommen. Gruß und hoffentlich bis bald. Benhardt --

Karl wählte die Nummer und Benhardt ging tatsächlich ran. Man verabredete sich in 15 Minuten unter der Welt-uhr am Alex. Karl hatte keinen blassen Schimmer, was Benhardt ihm zu Erzählen hatte.   Aber die Tatsache, dass er ihn vor König gewarnt hat, schien zu bestätigen, dass da irgendetwas ganz faul war. Hatte er also heute Nachmittag doch den richtigen Riecher? Oder steckt Ben-hardt mit drin und er bindet ihn einen Bären über König auf? Die sind doch heute Nachmittag bei ihm gewesen, mit zwei Mannschaftswägen. Warum läuft er dann hier frei in der Stadt herum? Ist ihm die Flucht gelungen? War er schon gar nicht mehr Zuhause, als sie ihn abholen wollten? Oder war das nur ne Finte? Karls Gedanken durchpeitschten jetzt regelrecht sein Hirn, so dass er fühl-bar Kopfschmerzen davon bekam. Alles Spekulieren half aber nichts, er musste jetzt einfach abwarten, was Ben-hardt ihm in ein paar Minuten erzählen würde.

Es war kurz vor sieben, als Karl am verabredeten Platz an-kam. Er blickte sich nach Benhardt um, konnte ihn aber in der Masse der Menschen nicht entdecken. Er nahm das

Handy und rief erneut diese geheime Nummer an. Tot.
Nicht der Ansatz eines Wähltones. Was war denn jetzt
schon wieder los?
Karl bekam wieder kalte Schweißausbrüche. Ihm war
mulmig, noch dazu, dass auch hier am Alex mindestens
zwei dieser bedrohlich tief fliegenden Helikopter herum-
schwirrten. War das der Grund, warum sich Benhardt
nicht zu erkennen gab?

In diesem Moment rempelte ihn jemand ziemlich heftig an.
Bis Karl es sich überhaupt gewahr wurde, konnte er einen
Mann entdecken, bekleidet mit einer schwarzen Kapuzen-
jacke, der schnellen Schrittes weiterlief. War das einer dieser alten Taschendiebe-Tricks? Karl durchsuchte seine
Taschen. Und ja, er hatte Recht, aber genau anders
herum. Er bemerkte einen kleinen Zettel in der Manteltasche. Er öffnete ihn.

-- bitte kommen sie in den kaufhof. restaurant, am eingang. Benhardt –
Alles klar. Benhardt wurde also beobachtet. Oder bildete
der sich das nur ein? Karl kämpfte sich durch die hektisch umherlaufenden Kunden im Kaufhof, die auf den
letzten Drücker ihre Einkäufe erledigen wollten.

Im Restaurant sah er ihn endlich. "Hallo Herr Lehman.
Lassen Sie uns reingehen, nen Kaffee trinken." Als sie
endlich in einer zum Glück ziemlich ruhigen Ecke des
Restaurants saßen, fing Benhardt zum Reden an.
"Lehman, Lehman. Was für ein Tag, oder?"
"Ja, das kann man laut sagen. Was wollten Sie mir denn
also mitteilen?"
"Wie schon gesagt, ich habe Sie heute Nachmittag vor Kö-
nigs Haus gesehen. Sie sind mit ihm zusammen in ein
Taxi gestiegen. Was haben Sie zusammen gemacht?"
"Ich hab ihn mit in die Redaktion genommen."

"Scheiße! Ich hab's befürchtet."

"Wieso? Hat König also doch Dreck am Stecken?"

"Warum sagen Sie "doch"?"

"Normalerweise erzählt man als Journalist ja nicht unbedingt, was man so alles weiß, aber ich nehme an, dass Sie mir eh nen Schritt voraus sind. Es gibt irgendwelche Gerüchte von einer Verschwörung, an der ziemlich wichtige Personen beteiligt sein sollen. Das Ergebnis erleben wir ja heute hautnah."

"Tja, Lehman, da scheinen Sie wohl Recht zu haben. Ich kann aber nicht sagen, ob König direkt involviert ist. Wenn ja, dann war das eine ziemlich dumme Idee, ihn mit in die Redaktion zu nehmen. Er wusste sicher von nichts, richtig?"

"Ja, so ungefähr. Er machte nur irgendwelche Andeutungen, dass er da vor Monaten auch schon mal was davon gehört hätte. Aber danach sei das bei ihm wieder in Vergessenheit geraten. Unser Chef, der Baumann hat ihn dann nochmal ziemlich hart rangenommen, weil er's ihm nicht geglaubt hat. Schließlich hat er ihn dann förmlich rausgeschmissen."

"Sehr gute Lösung. Und Sie, Sie hatten keine Zweifel?"

"Doch, im Laufe des Nachmittags dann schon. Ich hab auch versucht, ihn weich zu klopfen, aber keine Chance."

"Was richtig schlecht ist, ist die Tatsache, dass er jetzt weiß, was ihr in der Redaktion wisst."

"Dann erklären Sie mir doch mal Königs Rolle!"

"Hören Sie zu Lehman. Vor ein paar Monaten bat mich ein ehemaliger Kollege, der zum Verfassungsschutz gewechselt ist, ein paar Kontobewegungen im Ausland zu checken. Ich fragte ihn, wozu? Sie hätten wohl just von derselben Geschichte Wind bekommen. Er wollte mir zunächst keine Namen nennen, aber ich sollte die Kontobewegungen einer Stiftung prüfen, in der König mit im Vorstand sitzt."

"Und?"

"Nachdem's ein alter Kumpel war, hab ich das natürlich veranlasst. Als wir etwas mehr wussten, hab ich ihm die Infos nur weitergeben wollen, wenn er mir Namen nennt. Das hat mich nen schönen teuren Abend im Adlon gekostet."

"Und, wer ist alles dabei?"

"Lehman! Immer langsam! Sie glauben doch nicht im Ernst, dass ich Ihnen das jetzt alles exklusiv auf's Brot schmiere, oder? Sie können auf jeden Fall sicher sein, dass da allerhand Leute mit im Boot sind, von denen Sie's sicher nicht vermutet hätten."

"Na toll. Und was soll ich jetzt mit den halbgaren Infos anfangen? Meinen Sie, dass ich damit morgen in die Zeitung komme? Baumann reißt mir die Rübe runter."

"Ich wollte erst mal, dass Sie sicher sein können, dass an der Geschichte was dran ist. Sie könne sich vorstellen, unter welchem Druck ich gerade bin."

"Wie haben Sie mich eigentlich bei König sehen können?"

"Ich hab mich relativ schnell aus dem Staub gemacht, als ich ne Nachricht von meinem Büro bekommen habe."

"Wie soll das gehen? Alle Netze, Radio, Fernsehen, Internet...es war doch alles tot?"

"Sie können sich erinnern, dass ich bereits heute Nachmittag versucht habe, Sie zu erreichen?"

"Ja, das schien mir schon schleierhaft."

"Lehman! Wenn es ein Geheimdienst nicht schafft, sich zumindest intern auf bestimmten Wegen zu verständigen, dann können Sie so ne Einrichtung gleich ganz dicht machen. Dass muss Ihnen doch klar sein, dass wir ein paar andere technische Voraussetzungen haben, als Kreti und Pleti. Also, auf jeden Fall habe ich mein Haus verlassen. Das war gegen halb elf. Zuerst dachte ich, ich fahre Richtung Innenstadt, hab's mir dann aber doch anders überlegt und bin in dem nahegelegenen Park geblieben. Je näher am Zuhause umso weniger wird man dort vermutet. Ich habe mir die Zeit einfach damit vertrieben, dass ich

endlos hin und her gelaufen bin. Bis ich dann das Taxi vorfahren sah und Sie ausgestiegen sind. Den Rest kenne Sie ja selber."
"Und die zwei Truppenwägen? Die waren unterwegs zu Ihnen?"
"Ja klar. Aber da war natürlich niemand mehr. Verstehen Sie das jetzt langsam. Warum, meinen Sie, war niemand von denen vor Königs Tür?"
"Hm. Vielleicht weil er nicht mehr so wichtig ist?"

Benhardt musste laut auflachen. "Ja, genauso wird's wohl sein. Denken Sie dran, was ich Ihnen grade erzählt habe. Um also noch mal auf diese Stiftung zurück zu kommen. Da sind in den letzten Jahren Millionen-Beträge nach Saudi-Arabien, Russland und sonst wohin geflossen. Angeblich zur Unterstützung von NGOs, die sich um die Demokratisierung vor Ort kümmern. Nach einiger Recherche, die aber für uns natürlich nicht allzu schwer war, war klar, dass es diese NGOs zwar gibt, die Gelder aber nie wirklich dort angekommen sind. Das lief natürlich wieder über irgendwelche Zwischenkonten von anderen Stiftungen, die das Geld dann angeblich verteilt haben. Aber prüfen Sie bitte mal gerade in diesen Ländern nach, ob alles mit rechten Dingen zugegangen ist. Keine Chance!"
"Und mit diesen Geldern sind dann all die schönen Dinge finanziert worden, die man heute am Himmel und auf den Straßen sehen kann!"
"Nicht beweisbar, aber sehr schwer anzunehmen."
"Ok, da kann ich ja noch problemlos folgen. Aber wie, bitte schön, sind die ganzen Helikopter, Militärfahrzeuge und was sonst noch nach Deutschland gekommen?"
"IKEA-Prinzip. In Einzelteilen schicken lassen und selbst zusammenbasteln. Sie können sicher sein, dass die genug Leute haben, die sich damit auskennen."

"Aber das muss doch dann schon über Jahre laufen, wie will man das innerhalb von ein paar Wochen organisieren?"

"Da bin ich gerade dabei, das herauszufinden. Leider war auch ich etwas zu spät dran. Ich hab's meinem alten Kollegen vor ca. drei Monaten erzählt. Der sollte das seinem Chef stecken, weil wir ja im Inland nicht handlungsfähig sind."

"Und was ist passiert?"

"Ja nichts, wie man sieht. Anscheinend hat sich seit dieser Nazi-Mord-Geschichte damals immer noch nichts geändert. Der eine Dienst traut dem anderen Dienst nicht über den Weg oder hält ihn sowieso für überbewertet oder gar überflüssig. Und umgekehrt genauso. Ich dachte eigentlich, dass wir einen Schritt weiter wären."

"Das dachte ich eigentlich auch. Wie kommen wir denn jetzt weiter?"

"Ich schlag Ihnen einen Deal vor. Sie können meinetwegen berichten. Aber natürlich nicht, mich dabei als Quelle anzugeben. Sie berichten natürlich auch nicht alles, was ich Ihnen erzähle, sondern nur so viel, wie von mir freigegeben wird. Und! Sie berichten vor allen Dingen in eine bestimmte Richtung."

"In was für eine Richtung?"

"Das erkläre ich Ihnen dann schon. Wir müssen ablenken, verstehen Sie, in die Irre führen!"

"Und was haben Sie davon?"

"Ich brauch für die nächste Zeit einfach einen sicheren Unterschlupf. Kann bei Ihnen daheim sein oder meinetwegen im Heizungskeller des Verlags, mir ziemlich egal. Alles besser, als von denen in die Hände bekommen zu werden. Glauben Sie, Sie kriegen das hin?"

"Ja sicher! Aber ich weiß nicht, ob das ne gute Idee ist, wenn Sie bei mir in der Wohnung sind."

"Machen Sie sich mal keine Gedanken, Ihre Süße werde ich schon nicht anrühren!"

"Woher wissen Sie...?"

"Mensch Lehman, seien Sie doch bitte nicht so naiv! Aber
das wäre wirklich die beste Idee. Sie sehen doch selbst,
dass Ihre Spezies mit Samthandschuhen angefasst wird.
Oder haben Sie heute was Gegenteiliges mitbekommen?
Die haben's nur auf ein paar bestimmte Leute abgesehen
und das sind wir. Alle, die in der Politik und im System involviert sind."
"Gut, Herr Benhardt, wir machen den Deal. Bevor ich aber
meine Süße, wie Sie zu sagen pflegen, anrufe, wüsste ich
schon gerne, für wie viele Nächte ich Sie einbuchen soll."
"Machen Sie's doch mal bis auf weiteres. Spaß beiseite,
Lehman. Ich kann's Ihnen wirklich nicht sagen. Aber ich
verspreche Ihnen, sobald ich das Gefühl habe, dass für
mich keine Gefahr mehr besteht, bin ich weg, ok?"

Karl rief also Sandra an und erklärte ihr all die Umstände.
Begeisterung hörte sich sicher anders an, aber sie wür-
digte wohl diese Ausnahmesituation und fügte sich.
"Das wird dich einiges Kosten, Schätzchen!" meinte
Sandra nur kurz, aber äußerst glaubwürdig.

Sie fuhren zusammen mit dem Taxi in Richtung Karls
Wohnung. Benhardt notierte ihm einige Stichpunkte ins
Notizbuch, damit er mit der ersten Welle der ganzen Geschichte anfangen konnte. Oben in der Wohnung angekommen, stellte Karl die beiden einander vor und hoffte,
dass sie sich irgendwie vertragen würden. Als Karl das
Haus verließ, überkam ihm aber sofort auch gleich ein un-
erträgliches Gefühl von aufkommender Eifersucht. Denn
er musste zugeben, dass Benhardt mit seinen Mitte fünf-
zig noch verdammt gut aussah und auf den Mund gefallen
war er auch nicht. Er wusste ja, wie leicht Sandra zu be-
einflussen war. Aber ehrlich gesagt, half ihm das jetzt

auch nicht weiter. Dieser Tag war so irreal, wie nur was, das machte das Kraut auch nicht mehr fett.

Auf dem Weg in die Redaktion - es war bereits kurz nach halb acht, also schon viel zu spät - überlegte er, wie er die Titelstory an sich reißen könnte. Schließlich war Müller der erste, der die Geschichte auf's Tapet gebracht hatte. Wer zuerst kommt, mahlt zuerst, das gilt eben auch in seinem Job. Er müsse sich unbedingt Baumann krallen und ihn davon überzeugen, dass die Titelstory bei ihm besser aufgehoben sei, weil er definitiv die bessere Quelle habe, als dieser Fatzke Müller.

Er hechtete förmlich in das Konferenzzimmer, als er alle Anwesenden wie in einem Schockzustand vorfand. Alle glotzen hinauf zum Fernseher und es war mucksmäuschenstill. Nur die Stimme des Nachrichtensprechers war vernehmbar.
"Hocken Sie sich hin, Lehman. Und Schnauze halten." flüsterte Baumann. Dann wandte auch Karl den Blick nach oben, zum ‚Altar der Erkenntnis'.

"....erklärte die neue Regierung, die das Schreiben als offizielle Verlautbarung autorisiert hat. Demnach gilt ab heute, neun Uhr MEZ, dass das Grundgesetz vorübergehend außer Kraft gesetzt worden ist. Alle Verfassungsorgane, die bisher zum Erhalt der staatlichen Ordnung autorisiert waren, sind ebenfalls außer Kraft gesetzt und nicht mehr handlungsbefugt. Der "Oberste Rat für die demokratische Erneuerung", so die Bezeichnung der neuen Regierung, wird bis auf weiteres die Geschäfte der staatlichen Ordnung fortführen. Es wird übergangsweise eine neue Verfassung in Kraft gesetzt, die sich nach dem Ordnungsprinzip der "Diktatur der direkten Demokratie" richten soll. Weitere wichtige Punkte sind, dass alle Parteien für die nächsten 12 Monate ein Betätigungsverbot in der

Öffentlichkeit haben. Sie dürfen jedoch weiterhin bestehen bleiben. Die Bevölkerung kann im Übrigen davon ausgehen, dass die bürgerlichen Freiheitsrechte des Einzelnen weiterhin Bestand haben, ebenso wie die Freiheit der Presse.

Das staatliche Gewaltmonopol liegt in der Hand des "Obersten Rates", Anordnungen der Sicherheitskräften sei Folge zu leisten. Alles weitere wird der Bevölkerung im Laufe der nächsten Tage näher mitgeteilt. In Form einer Pressekonferenz wird sich der "Oberste Rat" allen Fragen der zukünftigen Handlungsmaximen stellen. Der genaue Termin wird noch veröffentlicht. –
Meine sehr verehrten Zuschauer, das war der Inhalt der offiziellen Mitteilung unserer neuen Regierung. Um die Entwicklungen des heutigen Tages richtig einordnen zu können, bringen wir in einer viertel Stunde eine Sondersendung aus Berlin. Dort werden namhafte Vertreter aus der Wissenschaft und Vertreter der Presse Stellung zu den jüngsten Ereignissen nehmen. Bleiben Sie also dran. Wir machen nun weiter mit dem Nachrichtenüberblick....."

Baumann stellte den Ton ab. Niemand wusste irgendein sinnvolles Wort von sich zu geben. Jetzt war zwar offiziell, was eh schon alle wussten, aber man war keinen Deut schlauer, als bisher.

KAPITEL III

„*Diktatur der direkten Demokratie* - was ist das denn für ein Scheiß?" polterte Baumann in seiner gewohnt unreflektierten Art in die Runde hinein.

"Ich bin ja wahrlich lange genug im Geschäft, aber so was Groteskes hab ich ja noch nie gehört."

Im selben Moment klopfte es an der Tür. Es war Baumanns Sekretärin. Die offizielle Verlautbarung, die wir gerade in den Nachrichten gehört hätten, wäre jetzt auch als Pressemitteilung da. Sie hatte für jeden eine Kopie dabei. Es stand nichts anderes drin, als man eben gehört hat.

"Gibt es irgendjemand hier in der Runde, der diesen Begriff schon mal gehört hat?" fragte Baumann. Allgemeines Kopfschütteln und Schweigen waren die Antwort.

"Also, wir müssen unbedingt herausfinden, was dieser Schwachsinn soll. Wollen die die Leute da draußen verarschen oder meinen die das tatsächlich ernst? Machen wir jetzt folgendes. Lehman, Sie schreiben bitte den Leitartikel und versuchen unseren Lesern zu erklären, was das mit dieser *Diktatur der direkten Demokratie* auf sich haben soll. Müller, Sie bekommen Ihre Story mit der Verschwörung. Der Rest der Runde kümmert sich um das, was wir vorhin besprochen haben. Bilder, Fakten, Meinungen der Leute auf der Straße und alles, was sich heute in Berlin ereignet hat. Alles dick auftragen, damit wir unser Blatt vollkriegen. Das einzige, was bleibt, wie immer, ist der Sport. Euch muss ich ja nicht sagen, was ihr schreiben sollt. Müller, Lehman, sie beide bleiben bitte noch kurz hier. Der Rest an die Arbeit. Um halb zehn muss alles in der Druckerei sein."

Unter großem Geraune und Getuschel verließen die Kollegen das Konferenzzimmer.

Karl schaute Ihnen fast neidisch nach, sie wussten wenigstens, über was sie schreiben konnte. Und er? Er hatte ja früher während dem Studium ein paar Semester in Politologie, er hätte wissen müssen, wenn solch eine Idee irgendwann in der früheren Menschheitsgeschichte mal durchdacht worden wäre. Plötzlich verspürte er einen starken Druck auf seiner Schulter.

Baumann riss ihn damit aus seinen nicht sehr zufrieden stellenden Gedanken.

"Also die Herren, ich höre. Wer fängt an?"

Diesmal sollte Müller den Kürzeren ziehen und Karl legte gleich los. Er erzählte über seine Zusammenkunft mit Benhardt, gab aber zunächst nur so viel preis, wie es ihm Müller gegenüber ratsam schien. Soll der doch selber sehen, woher er seine Informationen bekommt. Er erzählte auch nichts von dem Deal mit Benhardt, das wollte er sich dafür aufheben, wenn er mit Baumann allein wäre.

"Meinen Sie, Benhardt kann ihnen da weiterhelfen?"

"Ein Versuch ist es wert. Er weiß auf jeden Fall mehr, als wir. Vielleicht ist der Begriff irgendwann mal gefallen. Ich weiß nicht, ob die die Leute abgehört haben, wundern würde es mich nicht."

"Alles klar, dann sprechen Sie sich ab. Um neun will ich den Leitartikel auf dem Tisch haben. Müller, Sie ebenfalls. Ach ja, Lehman, Sie bräuchte ich noch ne Sekunde allein. Herr Müller?"

Als Müller betröppelt aus dem Konferenzzimmer geschlichen war, schloss Baumann von innen ab. Das hatte er noch nie gemacht.

"Gehen wir raus auf den Balkon, eine Rauchen?"

"Was tun Sie denn so geheimnisvoll, Chef?"

"Nennen Sie mich paranoid, aber ich muss auf Nummer sicher gehen, dass uns niemand zuhört.

Ich möchte im Moment nicht meine Hand dafür ins Feuer legen, dass alle Kollegen sauber sind. Aber dafür haben wir jetzt echt keine Zeit." Karl bot seinem Chef die Zigaretten, er nahm sich gleich zwei.

"Also Lehman, hören Sie zu. Besagte Informantin habe ich vorhin getroffen. Sie war leider sehr sparsam, was Informationen angeht. Sie machte auch den Eindruck, dass sie etwas eingeschüchtert war. Entweder sind sie ihr auf die Schliche gekommen, oder kurz davor. Keine Ahnung, sie hat's nicht genauer sagen wollen. Sie hat mir dann den Bären aufgebunden, dass sie nicht mehr an die Informationen rankäme. Also können wir das von der Seite schon mal vergessen. Haben wir halt morgen die Arschkarte gezogen und die anderen wissen mal wieder mehr. Wie wir da unsere Auflage steigern wollen, möchte ich gerne wissen. Aber das soll jetzt nicht ihr Problem sein."

"Chef, ich hab vorhin nicht alles erzählt. Sie wissen schon, wegen meinem Lieblingskollegen."

"Ja?"

Karl erzählte dann also noch den eigentlich interessanten Part der Geschichte mit Benhardt und fragte ihn abschließend, ob es wirklich eine gute Idee gewesen sei, dass Müller an der Story dranbleiben soll.

"Wären Sie pünktlich da gewesen, dann hätten wir das sicher anders regeln können. Wir machen das jetzt einfach so. Sie machen den Leitartikel, wie besprochen. Hauen Sie rein. Nageln Sie Benhardt fest, ob er was von dem Begriff gehört hat. Wenn Sie damit fertig sind, kommen Sie zu mir. Dann können wir auch gleich Müllers Artikel durch-

gehen und gegebenenfalls mit den Infos von Benhardt er-
gänzen. Dann habe ich einfach an dem Artikel mitgehol-
fen, basta!"

Karl fühlte sich richtiggehend geschmeichelt. Baumann
vertraute ihm also, als einzigem? Auf jeden Fall hatte Karl
jetzt einen deutlichen Vorteil gegenüber allen anderen Kollegen. Er war im Bilde, Müller und die anderen Wichtigtuer nicht.

Karl wollte dazu ansetzen, sich für Baumanns Vertrauen
zu bedanken, als er erwiderte, "bedanken Sie sich erst,
wenn die Sache ausgestanden ist und ich auch nächste
Woche auf dem Chefsessel sitze. Wenn nicht, dann sind
Sie nämlich leider mit dran." Er lächelte Karl mit einem
etwas diabolischen Grinsen an. War das also ein Spiel von
Baumann? Was wollte er damit erreichen? Wollte
Baumann ihn testen, bis wohin seine Loyalität geht, für
später vielleicht? Baumann schloss die Balkontür hinter
sich, steckte sich die zweite Zigarette an und machte Karl
gegenüber eine Geste, die ihn dazu aufforderte, dass er
jetzt bitte gehen sollte. Karl wurde einfach nicht aus ihm
schlau. Baumann war wirklich ein ziemlich undurchsich-
tiger Zeitgenosse. Er wusste, mit seinem Charisma zu
hantieren und zu seinem Vorteil einzusetzen, das stand
auf jeden Fall außer Frage.

Auf dem Weg ins Büro klingelte Karl bei Sandra durch. Als
sie abhob, hielt sich Karl nicht lange auf und meinte nur,
sie sollte Benhardt mal heranholen.

"Ja, Lehman, was kann ich für Sie tun?"

"Na, lassen Sie sich von meiner Holden verwöhnen?"

Ein lautes und beängstigend wissendes Lachen schallte
Karl entgegen.

"Ach Lehman, Sie haben da zwar wirklich ein Goldstück
Daheim sitzen, aber denken Sie wirklich, ich würde in die

Hand beißen, die mich gerade füttert? Entspannen Sie sich!"

"Haben Sie die Nachrichten gesehen?"

"Ja, natürlich. Mit Sandra zusammen..."

Oh Mann, jetzt ging er ihm schon langsam etwas auf die Nerven.

"Haben Sie davon schon irgendwann mal was gehört, *Diktatur der direkten Demokratie*? Das ist doch der absolute Widerspruch in sich!"

"Tja, mag schon sein. Aber Politik braucht Etiketten. Entweder um zu verdeutlichen oder zu verschleiern, muss ich Ihnen doch nicht erklären."

"Haben Sie jetzt schon mal was davon gehört oder nicht?"

"Irgendwann am Rande der Ermittlungen, ja. Aber das hat keiner von uns so richtig ernst genommen."

"Wieso nicht?"

"Nehmen's Sie gerade ernst?"

"Nicht wirklich. Aber nicht in dem Sinne, dass es lächerlich ist. Dazu gibt der heutige Tag sicher keinerlei Veranlassung. Aber ich hab den Leitartikel für morgen bekommen und von daher muss ich das jetzt richtig ernst nehmen."

"Leuchtet mir ein. Googlen Sie doch mal, ob Sie da was finden. Steht doch mittlerweile jedweder Schwachsinn im Netz, warum dann nicht auch das?"

"Benhardt?"

"Ja?"

"Sie verarschen mich nicht, oder? Wir hatten einen Deal. Wenn Sie mehr wissen, als heute Nachmittag gesagt, dann gilt das jetzt!"

"Ich verspreche Ihnen, dass ich nicht mehr weiß. Wie gesagt, der Begriff ist sicher mal gefallen, aber keiner hat sich vorstellen können, was konkret damit gemeint sein könnte. Das war in der Phase auch nicht so wichtig. Wir haben uns damals auf das Thema Gefahrenabwehr konzentriert und nicht, was die politisch umsetzen wollten."

"Aber das will man doch wissen! Bei der RAF wollte man's wissen, bei den Nazis, aber bei denen nicht?"

"Ich bitte Sie. Wir wussten doch bis vor kurzem auch nicht viel mehr. Ja, ich bin ehrlich gesagt überrascht, was heute passiert ist, weil ich nicht damit gerechnet hätte, dass die schon so weit sind.

Und wie heute Nachmittag bereits erwähnt, die Kollegen vom Verfassungsschutz haben mal wieder schön die Schnauze gehalten, falls sie mehr wussten, als wir."

"Und, wussten sie mehr?"

"Weiß ich nicht. Ich hab den ganzen Tag versucht, besagten Ex-Kollegen zu erreichen. Er ist wie vom Erdboden verschwunden."

"Ok, meinetwegen. Benhardt, ich brauche aber noch ein paar Namen, wer hinter der Gruppe stecken könnte."

"Haben Sie ne sichere Leitung?"

"Nein. Auf jeden Fall nicht so sicher, was Sie drunter verstehen."

"Scheiße! Na, auch schon egal. Ich maile ihnen was zu. Und wie gesagt, von mir haben Sie das nicht, das war auch Teil des Deals."

"Ja, ich weiß. Wir sehen uns später. Bier und so ist im Kühlschrank, falls Sie nicht einschlafen können."

"Ich weiß doch, Sandra hat mich schon prima hier eingeführt. Ich werde zurechtkommen."

Ist klar!

Karl befand sich das erste Mal in der sprichwörtlichen Situation, vor einem weißen Blatt Papier zu sitzen und nicht zu wissen, was er schreiben soll. Wo sollte er mit seinen Recherchen anfangen? Er war sich sicher, dass im Netz nichts zu finden war. Wenn diese Leute so clever waren, sich monatelang unsichtbar zu machen, dann waren sie nicht so dämlich und hinterließen hier irgendwelche Spuren. Karl versuchte, trotz allem das Internet anzuzapfen, wer weiß. Benhardt hatte schon Recht, heutzutage steht ja zu allem Blödsinn irgendwas drin. Nach einer verzweifelten halben Stunde musste er aufgeben. Die beiden Begriffe in einer Symbiose, geschweige denn als Theorie, die von irgendeinem Wirrkopf erklärt worden wäre, war nicht aufzufinden.

Karl entschied sich, aus dem einen Reim zu machen, was er den Tag über erlebt hat, welche Dissonanzen im Verhalten der neuen Machthaber zu erkennen waren und welche Rückschlüsse man eventuell dadurch auf diese "Diktatur der direkten Demokratie" ziehen konnte. Selbst eine Edelfeder in den großen Meinungsblättern in Frankfurt oder Hamburg hätte sich hier schwer getan. Mag es sein schlechtester Artikel für diese Zeitung werden, ihm war es jetzt egal. Er wollte nur noch fertig werden, den Tag abschließen und warten, ob er morgen aufwacht und alles wäre nur ein schlimmer Traum gewesen.

Mit seinem fertigen Leitartikel, den er nicht einmal mehr korrekturgelesen hatte, marschierte er zu Baumann ins Büro und klopfte erst mal an. Keine Reaktion. Er klopfte nochmal. "Jetzt nicht!" kam es zurück. Dann hörte Karl Schritte. Jedoch nicht nur die von Baumann. Nein, ganz eindeutig leichtere, aber deutlich lauter zu vernehmende. Stöckelschuhe, hundertprozentig. Hat seine Informantin also doch noch kurz vor Schluss die Seiten gewechselt? Die beiden schienen auf den Balkon zu gehen, Baumanns mittlerweile wohl liebster Rückzugsort. Er hätte gerne etwas mehr mitbekommen.

Dann wagte Karl die Idee, seinen Chef zu belauschen. Warum auch nicht? Er ist schließlich Journalist, also genetisch bedingt neugierig. Er wusste, dass neben Baumanns Büro ein mehr oder minder toter Raum war, eine Art Abstellkammer, in der aber nie jemand etwas deponierte, auch keine Putzfrau. Dafür gab's im Verlag separate Räume. Er versuchte die Tür zu öffnen und schaute sich dabei um. Niemand beobachtete ihn. Er riss die Tür auf und sperrte von Innen ab. Hatte er es also doch richtig in Erinnerung. Das tote Zimmer hatte eine Fensterluke, die man kippen konnte. Unter der Luke standen irgendwelche Kisten, auf die Karl stieg, in der Hoffnung, dass sie sein Gewicht aushielten. Er versuchte nun, den Hebel, der die Lucke öffnen sollte, ganz sachte zu betätigen, so dass man nicht das geringste Geräusch hören könne.

"... und wie stellst du dir das jetzt alles vor? Heute Nachmittag hast du mich noch abblitzen lassen und jetzt plötzlich bin ich wieder gut genug, damit ich dich auffangen soll!"

"Walter, was hättest du denn in meiner Situation gemacht, hä? Du weißt, wer bei unserer Geschichte den Anfang gemacht hat. Du hast mich damals angesprochen, weil du genau wusstest, dass ich mal mit Boris verheiratet war."

Von welchem Boris sprach sie da? Karl versuchte blitzschnell, alle möglichen Spitzenpolitiker im Geiste zu scannen, fand aber auf Anhieb keinen mit diesem Namen. Gebannt lauschte er den beiden weiter zu.

"Ja, Carla, ich weiß. Du weißt aber auch, was bei mir auf dem Spiel steht. Ich wollte es denen da oben einfach mal zeigen. Die sollten mich zu Recht als Mitherausgeber ins Spiel gebracht haben. Außerdem liegt mir wirklich viel an unserem Blatt. Ich bin jetzt seit fast fünfzehn Jahren dabei, verstehst du? Ich wollte immer bei nem seriösen Blatt arbeiten und nicht bei so'nem beschissenen Revolverblatt. Und das mit dem Informationsvorsprung war meine Chance. Aber eigentlich müssen wir das Ganze ja nicht nochmal durchkauen, wissen wir ja beide alles schon."

"Ja. Ich versteh auch nicht, warum du mir das jetzt nochmal alles erklären musst. Fakt ist, dass die mir auf die Schliche gekommen sind, aber keine Beweise haben. Ich muss jetzt einen Weg finden, wie ich aus der Schusslinie rauskomme. Und da musst du mir jetzt einfach helfen."

"Was ist dein Plan?"

"Ich bin ab morgen offiziell auf einer Dienstreise. Irgendwo am Mittelmeer. Ich bin denen als Freie ja nicht über alles Rechenschaft schuldig. Wohnen tu ich erst mal bei dir für die nächsten Tage. Ich muss einfach für ne Zeit von der Bildfläche."

"Ok ok. Aber du weißt, dass ich das ungern ohne Gegenleistung mache."

"Du bekommst die Infos, mach dir keine Sorgen. Jetzt lass erst mal diesen Lehman zu dir kommen, dann geht ihr die Artikel durch und wenn ihr fertig seid, dann schaue ich kurz drüber."

"Die beiden sind doch nicht blöd, die lesen morgen ihre Artikel doch nochmal. Zumindest von Müller erwarte ich das. Wenn da plötzlich die Hälfte anders drinsteht, dann ist morgen bei mir Tag der offenen Tür!"

"Tja Walter, entweder, du willst deine Zeitung nach vorne bringen, oder du lässt es sein..."

Dann war Ruhe. Was machten die beiden jetzt? Plötzlich fing Karls Handy das Läuten an. Ziemlich laut sogar! Karl hatte noch dazu einen ganz individuellen Klingelton, den auch Baumann kannte. Scheiße! Wenn er jetzt die Fensterluke schließt, ist es ja noch verdächtiger. Sollte er rangehen? Er lauschte weiter.

"Bin ich jetzt total bescheuert? Du hörst das Klingeln doch auch ganz nah, oder? Lehman! Lehman?"

Karl verbarg das Handy unter seinem Jackett und hoffte, dass Baumann irgendwann aufgeben würde. Mist, hat ihn seine Neugier jetzt wieder mal in eine total bescheuerte Situation gebracht. Was sollte er Baumann denn sagen? Das Klingeln hörte auf. So schnell wie möglich verließ Karl diese Kammer und versuchte, unbemerkt in das untere Stockwerk zu gehen. Ihm fiel nämlich ein, dass da unten der Sport ebenfalls einen Balkon zum Rauchen benutzte. Hätte er halt das Handy dort vergessen.

Es bimmelte wieder. Es war Baumann.

"Lehman?"

"Ja Mensch, wo treiben Sie sich denn herum? Ich warte auf Ihren Leitartikel. Haben Sie mich vorhin nicht gehört?"

"Wie, gehört?"

"Ich hab Sie gerufen, weil ihr Handy ganz in der Nähe geklingelt hat."

"Ach so. Ja sorry, Chef. Ich hab's vorhin auf dem Balkon vom Sport liegen lassen. Bin grade von dort unterwegs zu Ihnen."

"Na gut, Lehman. Aber pronto jetzt."

Karl musste kurz stehenbleiben und ganz tief durchatmen. Das war verdammt knapp! Allerdings wusste Karl in diesem Moment noch nicht, ob ihm Baumann die Lüge abgekauft hatte. Er würde es ja gleich mitbekommen. In diesem Augenblick schien Karl die Situation aber erst mal gemeistert zu haben.

Als Karl das Zimmer vom Chef betrat, achtete er auf jede noch so kleine Regung von ihm. War Misstrauen festzustellen, Argwohn? Nichts dergleichen. Entweder hatte Baumann das perfekte Pokerface oder aber, er hatte ihm die Räuberpistole von gerade eben wirklich geglaubt. Karl sollte es recht sein.

Als Baumann mit dem Leitartikel durch war, meinte er nur "passt so. Ich hätte es auch nicht großartig anders formulieren können. Sie kennen ja meine Meinung zu dem Schwachsinn. Die verarschen die Leute, inklusive uns. Und wir müssen uns da noch nen Reim drauf machen. Werden ja morgen sehen, wie die Reaktionen sind."

"Danke Chef!"

"Für was? Ist ja ihr Job!"

"Ist schon gut, klar. Was ist mit dem Artikel von Müller?"

"Liegt noch nicht vor!"

"Geben Sie mir Bescheid?"

"Ist nicht mehr nötig, Sie könnten jetzt eigentlich in den wohlverdienten Feierabend. Machen Sie sich's daheim mit Ihrer Freundin gemütlich."

Karl war überrascht über diese Wendung. ‚Der Mohr hat seine Schuldigkeit getan, der Mohr kann gehen', war es das?

"Wie soll ich das verstehen, Chef? Wir hatten doch vorhin ausgemacht, dass wir den Artikel gemeinsam durchgehen wollen und ich Ihnen dann noch diverse Details von Benhardt's Wissensfundus dazugeben kann."

"Ja, ich weiß schon. Lehman, seien Sie mir nicht böse, aber bei mir hat sich besagte Quelle wieder gemeldet. Und Sie können sicher sein, dass die mehr weiß als Benhardt."

"Da sind Sie sich ganz sicher?"

"Ja, Lehman. So verdammt sicher, dass ich meine Oma drauf verwetten würde."

"Ist das die von der Konkurrenz? Diese C...." Oh Mist, jetzt ging wieder sein Leichtsinn mit ihm durch. Verdammt noch mal. Kann er in solchen Situationen nicht besser aufpassen?

"Wie bitte?"

"Naja, Sie haben mir doch heute Nachmittag irgendeinen Namen mit C gesagt...." versuchte Karl jetzt die Kurve zu kriegen.

"Nein, Lehman, hab ich definitiv nicht." Baumann schaute ihm nun direkt in die Augen. Sollte Karl jetzt die Karten auf den Tisch legen, oder sich weiter um Kopf und Kragen reden? Er entschied sich für Ersteres.

"Ok, erwischt Chef! Ich hab ja vorhin erzählt, dass ich mein Handy beim Sport unten habe liegen lassen. Das stimmt so nicht ganz. Ich war auf deren Balkon eine Rauchen. Und da habe ich gerade ein paar Fetzen Ihres Gesprächs mit dieser Frau mitbekommen. Hätte ich meine Ohren zuhalten sollen?"

"Und warum sind Sie dann nicht ans Handy oder haben mir geantwortet, als ich Sie gerufen habe?"

"Naja, mir war die Situation einfach peinlich. Was hätte ihre Informantin denn gedacht, wenn sie sich nicht ungestört mit Ihnen besprechen kann, verstehen Sie? Ich wollte Sie nicht in die Bredouille bringen, Chef."

Was für eine geniale Wendung, Karl war über sich selbst verwundert, dass er es dann doch immer wieder schaffte, sich herauszuwinden.

"Na gut, Lehman. Sei's drum. Sie können jetzt trotzdem nach Hause und grüßen Sie Benhardt."

Als Karl seine Sachen im Büro zusammenpackte, fiel ihm ein, dass er Benhardt unbedingt noch auf diese Carla ansprechen müsse. Warum sollte die mehr wissen als er, der Chef des BND? Karl bemerkte erst jetzt, dass ihm dermaßen der Kopf brummte, dass er sich noch schnell zwei Paracetamol einwarf. Er muss das mit Benhardt heute noch durchziehen und dann hoffte er, wenigstens ein paar Stunden zur Ruhe zu kommen. Der morgige Tag würde wahrscheinlich nicht einfacher werden.

Karl ging zu Fuß nach Hause. Er brauchte jetzt viel frische Luft, viel Freiraum. Er knöpfte sich die obersten beiden Hemdknöpfe auf, um richtig durchatmen zu können. Was verwunderlich war, dass plötzlich die Helikopter aus dem Berliner Nachthimmel verschwunden sind. Hatte man jetzt alles unter Kontrolle? Meinten die, damit sei nun alles erledigt? Wahrnehmbar waren noch hie und da Sicherheitskräfte, die in der üblichen Montur seit heute Morgen an den Straßenkreuzungen und an zu sichernden Gebäuden herumstanden. Die anderen Berliner, die jetzt unterwegs waren, um auszugehen, schienen sich komischerweise schon an dieses neue Bild gewöhnt zu haben. So ganz traute man dem Frieden zwar nicht, das konnte man in den Gesichtern noch immer sehr deutlich ablesen.

Jedoch erkannte man nicht mehr diese Angst von heute Morgen, diese Angst vor einer anonymen fremden Bedrohung. Über den Tag haben die Leute einfach gelernt, dass man ihnen anscheinend nichts antut. Somit war man die erste und wichtigste Sorge los. Denn es ist doch immer noch so, und so wird es wohl immer bleiben: der Mensch denkt in aller erster Linie an sich und sein Wohl. Was drumherum passiert, muss jeder erst einmal für sich selbst einordnen oder es ist einem egal.

Mit diesem Gedanken schloss Karl die Haustür auf und fuhr nach oben. Er hoffte, dass er Benhardt noch wach antreffen würde. Denn das mit dieser Carla ging ihm überhaupt nicht mehr aus dem Kopf. Er betrat die Wohnung und bemerkte, dass alles schon dunkel war. Karl blickte auf die Uhr, es war mittlerweile halb elf. Normalerweise nicht die Zeit, zu der Sandra ins Bett gehen würde.

"Sandra? Benhardt?"

Keine Reaktion.

Er wurde jetzt leicht panisch. Hat das Schwein doch was mit Sandra angestellt? Es war ja ein offenes Geheimnis, dass Benhardt ungern etwas anbrennen lies. Noch dazu als überzeugter Junggeselle, der er war. Karl hastete durch alle Zimmer. Nirgendwo war Licht, nirgendwo waren Stimmen zu hören. Auch auf der Terrasse war niemand anzutreffen. Er warf nochmal einen Blick auf sein Handy, ob Sandra ihm eine Nachricht hinterlassen hat. Natürlich nicht. "Leckt mich doch. Ich reiß mir den ganzen Tag den Arsch auf und die machen sich nen kuschligen Abend, oder was?" brüllte Karl die Schrankwand an. Das befreite zwar für die erste Sekunde, mehr aber auch nicht. Voller Zorn riss er sich die Klamotten vom Laib, machte sich im Bad kurz bettfertig und legte sich dann ins Bett. Als er seinen Kopf auf das Kissen legte, verspürte er ein Rascheln.

Er griff hinter sich und fühlte einen Zettel. Karl knipste das Licht am Nachtkästchen an und las

-- Lieber Schatz, wundere dich nicht, wenn ich nicht da bin. Wir, also Benhardt und ich sind noch schnell um die Ecke was essen gegangen. Ich hatte den ganzen Tag nichts Richtiges bekommen. Außerdem fühle ich mit ihm sicher da draußen. Also bis gleich. Kuss, Sandra –

Karl war jetzt noch wütender. Das Ziel, das Sandra mit dieser Nachricht erreichen wollte, war sicher ein anderes,

als was Karl jetzt fühlte. "Mit ihm fühle ich mich sicher...Weiber!" Er versuchte die Augen zu schließen und
zu schlafen.

Der Tag hatte seinen Tribut gefordert und er war schneller
weg, als er es für möglich gehalten hat. Trotz dem ganzen
Zorn, den er in sich trug. Er hörte die beide nicht mal
mehr zurückkommen, als sie kurz vor halb zwölf die Wohnung betraten.

Dienstag, 21. September

Als Karl die Augen aufmachte, sah er sich kurz um, so als
wüsste er gerade nicht, wo er sei. Er war dieses Gefühl,
wie nach einer durchzechten Nacht, so als ob man nicht
weiss, wo links und rechts und oben und unten ist. Dann
roch er plötzlich Kaffeeduft. Das war sehr beruhigend.
Neben ihm lag niemand. Schade, er hätte sich gerne von
Sandra mal in den Arm nehmen lassen. Hatte er verschla-
fen? Karl blickte auf die Uhr, es war kurz nach acht. Er
schlappte in die Küche, in der Sandra ihn mit einem sehr
liebevollen Blick empfing.

"Guten Morgen Schatz. Oh weh, du schaust ja ganz schön
fertig aus..."

"Na vielen Dank, das wollte ich jetzt hören. Könntest du
auch nett zu mir sein?"

Sandra entschuldigte sich, dass das nicht so gemeint sei,
sie mache sich eben nur Sorgen um ihn und nahm ihn in
den Arm. Er fühlte ihren wohlgeformten Körper, ihre duf-
tende Haut und er hätte jetzt gerne mehr mit ihr angestellt, wenn man nicht den mehr oder minder ungebete-
nen Gast in der Wohnung hätte. Er hätte es am liebsten
gleich in der Küche getan. Sandra bemerkte, dass Karl
sehr erregt war und legte den Zeigefinger an den Mund.
Lächelnd sagte sie, "Schatz, du denkst dran, dass wir seit
gestern einen Mitbewohner haben?" "Ja ja, hab schon verstanden" antwortete Karl sehr ärgerlich. Am liebsten hätte

Karl ihn gleich heute Morgen nach dem Frühstück rausgeschmissen. Benhardt war ja jetzt sozusagen wertlos.

Was nutzte er ihm denn noch, wenn er nicht mehr wusste,
als so ne Tussi vom Boulevard, die mal mit irgendeinem
Top-Mann verheiratet war und deswegen in bestimmten
Kreisen unterwegs ist. Das war es überhaupt!

Dieser Boris, dessen Nachname ihm gestern nicht einfallen wollte, war gar kein Politiker, sondern irgendein hohes
Tier aus der Wirtschaft. Klar! Deswegen hatte sie Kontakte
zu allen möglichen Leuten. Und der Beschreibung vom
Chef nach, muss diese Carla ein gehöriges Kaliber sein,
was Aussehen und Ausstrahlung angeht. Er selbst hat sie
ja noch nicht gesehen.

"Schatz, bist du noch anwesend?"

Karl zuckte zusammen, "sorry, ich bin mit meinem Kopf
schon wieder im Büro."

"Schade", meinte Sandra, als sie ihm mit der Hand an die
Schlafanzughose fasste.

Als Karl wieder voll bei ihr war, ging die Tür des Gästezim-
mers auf.

"Mahlzeit allerseits..." sagte Benhardt beim Vorbeigehen
ins Bad. "Weitermachen!" befahl er mit einem Grinsen.

Karl sah nach unten herab und wurde rot. Na toll. Sandra
musste im gleichen Moment das Lachen anfangen.

"Ach Schatz, Benhardt ist gemein, hm? Lass dich nicht
von ihm ärgern. Und mach dir keine Sorgen. Erstens ist
der mir viel zu alt und außerdem weisst du, dass ich nicht
auf dunkelhaarige Typen stehe."

"Ja ist schon recht. Das war's dann jedenfalls mit dem
Guten-Morgen-Sex."

Sandra schenkte ihm Kaffee ein und fragte, "wann bist du gestern heimgekommen?" Karl erzählte ihr die letzten Stunden in der Redaktion und von der Hoffnung, noch mit Benhardt reden zu können, aber sie beide seien ja nicht da gewesen.

"Wie kann ich Ihnen denn helfen, Lehman?" hatte Benhardt anscheinend mitgehört.

Karl erläuterte ihm kurz die kuriose Situation mit Baumann und dessen Informantin, von der er nur wisse, dass sie bei der großen Boulevardkonkurrenz arbeite und Carla heißt. Und sein Chef habe ihm gestern versichert, dass diese wohl sicher mehr wüsste, als er.

"Soso. Meint Ihr Chef das! Carla...Carla. Mit einem Boris liiert gewesen, sagen Sie?" fing Benhardt das Grübeln an. Nach einer gefühlten Ewigkeit, in der alle nur ihren Löffel in den Kaffeetassen kreisen liesen, meinte er plötzlich "naja klar, Mensch Lehman. Boris Mieletz! Der war mal zwei Perioden Chef des BDI, können Sie sich nicht mehr erinnern? Ziemlich alter Sack. Naja, die Schumann wusste halt, wie sie's anstellen soll!"

„Mieletz? Schumann? Sagt mir jetzt spontan nichts. Wirtschaft war ja nie so mein Fachgebiet."

"Also Lehman, der BDI ist doch Politik."

"Zu der Zeit war ich wahrscheinlich noch in den Niederungen der Berliner Lokalpolitik. Also erzählen Sie mal."

"Naja, der Mieletz war immer ein ziemlich harter Knochen, wenn es um die Interessen der Industrie ging. Der hat schon immer gewusst, wie man gegen die große Politik anstinken konnte. Viele Freunde hat er sich dabei nicht gemacht, vor allem nicht bei der eigenen Klientel, also die Konservativen und die Liberalen."

"Wieso das denn?"

"Mieletz konnte man in keine Schublade stecken. Nach außen stockkonservativ. Gegenüber Berlin aber ein ziemlicher Freigeist. Der wurde mal von der einen Seite, mal von der anderen Seite beklatscht. Hatte ne ungewöhnlich soziale Einstellung, was die eigenen Leute anging. Von daher wurde er von den eigenen Leuten und deren Mitarbeitern sehr hoch geschätzt. Selbst die Gewerkschaften konnten gut mit ihm. Also irgendwie ein Zwitter, was die Einstellung anging, ganz komisch, aber eindrucksvoll."

"Und Carla Schumann?"

"Von der weiß ich jetzt nicht allzu viel. Die war halt immer auf den Fotos in der Klatschpresse mit drauf.

Presseball und Bambi und was weiß ich nicht was alles. Da war der Mieletz natürlich auch immer dabei. Die waren auf jeden Fall nur so vier Jahre verheiratet. Gab keinen großen Skandal damals. Man habe sich auseinandergelebt und man bleibe Freunde. Die Art Quatsch eben. Ich nehme an, die wollte einfach nur das Geld von ihm abgreifen und hat sich in der Zwischenzeit nen anderen Lover gesucht. Sie hat's halt so clever angestellt, dass er ihr nie etwas nachweisen konnte. Aber im Grunde ging uns das ja überhaupt nichts an, man hat halt so dies und das zugetragen bekommen und gut war's."

"Aber wie können Sie sich erklären, dass sie angeblich mehr weiß als Sie und wir alle zusammen?"

"Tja, gute Frage. Entweder stimmt das, dass sie zu Mieletz ein freundschaftliches Verhältnis hat und der weiß auch was, oder sie hat sich eben in den Kreisen, in denen sie sich durch Mieletz Zutritt verschafft hat, richtig eingezeckt. Und da bekommt sie so das ein oder andere sicher mit. Vor allem, wenn sie ihren Charme gezielt einsetzt. Also ich kann Ihnen versichern, die hätte ich sicher nicht von der Bettkante gestoßen. Dumm ist die also nicht, wenn die was erreichen will."

Karl roch förmlich, dass er jetzt auf der richtigen Spur war. Ganz am Anfang zwar und ganz flüchtig, aber er nahm Witterung auf und überlegte, wie er das alles für sich nutzen kann, ohne Baumann zu viel von dem preiszugeben, was er selbst eben auch schon wusste. Er nahm seine Tasse Kaffee mit ins Bad und begann sich, frisch zu machen.

"So. Was treibt ihr beiden Hübschen heute denn so?" fragte Karl in die Runde. Sandra und Benhardt schauten von der Zeitung hervor, die sie beide in der Hand hielten und guckten sich an.

"Sehr guter Leitartikel, Schatz. Du, ich muss heute mal ins Theater. Ich habe eventuell wieder ein Engagement.

Die haben vorhin ne Mail geschickt. Ich soll um halb elf dort sein. Kannst mir ja die Daumen drücken."

Karl bat Sandra um die Zeitung und blätterte kurz durch. Durchaus mit stolz geschwellter Brust. Er war ja auch nicht alle Tage auf der Titelseite.

"Und ich werd's mir hier wohl etwas gemütlich machen. Ich hab schon gesehen, Lehman, Sie haben eine ziemlich gut sortierte Bibliothek. Mir wird sicher nicht langweilig."

"Freut mich. Bedienen Sie sich ruhig, aber bitte pfleglich behandeln. Meine Bücher sind mir heilig."

Beim Verlassen der Wohnung rief Karl ihm schließlich noch zu "ach ja, Benhardt. Lassen Sie bitte Ihr Handy an, dass ich Sie erreichen kann. Und keine Damenbesuche, während wir beide nicht hier sind!"

Benhardt musste lachen, "ja, schauen wir mal. Viel Erfolg heute."

Guten Mutes verließ Karl das Haus und machte sich auf den Weg in die Redaktion. Die Sonne schien, der Himmel war herbstlich und klar, keine Helikopter am Himmel, die

Straßen bevölkert, wie an jedem normalen Werktag. Ziemlich gelassen und souverän die Menschen, die unterwegs waren. Das einzige, was an gestern erinnerte, waren die Sicherheitskräfte am Boden, die anscheinend heute noch einmal verstärkt wurden. Man hatte anscheinend Angst vor einem Gegenschlag. Aber von wem, und wer hätte diesen befehlen sollen?

Mal sehen, dachte sich Karl, ob dieser Tag schon etwas mehr Klarheit bringen würde, als der das Verlagshaus betrat. Dann bemerkte er erst, dass er sich gar nicht den Artikel von Müller bzw. eigentlich den vom Chef durchgelesen hatte. Er hätte sich vorbereiten sollen! Als er sein Büro betrat war es das erste, was er nachholte.

Der Artikel an sich war gar nicht schlecht geschrieben, obwohl er von Müller war. Man konnte sich gut reinlesen und vor allem Muster hinter der Verschwörung erkennen. Aber was in keinem Absatz, in keinem Satz vorhanden war, war ein Name. Müller hatte doch damit herumgeprahlt, dass er über seine Quelle auf jeden Fall ein paar Namen bekäme, die dahinter steckten.

Karl nahm den Hörer in die Hand und wählte Müllers Durchwahl. Er wunderte sich im selben Moment, dass er das tat, aber es war wie ein Automatismus. Wenn er Informationen haben wollte, musste er jeden, ja wirklich jeden anzapfen, auch wenn er ihn nicht mochte. Das war draußen ja auch nicht anders.

"Müller."

"Ja, Lehman hier."

"Ah, der Brother Lehman.." - naja, seinen Humor schien Müller jedenfalls noch nicht verloren zu haben - "...Respekt, Lehman. Ihr Leitartikel ist richtig gut geworden. Ist ja fast ein kleines politikphilosophisches Seminar. So was erwartet man ja eher in den Intelligenzblättern."

Karl wusste gar nicht was er erwidern sollte. Hat Müller das Lob wirklich ernst gemeint, oder war das wieder sein zynischer Humor? Er wollte erst mal sichergehen und fragte zurück, "was meinen Sie mit politikphilosophisches Seminar? Ich meine, man muss den Leuten schon ein paar theoretische Grundlagen an die Hand geben, damit überhaupt jemand versteht, was man mit dieser *Diktatur der direkten Demokratie* anfangen soll."

"Nein nein, Lehman, das war nicht despektierlich gemeint. Ich habe es ausnahmsweise mal ernst gemeint, auch wenn Sie's nicht wahrhaben wollen."

"Danke. Stimmt, das kommt etwas überraschend. Aber Müller, ich kann Ihnen die Blumen auch gerne zurückgeben. Klasse Titelstory, muss ich auch ausnahmsweise mal zugeben...", in diesem Moment mussten beide lachen und es kam ein ganz peinliches Gefühl in Karl auf. Spinnt er jetzt völlig und schäkert hier mit seinem Erzfeind rum? "...auf jeden Fall muss ich mich aber wundern, warum kein einziger Name hier drin auftaucht. Sie sagten doch gestern, dass ihre Quelle da was liefern kann."

Stille am anderen Ende der Leitung.

"Müller? Sind sie noch dran?"

"Ja. Lehman, tun Sie nicht so. Sie wussten doch, dass Baumann den Artikel nochmal überarbeiten wollte. Ich habe Namen genannt. Nachdem Baumann den Artikel in den Händen hatte, waren die rausgestrichen."

"Bitte? Das lassen Sie sich einfach so bieten?"

"Ich wusste es ja nicht. Er hat mich heimgeschickt, genauso wie Sie gestern. Erst als ich heute Morgen die Story überflogen habe, dachte ich, spinne ich jetzt?"

Karl überlegte, was er Müller von gestern beichten sollte. Sollte, wollte, konnte er sich mit seinem Kollegen gemein machen? Stellte er gerade seine eigene Loyalität zu Baumann infrage? Baumann sagte ihm gestern ja auch noch zu, dass er an der Story mitarbeiten werde, um entsprechend fehlende Namen einzufügen, die er von seiner Carla bekäme. War das alles ein Täuschungsmanöver? Grade Baumann, der immer auf "die da oben" schlecht zu sprechen ist. Hat er sich in vorauseilendem Gehorsam selbst zensiert, um keine Probleme zu bekommen? Das war doch überhaupt nicht die Art von Baumann. Er musste sich jetzt auf jeden Fall innerhalb Sekundenbruchteilen entscheiden, auf welche Seite er sich schlagen sollte, obwohl er nicht einmal wissen konnte, wo die richtige Seite war.

"Müller, hören Sie zu. Kommen Sie doch mal zu mir ins Büro, ich will mal unter vier Augen mit Ihnen reden."

"Aber das tun wir doch jetzt schon?"

"Will ich nicht meine Hand dafür ins Feuer legen!" erwiderte Karl und selbst der etwas naive Müller verstand jetzt auch, was Karl meinte. Ein paar Minuten später tauchte Müller bei Karl auf. Karl bat ihn mit auf den Balkon und steckte sich eine Zigarette an.

"Glauben Sie, dass hier was komplett falsch läuft, Lehman?"

"Weiß ich nicht. Aber Baumann war gestern sehr seltsam. Ich erzähle Ihnen das jetzt, in der Hoffnung, dass Sie stillhalten. Gegenüber jedem. Kann ich mich da auf Ihre Kollegialität verlassen, wenn wir schon nicht die dicksten Freunde werden?"

Müller legte seine Hand auf Karls Schulter und nickte verschwörerisch.

"Also Baumann bat mich gestern, wenn ich mit meinem Leitartikel fertig sei, zu ihm zu kommen, dann würden wir Ihre Story kurz durchgehen. Ich sollte ihm dann Infos von Benhardt liefern, die er dann in den Artikel mit reinnehmen würde. Und dann kam wohl plötzlich die Wende um 180 Grad. Nachdem er sich mit seiner Informantin getroffen hat, brauchte er Benhardts Infos nicht mehr. Angeblich, weil sie eh mehr wissen würde als Benhardt."

"Was für eine Informantin?"

"Hat er eben. Ist ne noch längere Geschichte, die ich Ihnen vielleicht später mal erzählen kann. Jetzt ist mir das noch zu heiß."

"Aha, das verstehen Sie also unter Vertrauen und Kollegialität!"

"Müller! Ich wage mich eh schon ziemlich weit aus dem Fenster. Sie verstehen, was ich gerade tue? Ich untergrabe die Loyalität zu Baumann. Wenn er das mitbekommt, kann ich mir morgen meine Papiere abholen, verstehen Sie das?"

"Ja, ich bin ja nicht bescheuert. Lehman, ich weiß, dass Sie einen total falschen Eindruck von mir haben. Schnöseliger BWLer, der meint, schreiben zu können, und der einzig dran interessiert ist, was an der Börse abgeht. So bin ich nicht. Vielleicht finden Sie's selber mal raus. Aber das tut jetzt gar nichts zur Sache. Ich will doch nur ansatzweise wissen, was hier im Haus gespielt wird. Ich werde nen Teufel tun, und das irgendwo herausposaunen."

"Also gut, meinetwegen. Baumann hat ne Informantin von der Konkurrenz abgeworben. Die hat seit Monaten bei denen rumgeschnüffelt. Und laut Benhardt, mit dem ich heute Morgen noch sprechen konnte, kann es durchaus sein, dass diese Frau wirklich mehr weiß, als andere. Mehr kann ich jetzt aber wirklich nicht mehr sagen."

"Aber dann bringt man doch diesen Knaller in's Blatt, oder nicht? Aber nein, Baumann schmeißt alle Namen raus. Was soll der Scheiß?" echauffierte sich Müller in einer Art, die Karl gar nicht von ihm gewohnt war.

"Tja, das müssen Sie ihn selbst fragen. Aber wie Sie schon richtig sagen. Ich wüsste auch zu gerne, was in diesem Haus gespielt wird. Ich hatte übrigens überhaupt noch keine Zeit, die Konkurrenz durchzublättern, steht bei denen irgendwas Genaueres drin?" fragte Karl.

"Andeutungsweise. Aber so lasch, dass man sich's auch hätte sparen können. Ich verstehe das alles nicht. Seit gestern klar war, dass frei arbeiten lassen, zumindest auf dem Papier, scheint es, dass es ihnen nun alle Verlage mit Selbstzensur danken wollen."

"Das Gefühl habe ich auch Müller. Und jetzt?"

"Keine Ahnung. Ich würde Baumann am liebsten direkt ins Gesicht fragen, was er sich dabei gedacht hat. Bin mir aber nicht sicher, ob das so ne gute Idee ist."

"Naja Müller, ich bitte Sie. Der Artikel, den Sie geschrieben haben, steht am nächsten Tag offensichtlich zensiert in der Zeitung. Da soll man kein Recht dazu haben, den Chef zu fragen, was das soll?"

"Sie haben Recht Lehman. Kommen Sie, lassen Sie uns gehen, die Redaktionssitzung fängt sowieso gleich an."

"Ich komme gleich nach, Müller. Ich zieh mir nur noch schnell eine durch."

Was Karl auch tatsächlich machte. Allerdings war das nur ein Vorwand, da er jetzt einfach ein paar Minuten für sich brauchte, um sich zu Sortieren. Er musste jetzt einen Schlachtplan zurechtlegen, mit dem er sich die nächsten Tage hier im Verlag kommod durchmogeln konnte. Er hatte Witterung aufgenommen und den richtigen Riecher. Karl war nämlich mittlerweile der Meinung, dass

Baumann selbst involviert war und diese ganze Story mit Carla was für's Schaufenster war. Wahrscheinlich wusste Baumann ganz genau, dass Karl vor der Tür war, als Carla bei ihm war. Sie hatten ja die Uhrzeit ausgemacht und Baumann hasst es, wenn jemand unpünktlich ist. Wenn er also damit Recht hatte, dann müsste er jetzt nur noch ausklügeln, wie er Baumann bloßstellen könnte ohne mit hinabgerissen zu werden. Oder bildete er sich das doch nur alles ein? Das machte ihn einfach total kirre. Er bekam keinen klaren Gedanken zusammen. Er hätte das gerne eiskalt abgewogen, wie ein Schachspieler, der immer ein paar Züge im Voraus denkt. Aber hierzu fehlte Karl einfach die innere Coolness. Er blickte auf die Uhr und erkannte, dass er sich jetzt besser schnellstens auf den Weg machen sollte, in zwei Minuten begann die morgendliche Redaktionssitzung.

Alle waren da, nur Baumann noch nicht. Ungewöhnlich. Karl setzte sich auf seinen Platz und fragte seinen Nachbarn, wo Baumann sei.

Keine Ahnung, er habe ihn den ganzen Morgen noch nicht gesehen. Es war mittlerweile schon fünf Minuten über der Zeit, als sich aus der Unruhe, die im Raum herrschte so langsam aber sicher deutliches Unbehagen entwickelte.

Karl fühlte sich in dieser Situation das erste Mal seit langem irgendwie verantwortlich für die führungslose Truppe. Er griff zum Telefonhörer, was eigentlich nur Baumann vorbehalten war und rief die Sekretärin von ihm an.

"Herr Baumann hat mich vorhin angerufen, dass er ein paar Minuten später kommen wird. Es sei was ganz besonders Wichtiges" beantwortete sie Karls Frage nach ihm.

"Und warum kann uns niemand Bescheid geben? Wir sitzen uns hier schon seit einigen Minuten den Hintern platt, ohne zu wissen, was los ist. Frau Sobotka, das finde ich schon ziemlich unprofessionell, sie hätten doch zumindest eine Nachricht im Konferenzzimmer hinterlassen können."

"Tut mir leid, Herr Lehman, aber Herr Baumann hat mich angewiesen, hier am Telefon zu bleiben, falls irgendwas sein sollte."

"Na, auch schon egal. Wann kommt er denn nun?"

"Er ist grade in die Tiefgarage gefahren."

Karl gab den Kollegen Bescheid und ging solange auf den Balkon, eine rauchen. In Gedanken versunken blickte er auf die Stadt und versuchte sich ein Bild zu machen, was heute anders war.

Die Helikopter! Diese lauten, vor sich hin surrenden und bedrohlich wirkende Ungetüme, die gestern noch den Himmel über Berlin übersäten, waren heute verschwunden. So als wäre nichts. Dafür war die Stadt beängstigend ruhig. Ruhiger als an einem normalen Werktag. Kam das vom Nebel, der sich wie schweres flüssiges Blei über die Stadt zog? Plötzlich zuckte Karl zusammen. Jemand klopfte an die Glastür. Es war Baumann. Er machte ein ziemlich zerfurchtes Gesicht. Es schien, als ob er diese Nacht kein Auge zugetan hätte.

"Kollegen. Guten Morgen zunächst mal. Und Entschuldigen Sie die Verspätung, ich weiß, Sie sind so etwas von mir nicht gewohnt. Lehman, jetzt setzen Sie sich doch mal hin" begann Baumann in einer ungewohnt weichgespülten Tonlage, die so gar nicht zu seinem Charakter passte. "Und bevor Sie jetzt alle gleichzeitig auf mich einreden werden, kann ich Ihnen gleich den Wind aus den Segeln nehmen. Ja, die Namen aus den Artikeln über den gestrigen Tag sind verschwunden. Alle und restlos und ohne Ausnahme. Das ist nicht auf meinem Mist gewachsen, das können Sie mir glauben."

"Auf welchem den dann?" wagte sich Müller aus der Deckung. Karl war jetzt wirklich überrascht über ihn. Diese Courage hätte er ganz besonders Müller nicht zugetraut. Langsam entwickelte sich bei Karl wirklich so etwas wie Respekt vor ihm. Gruselig, was die letzten Stunden in ihm verändert hatten.

"Lieber Herr Müller, auch wenn ich hier den Chef spiele, Sie wissen so gut wie ich, dass auch ich nur ein Rädchen bin. Ich musste das gestern tun."

"Das ist aber noch keine wirkliche Antwort auf meine Frage" erwiderte Müller.

"Also gut." Baumann zog einen Wisch aus seiner Aktentasche, breitete ihn vor sich aus und begann:

"Sehr geehrter Herr Baumann, Sie wissen hoffentlich sehr gut, wie hoch wir Ihre werte Arbeit in diesem Verlag schätzen. Und des Weiteren wissen Sie auch, dass sich die Herausgeber dieser Tageszeitung weder in die internen Angelegenheiten der Redaktion noch in inhaltliche Angelegenheiten eingemischt haben. Wir wissen also nicht, was morgen in unserer eigenen Zeitung stehen wird.

Auf Grund unserer Wertschätzung des ganzen Redaktionsteams gehen wir aber davon aus, dass hier wieder sehr gut und sehr tiefgehend recherchiert wurde.

Um es mit einem anderen Wort zu sagen: uns Herausgeber beängstigt die Situation, dass wir morgen eventuell zu sehr von den Informationen preisgeben, die in der Redaktion vorliegen. Wir möchten, und da können Sie sich sicher sein, auch in Zukunft unsere Zeitung herausgeben, damit nicht nur ein wertvolles Instrument der Demokratie weiterleben wird, sondern dass Sie alle und Ihre Familien weiterhin ein gutes Auskommen haben. Dies könnte durch eine zu offensive Berichterstattung eventuell in Gefahr geraten. Wir wissen, von was wir reden, Herr Baumann. Deshalb möchten

wir Sie bitten, Ihre außergewöhnliche Stellung und Verant-
wortung im Verlag wahrzunehmen, um eine solche negative
Entwicklung unbedingt abzuwenden.

Wir zählen, wie in der Vergangenheit als auch in der Zu-
kunft auf Ihre von uns hoch geschätzte Loyalität.

Mit allerbesten Grüßen

Koch   Zeller   Martinus"

Das gab es nun wirklich noch nie in diesem Hause. Der
Verlag war in der ganzen Republik bekannt für seine sehr
liberale politische Haltung und die stringente Nichteinmi-
schung der Herausgeber in die Redaktion. Alle in der
Runde waren wie schockgefroren. Die ungläubigen Blicke
auf Baumann fixiert.

"Tja, so ist es Kollegen. Ich kann's nicht ändern."

"Was ist mit den Kollegen vom Boulevard und all den anderen?"

Baumann warf Karl einen Packen der Konkurrenzblätter
hin. "Dito. Nada. Alles von oben so verordnet. Anscheinend haben alle Herausgeber, Verlagsleiter und was weiß
ich wer noch einen bestimmte Verordnung von der neuen
Regierung erhalten. Das ist auch der Grund, warum ich
so spät dran war. Ich war gerade eben noch bei Frau Martinus. Sie sagte mir mit großem Bedauern, dass ihr und
den beiden Kollegen leider die Hände gebunden seien.
Aber man müsse an die Zukunft des Hauses denken. Die
Verordnung der neuen Regierung sei so klar und eindeutig, dass überhaupt kein Zweifel an der Ernsthaftigkeit besteht."

"Und was soll dann der Scheiß von gestern, von wegen die
Pressefreiheit sei weiterhin gewährleistet...?" fragte ein anderer Kollege.

"Das hab ich Frau Martinus auch gefragt. Sie konnte mir leider keine Antwort drauf geben. Wie sie so vor mir stand, tat sie mir richtiggehend leid. Diese große alte Dame, die so viel für unser Haus getan hat. Ich musste mich wirklich überwinden, aber ich fand es als meine Pflicht, sie nach der Verordnung zu fragen. Sie zögerte und meinte, herausgeben könne sie sie mir nicht, aber ich dürfe einen Blick drauf werfen."

"Und?" fragten mehr oder minder alle gleichzeitig.

"Sinngemäß stand da drin, dass alle Verleger und Herausgeber sich sicher sein dürften, dass die Pressefreiheit im Allgemeinen nicht eingeschränkt werde. Aber in der jetzigen Übergangsphase müsse man bestimmte Ausnahmesituationen und Ausnahmeregelungen akzeptieren. Die neue Regierung zähle da auf eine loyale Unterstützung der Presse, da diese ja ebenso wie andere gesellschaftliche Organisationen für die Umsetzung echter Demokratie seien. Nicht umsonst werden die Medien ja als vierte Gewalt bezeichnet. Man bitte alle Verantwortlichen in Verlagen und Medienhäusern, etwas Geduld zu zeigen.

Die neue Regierung werde sich zeitnah in der Öffentlichkeit präsentieren, mit den entsprechend verantwortlichen Köpfen und den politischen Zielen, die man erreichen will. Bis dahin solle von der namentlichen Nennung einzelner Personen, die sowieso weniger auf Fakten als auf Vermutungen beruhen, bitte Abstand nehmen. Wer sich loyal zeige, soll es nicht bereuen. Wer sich jedoch gegen die Ziele der neuen Regierung stellen will, der solle sich aber dann nicht wundern, wenn die Zukunft eines einzelnen Verlagshauses dann etwas schwieriger werden könnte. Ach ja, und abgezeichnet hat das Ganze ein gewisser Herr Schmidt, seines Zeichens neuer Presse- und Informationsminister" endete Baumann mit seinem Bericht.

"Schmidt, Schmidt, Schmidt. Das gibt's doch alles gar nicht" schloss Karl direkt an.

"Egal, wem ich von denen gestern über den Weg gelaufen bin. Alle hießen Schmidt. Die Sicherheitskräfte, die Wachmänner am Bundestag, und jetzt auch noch die Minister. Die wollen uns doch verarschen!"

Die Kollegen nickten zustimmend. Alle Kollegen bestätigten, dass es ihnen nicht anders ergangen sei. Da steckte doch eine Masche dahinter.

Baumann unterbrach dann das etwas ausufernde Gegacker und sagte "Leute, es nützt ja nichts. Wir müssen den heutigen Tag einfach nutzen. Findet raus, was und wer sich hinter den neuen Machthabern verbirgt. Geht auf die Straße, geht raus zu den Verbänden und Lobbygruppen. Wir müssen die Stimmung aufsaugen, die sich seit gestern im Land entwickelt hat. Wir müssen unseren Lesern weiter erklären, was hier eigentlich vor sich geht. Und wenn diese Idiotien alle Schmidt heißen, dann sei's drum. Dann nennen wir sie eben alle Schmidt, dagegen werden sie ja wohl nichts haben. Ich kläre das nochmal für euch mit den Herausgebern.

Und wenn wir keine Namen nennen dürfen, dann ist mir das mittlerweile auch scheißegal. Zum Schreiben haben wir für morgen mehr als genug, also raus und ran an die Buletten!

Ach ja, bevor ich's vergesse. Alle Artikel, die direkt mit der neuen Regierung zu tun haben, gehen über Lehman's Schreibtisch."

Er blickte Karl dabei mit einem verschwörerischen Blick an. War das nun wieder mal eine 'Beförderung' oder war das die Geschichte nach dem Motto, 'mitgegangen, mitgefangen'? So richtig freuen konnte sich Karl jedenfalls nicht. Derweilen trat Baumann auf ihn zu, "Lehman, Sie versuchen bitte mal direkt vor Ort was rauszubekommen, also Kanzleramt, Bundespressekonferenz, irgendjemand wird doch dort mal ansprechbar sein. Bleiben Sie hartnäckig und lassen Sie sich nicht abwimmeln!"

"Geht schon klar Chef. Kann ich Sie noch was fragen?"

"Ja klar. Was liegt Ihnen denn auf dem Herzen, Lehman?"

"Was ist denn nun mit Benhardt. Brauchen wir den noch?"

"Das müssen Sie entscheiden. Ich weiß ja nicht, was er noch weiß."

"Gestern haben Sie behauptet, er wisse sicher weniger als Ihre Carla!"

"Ja, mag sein. Aber wie gesagt, ich will Ihnen da nicht reinreden, ist ja Ihre Quelle."

Karl wunderte sich, dass Baumann nicht weiter auf diese Carla einging. Gestern war sie anscheinend noch die wichtigste Person im Haus, obwohl sie mit dem Verlag eigentlich nichts zu tun hat, heute erwähnte er sie nicht einmal.

Egal, eigentlich hatte Karl für so was jetzt überhaupt keine Zeit. Auf dem Weg ins Büro überlegte er, ob er ernsthaft Benhardt mit auf seine Tour nehmen solle.

Nein, natürlich nicht. Er würde einen Teufel tun. Wie konnte Karl jetzt nur so naiv sein. Gut, er könne Benhardt irgendwo im Auto verstecken. Und dann, was sollte das bringen? Karl war selbst überrascht, was er da gerade für einen unprofessionellen Gedanken führte. Aber anscheinend suchte er nach einem Strohhalm, einen Rettungsring, an den er sich heute festhalten könnte. Wie ein kleiner Junge, der hilflos die Hand seiner Mutter sucht. Karl schämte sich in diesem Moment fast und war froh, dass ihn in diesem Moment niemand beobachten konnte. Dann machte er sich auf den Weg ins Regierungsviertel. Als er gerade das Verlagsgebäude verließ, klingelte das Handy.

Es war Benhardt. Wenn man vom Teufel spricht, dachte Karl.

"Sagen Sie mal, Lehman. Warum tauchen in euren Artikeln nirgendwo Namen auf. Ich meine, für was habe ich Ihnen die Tipps gegeben?"

"Tut mir leid, aber wir waren heute Morgen alle wie vor den Kopf gestoßen, bis Baumann was von einem 'freundlichen Brief' der neuen Regierung an alle Verleger erzählt hat."

"Was für ein Brief?"

"Können Sie sich doch vorstellen, Benhardt. Es wurde freundlich darauf hingewiesen, wenn man Interesse daran hat, dass die eigene Zeitung weiterbestehen soll, man sich in der jetzigen Phase an bestimmte Spielregeln halten müsse."

"Und ihr habt da natürlich mitgemacht!"

"Ja, scheint so. Liegt nicht in meiner Macht."

"Und jetzt?"

"Was, und jetzt?"

"Eigentlich brauchen Sie mich ja jetzt gar nicht mehr."

Das war eine Aussage, über die sich Karl eigentlich hätte freuen müssen. Dann wäre er zumindest mal von Sandra entfernt.

"Jetzt warten Sie doch erst mal ab, Benhardt. Ich bin mir sicher, in den nächsten Tagen werde ich Sie noch des Öfteren zu Rate ziehen müssen. Außerdem, wo wollen Sie denn hin? War doch Ihre Idee, bei mir Unterschlupf zu finden.

Oder wollen Sie sich ins Ausland absetzen? Sie kommen doch jetzt eh nicht raus, oder glauben Sie die Grenzen sind für Ihre Spezies im Moment weiterhin offen?"

"Quatsch Ausland. Sie wissen ja, ich habe nichts dagegen, von Ihrer netten Freundin beherbergt zu werden, also an mir soll's nicht scheitern." antwortete er mit seinem provozierenden Lachen.

"Was gibt's denn sonst Neues?" fragte er Karl weiter.

"Das versuchen wir heute rauszufinden. Bin grade auf dem Weg ins Regierungsviertel und hoffe, dass ich etwas mehr Licht ins Dunkel bringen kann. Ich melde mich heute Nachmittag wieder, ich werde bestimmt einige Fragen an Sie haben."

"Ja gut, Sie wissen ja wo ich bin. Viel Erfolg, Lehman."

Etwas aus der Puste vom Gehen und gleichzeitigen Telefonieren, kam er am Kanzleramt an. An der Pforte das mittlerweile gewohnte Bild. Bewaffnete Sicherheitskräfte, die dem Eindruck machten, dass hier sicher keiner reinkommen soll. Es hat sich bereits ein Pulk von allerlei Kollegen angesammelt, die auf die Sicherheitskräfte einredeten wie auf einen toten Hund. Keine Reaktion von denen, kein Zucken mit den Mundwinkeln, kein überhasteter Blick. Wie Maschinen, die einfach nur Ihren Job tun sollten. Karl fragte einen Fotografen neben ihm, wie lange er schon hier sei, und ob er ne Chance sieht, hier was zu erreichen. Nein, glaube er nicht. Er sei von seiner Redaktion hergeschickt worden, in der Hoffnung, Bild von irgendjemand zu erhaschen, der was mit dieser neuen Regierung zu tun hat. Er stünde sich jetzt schon seit fast einer Stunde die Beine in den Bauch und nix passiert. Er werde sich jetzt demnächst verpissen, alles vergeudete Zeit hier.

Karl versuchte sich etwas mehr nach vorne durchzukämpfen, da wo die Sicherheitskräfte standen. Er beobachtete die Männer nun ganz in Ruhe und blickte auf jedes Detail. Die Uniformen schwarz, keine Rangabzeichen, keine sonstigen Hinweise. Das einzige waren Namensschilder, die ausnahmslos alle trugen. Er schaute sich den ersten Namen an und musste fast lachen: SCHMIDT. Klar, so hießen gestern ja auch alle. Sein Blick wanderte weiter zum zweiten Mann in der Reihe: SCHMIDT. Er versuchte es gar nicht mehr weiter. Schwer anzunehmen, dass das Dutzend Männer hier zufälligerweise also alle Schmidt hießen. Der Fotograf hatte Recht, das war wirklich vergeudete Zeit.

Als Karl sich schon abdrehen wollte, kam ein ziemlich hochgewachsener Mann durch die Pforte. Er hatte das typische Aussehen eines politischen Beamten. Teurer Maßanzug, graue kurze Haare, modische Brille, sehr ausgewähltes Schuhwerk. Er hielt einen Packen Zettel in der Hand.

Da war es wieder, das Signal für die schreibende Zunft. Wie die Geier stürzten alle Kollegen auf den Mann zu, wie auf das Aas, das noch warm war.

"Meine Damen und Herren, ich bitte Sie! Seien Sie doch bitte etwas zivilisiert. Ich habe hier für jeden ein Exemplar."

Als die Fotografen ihre Chance witterten und munter drauf los fotografierten und blitzten, fiel plötzlich ein Schuss. Auf einmal war es mucksmäuschenstill. Alle schauten wie versteinert umher. Was erlauben die sich? Erzählen gestern was von Pressefreiheit und dann so was.

Karl wollte nie Kriegsberichterstatter werden, so wie viele seiner früheren Volontariatskollegen, aber jetzt fühlte er förmlich, wie es sein musste, wenn man in einer extrem bedrohlichen Situation seinen Job ausführen sollte. Auf der anderen Seite hatte das etwas Elektrisierendes. Er fühlte, wie das Adrenalin in seinen Körper schoss. Und ja, irgendwie war das ein geiles Gefühl.

"So, jetzt bitte noch mal in Ruhe, liebe Kollegen von der Presse. Ich darf mich kurz vorstellen und Ihnen sagen, wie es heute weitergeht. Mein Name ist Schmidt. Ich bin der Kommunikationsbeauftragte des Obersten Rates für die demokratische Erneuerung. Ich bitte davon abzusehen, Fotos von mir zu schießen, geschweige denn diese abzubilden. Alle Fotografen bitte ich folglich, ihre Chipkarten zu löschen. Damit wir das alles möglichst schnell und reibungslos überprüfen können, bitte ich Sie alle, sich hier bei den Kollegen der Sicherheit anzustellen. Des Weiteren habe ich hier einen kurz zusammengefassten Terminplan in der Hand, der Ihnen aufzeigt, welche Informationsveranstaltungen für Sie in den nächsten Tagen relevant sein werden. Sie haben selbstverständlich überall freien Zugang. Jedoch ist es, wie gerade schon von mir persönlich aufgefordert, in dieser Woche nicht erlaubt, von Personen Fotos zu machen, die im oder für den Obersten Rates für die demokratische Erneuerung arbeiten. Haben das soweit alle verstanden?"

Von niemandem kam eine Antwort. Nur zögerliches Murmeln und Kopfnicken war zu vernehmen. Karl war grenzenlos erstaunt darüber, wie sich die Vertreter der vierten Gewalt im Staate mit dieser Aufführung einschüchtern ließen, inklusive ihm selbst. Er wollte jetzt gar nicht den Vergleich mit dem Dritten Reich ins Spiel bringen, aber irgendwie kam es ihm doch ganz automatisch in den Sinn. Wie leicht lässt man sich als Mensch manipulieren?

Von sich selbst ist man doch ziemlich überzeugt, dass man sich in einer solchen Situation sicher ganz anders verhalten würde. Und doch passiert es genau andersherum. Man fügt sich ein in die willenlose Masse und schwimmt im Strom mit. Weil man sich darin so gut verstecken kann, weil man in diesem Schwarm nicht auffällt. Aus dieser Sicht der Dinge ist das Wort *Schwarmintelligenz* sicher ein total überbewertetes Wort.

Karl blickte auf den Zettel, den nun jeder erhalten hatte. Es waren tatsächlich bis zum Ende der Woche diverse Pressekonferenzen und Diskussionsrunden vorgesehen. Teilweise mit relativ bekannten Namen aus Politik, Wirtschaft, Wissenschaft und Kultur. Das alles haben die innerhalb eines Tages organisieren können? Niemals. Das musste doch schon längst mit diesen Leuten abgesprochen worden sein, dachte sich Karl.

Er verstand dieses ambivalente Verhalten einfach nicht. Auf der einen Seite versprachen sie die volle Meinungs- und Pressefreiheit. Andererseits verhielten sie sich wie gerade eben, wie in einer Diktatur. Dann wiederum hatte man überall hin freien Zugang, kein Problem.

Aber es war niemand da, mit dem man hätte sprechen können. Zumindest bis jetzt. Vielleicht änderte sich das im Laufe der Tage? Aber dieser Auftritt gerade eben zeigte diese ganze Surrealität. Was wollten die damit erreichen? Wen müssen sie schützen? Die, die jetzt an der Macht sind? Irgendwann müssten die sich doch trotzdem offenbaren, wer sie sind und was sie wollen. Mussten sie Zeit gewinnen? Aber gegenüber wem? Den Geheimdiensten, der Polizei, der Bundeswehr? Es schien doch alles unter Kontrolle zu sein. Also entweder ein richtiger Putsch mit allem was an Grausamkeiten dazugehört, oder gar nichts. Das, was die veranstalten, war doch nichts Halbes und nichts Ganzes, oder? Schwirrte es in seinem verwirrten Kopf umher.

Karl versuchte sich wieder auf seinen Job zu konzentrieren. Er blickte erneut auf die Termine. In einer guten Stunde würde in der Bundespressekonferenz eine Pressekonferenz stattfinden, "wo alle Fragen der Journalisten, so es geht, wohlwollend behandelt würden". Was das schon wieder heißen sollte. Karl versuchte, Baumann zu erreichen, um ihm kurz zu berichten. Sein Handy war jedoch belegt. Sollte er mal bei Müller nachfragen, was der so treibt? Klar, warum nicht, sie waren ja jetzt keine Feinde mehr.

"Lehman, was kann ich für Sie tun?"

"Wo treiben Sie sich gerade herum?"

"Ich bin beim BDI und hoffe, hier eingelassen zu werden. Es soll gleich ne Pressekonferenz stattfinden, wo es eine Stellungnahme zu den Ereignissen von gestern geben wird."

"Sind da auch Sicherheitskräfte?" fragte Karl.

"Nein, hier ist alles sauber. Wieso fragen Sie?"

"Naja, ich meine, seit gestern ist ja alles bewacht und gesichert, was irgendwie mit dem alten System zu tun hatte."

"Stimmt. Aber vielleicht haben die hier was mit dem neuen System zu tun, Lehman?"

Da hatte Müller wohl den Nagel auf den Kopf getroffen. Ohne hierauf weiter einzugehen berichtete Karl ihm kurz von den Ereignissen gerade eben.

"Zum Glück bin ich für Wirtschaft zuständig," lachte Müller. Aber ganz und gar nicht gehässig, so wie früher gegenüber Karl.

"Da mögen Sie Recht haben, Müller. Ich bin jetzt erst mal in der Bundespressekonferenz. Mal schauen, was sie uns da Neues auftischen. Müller, eine Bitte. Wollen wir uns, bevor die erste Nachmittagskonferenz anfängt irgendwo auf nen Kaffee treffen?

Ich glaube, es ist kein Schaden, wenn wir ne Friedenspfeife rauchen und uns zusammentun, was meinen Sie?"

"Ich bin überrascht Lehman. Aber ja klar, warum eigentlich nicht. So'n Penner, wie ich früher gedacht habe, sind Sie ja eigentlich gar nicht." Müller musste jetzt ganz befreit auflachen. Karl empfand dieselbe Befreiung.

"Ja, danke für die Blumen Müller. Ich geb Ihnen später nen Strauss zurück. Also dann, viel Erfolg bei den neuen ‚Machthabern'."

"Mal schauen. Lehman, Sie übertreiben schon wieder. Zerstören Sie nicht gleich wieder meinen positiven Eindruck von Ihnen. Nicht alle in der Wirtschaft haben Dreck am Stecken, genau wie Ihre Leute in der Politik. Also, bis später dann. Wir machen noch aus, wo?"

"Ja, ich schreibe Ihnen ne SMS."

Sollte sich Karl schon einmal Fragen überlegen für die Pressekonferenz? Sollte er erst mal abwarten, wer da überhaupt auftauchen würde? Sicher davon ausgehen musste er, dass irgendein oder irgendeine SCHMIDT am Podium säße.

Wenn sich überhaupt jemand zeigt. Im Grunde müsste ja der Schmidt von gerade eben auftauchen, er war ja so etwas wie der neue Regierungssprecher.

Karl hatte noch eine knappe halbe Stunde. Er suchte sich auf dem Weg ein Café, setzte sich in eine ruhige Ecke am Fenster und betrachtete die vorüberlaufenden Menschen. Was geht in ihnen vor? Was machen sie sich für Gedanken über die Ereignisse? Konnte man an den Gesichtern etwas erkennen? Furcht? Erlösung? Gleichgültigkeit? Auch wenn man 99,9% der Menschheit nicht persönlich kennen kann, so hatte man doch einen Blick für die eigene Spezies, für emotionale Stimmungen. Und Karl war sich sicher, dass er hierin eine ganz besonders große Begabung hatte. Er sah sich also die Gesichter an, die Blicke, die Körperhaltung.

Und ihn ließ das Gefühl nicht los, dass die Gleichgültigkeit bei den Vorbeilaufenden deutlich überwog. Hauptsache, mir persönlich geht es gut. Ich hab meinen Job, meine Familie ist in Sicherheit, mir tut keiner ein Leid an.

Sollen die da oben doch machen, was sie wollen. Hauptsache, die lassen uns in Ruhe. So in etwa konnte sich das Karl gut vorstellen, dass das die Art Gedanken waren, die die Menschen sich machten. Sehr grundsätzlich, sehr elementar, ziemlich egoistisch, ganz menschlich eben!

Auf dem Weg zur Bundespressekonferenz ließ Karl der Gedanke einfach nicht mehr los, dass er sich bisher viel zu wenig Gedanken über die Auswirkungen der Ereignisse auf die Menschen, auf die Gesellschaft gemacht hat. Seine Beobachtungen gerade eben im Café hatten ihm die Augen geöffnet. Aber nicht in der Form, wie man hätte erwarten mögen. Denn gestern war das überwiegende Stimmungsbild Angst. Angst vor dem Ungewissen, Angst vor dem martialischen Auftreten der neuen Machthaber. Angst davor, was sich dadurch im persönlichen Leben ändern würde. Ein Leben, dass man sich doch ganz gut eingerichtet hatte bisher. Hatte Brecht mit seinen Worten also doch Recht, dass zuerst das Fressen und dann erst die Moral kommt?

Nahmen die Menschen wirklich von dem Notiz, was in Berlin oder in Brüssel oder sonst wo auf der Welt im Detail entschieden wurde? Selbst Menschen, die sich als politisch interessiert einschätzten. Waren nicht alle, die nicht in professioneller Weise mit Politik zu tun hatten, in erster Linie daran interessiert, wie es ihnen persönlich, ihrer Familie, ihrem nahen Umfeld geht? Von welchen Personen, geschweige denn von welchen Parteien dieser Umstand garantiert werden konnte, war unterm Strich doch egal. Und, ging es ihm nicht genauso? Karl konnte es doch auch egal sein, wer an der Regierung war.

Seine persönlichen Lebensumstände wurden hierdurch nur in dem Maße beeinflusst, wie das politische Wechselspiel seinen beruflichen Weg begleitete. Diese ganzen Diskussionen der letzten Jahre, die Prophezeiung des Niedergangs der westlich geprägten Demokratie. Ihn nervte das eigentlich, obschon er wusste, dass etwas dran sein musste. Aber die Bevölkerung war doch gerade dabei, sich wieder mehr Mitsprache zu erkämpfen. Der "Wutbürger" hatte deutlich vernehmbar seine Stimme erhoben. Die politische Klasse in Berlin zeigte erste Zuckungen. Man erkannte wohl, dass sich etwas ändern müsse. Aber wie es schon so oft geschehen ist. Strukturen, die sich festgefahren haben aber einen Vorteil für eine bestimmte gesellschaftliche Schicht hervorgebracht hat, lassen sich nicht so einfach von heute auf Morgen ändern.

Außer...ja, außer jemand bestimmtes nimmt das tatsächlich in die Hand. Aber was wollte diese Hand? Was wollte sie ändern? Und war das im Sinne des "Wutbürgers", der jeden Respekt vor den handelnden Personen in Berlin längst verloren hat? Spontan hätte Karl gesagt, nein. Es würde sicher nicht im Sinne der Politikverdrossenen sein.

Doch gemessen an dem bisherigen Verhalten und der spärlich geäußerten politischen Inhalte der neuen Regierung, konnte er sich auch wieder nicht sicher sein. Wie er es drehte und wendete, es ergab alles keinen Sinn. Noch nicht. Aber vielleicht würde er ja in ein paar Minuten wirklich genauer Bescheid wissen. Er hoffte nicht nur im Sinne der Leser darauf, auch für seine eigene Beruhigung wäre ihm eine klare Aussage sehr wichtig. Ja, sogar ganz egal, in welcher Form sich diese ausdrücken würde. Es ging ihm einfach darum, sich endlich auf eine konkrete Situation einstellen zu können. Seinetwegen auf eine Diktatur, die alles andere als "direkt demokratisch" wäre. Darum ging es doch.

Sein eigenes Leben auf die Umstände anzupassen. Der Mensch ist flexibel und anpassungsfähig. Er hat in allen Jahrhunderten bewiesen, dass letztlich die Staatsform nicht der alles entscheidende Grund für und gegen persönliches Glück sein muss. Meistens entschieden ganz andere Dinge darüber, die nichts mit Politik zu tun hatten. So lange man sich selbst im Spiegel betrachten konnte, während man mit allen mitschwimmt, musste man sich doch nicht dafür schämen, oder? Warum den Helden spielen? Wer hätte etwas davon, außer dem eigenen Ego?

Nein. Hier und heute eine klare Ansage und man könnte das Leben wieder normal weiterlaufen lassen. Hier und da wohl eine Einschränkung. Öfter mal die Schnauze halten, wo man im Grunde eh nicht gefragt wurde. Und gut ist. Ist doch gar nicht so schlimm. Selbst seine journalistische Ehre sah Karl nicht in Gefahr. Sollte es gewisse Vorgaben geben, müssten sich ja wiederum alle dran halten. Er müsste sich nicht mal etwas vorwerfen. Im gesetzten Rahmen konnte man ja immer noch seine eigene Kreativität spielen lassen. Das haben selbst Schriftsteller in Diktaturen geschafft.

Jetzt galt es Karl, erst mal wieder an seinen Job zu denken. Er reihte sich in der Schlange der Kollegen ein, die alle nach Einlass in die Bundespressekonferenz begehrten. Karl lauschte den Gesprächsfetzen. Eine Mixtur aus ernstlicher Hoffnung auf eine Offenbarung bis hin zu beißender Süffisanz und Fatalismus. Er musste nicht einmal nach den Gesichtern der Kollegen Ausschau halten, er wusste so oder so, welche Aussage welchem Kollegen zuzuordnen waren. Dabei fragte er sich gerade, wie er eigentlich von seinen Kollegen so gesehen und eingeordnet wurde. Obwohl, besser vielleicht doch nicht.

Es dauerte ca. eine viertel Stunde, bis Karl endlich dran kam. Er wurde von den Sicherheitsleuten nach seinem Presseausweis gefragt und mürrisch von den umstehenden Kollegen der Sicherheit angestarrt.

Er erwartete eigentlich, dass damit gut sei und er sich einen noch einigermaßen guten Platz ziemlich weit vorne sichern könne. Da kam plötzlich die Aufforderung seines Gegenübers, die Taschen seines Mantels und seiner Hose zu leeren und alles auf den Tisch zu legen. Karl überlegte sich, zu protestieren, aber er ließ sich vom Blick des Sicherheitsmannes überzeugen, dass er sich diesen Gedanken besser sparen sollte. Er hatte keine persönlichen Sachen dabei, außer Geldbörse und Handy, hatte also nichts zu verbergen. Jedoch fühlte er sich dadurch richtiggehend persönlich angegriffen. Man schien heute die Zügel angezogen zu haben. Ganz anders als gestern, als man nahezu überall freien Zugang als Journalist hatte. Wollte man die Presse gestern einfach nur in einer trügerischen Sicherheit wiegen, um heute losschlagen zu können? Karl schien hier die klassische Verunsicherungsstrategie von diktatorischen Machthabern durchzuschimmern.

Als er fertig war mit dem Filzen, schubste der Sicherheitsmann Karl regelrecht nach innen weiter. Ganz grob und mit dem Zusatz, das er sich nicht so hätte anstellen müssen, "war doch alles halb so wild, oder?" Karl betrat kopfschüttelnd den Saal und richtete sofort seinen Blick zu den vorderen Reihen. Es waren noch ein paar freie Plätze übrig und er suchte sich den an der Fensterfront aus. Man weiß ja nie, wie schnell man hier wieder rausmüsse. Im Hintergrund nahm Karl das schon draußen begonnene Geraune wahr. Es wurden die wildesten Szenarien ausgemalt, natürlich von den Kollegen vom Boulevard. Unreflektiert und ausschließlich auf Sensation aus.

Als der Raum so langsam gefüllt war, kam eine Durchsage aus den Lautsprechern, dass sich die Damen und Herren Kollegen noch einige Minuten gedulden müssten. Der Pressesprecher des Obersten Rates habe leider einige Minuten Verspätung.

Also doch dieser Schmidt von vorhin beim Kanzleramt? Was konnte man von dem schon erwarten?

Karl sah auf die Uhr. Es war halb ein Uhr Mittag. Was tun? Sollte er sich mit Kollegen unterhalten? Sollte er einfach nur aus dem Fenster gucken und abwarten, was passieren würde? Er entschied zu für ersteres, wie die anderen Kollegen auch. Es bildeten sich die üblichen Grüppchen, die auf jeder Pressekonferenz oder jedem Fest die Köpfe zusammensteckten.

In diesem Moment vernahmen alle eine erneute Durchsage: "Liebe Kolleginnen und Kollegen von der Presse. Wir möchten Sie bitten, sich wieder alle an ihre Plätze zu begeben und die Gespräche einzustellen, Herr Schmidt wird jede Sekunde bei Ihnen sein."

Alle sahen sich ungläubig an. Man kam sich vor, wie ein dummer Pennäler, der vom Direktor der Schule zurecht gewiesen werden muss, damit Ruhe und Ordnung im Klassenzimmer herrschte. In der Erwartung, dass die Durchsage nun zutreffen möge, sassen sich wirklich alle wieder hin. Schweigend. Auch Karl.

12.35 Uhr. Es bewegte sich nichts und niemand. Die Tür zum Hinterraum rührte sich nicht. Alle sahen nach vorne. Keiner wagte etwas zu sagen. Es wurde 12.40 Uhr, 12.45 Uhr, als die ersten Kollegen, die eher von der toupheren Sorte waren, aufbegehrten.

Sein Hintermann, ein großer stämmiger Blonder, der Oberarme wie ein Türsteher hatte und von dem er wusste, dass er bei Deutschlands miesesten Blatt arbeitet, stand auf und ging nach vorne Richtung Sprecherpult. George hieß er, so sich Karl richtig erinnern konnte. Außer den Presseleuten war hier niemand. Auch keine Sicherheitsleute.

Das wurde Karl erst jetzt in diesem Moment so richtig bewusst. George betrat nun das kleine Treppchen, das auf das Podest führte. Er schien einen Blick durchs Bullauge der Tür ins Hinterzimmer werfen zu wollen. In diesem Moment sprangen die beiden Eingangstüren auf und vier Mann der Sicherheitsleute stürmten wie wild nach vorne. Das einzige Ziel war der große blonde George. Mit einigem Aufwand schafften es die vier, George dingfest zu machen. Man schleppte ihn mit vereinten Kräften aus dem Saal. Wie versteinert sah sich Karl im Saal um und traf auf seine emotionalen Spiegelbilder. Ein erschreckend perfekter Einschüchterungsversuch.

Jetzt bemerkte Karl in den Gesichtern der Kollegen, dass sich jeder davor bewahren wollte, selbst in eine so schmerzhafte Situation zu geraten. Es war mittlerweile 12.50 Uhr und immer noch kein Herr Schmidt anwesend.

Alle warteten auf eine erneute Durchsage, sozusagen eine Bestätigung der gerade handgreiflich durchgeführten Warnaktion. Aber dies war nicht mehr nötig, das hatten auch die Sicherheitsleute mitbekommen. Das Ziel war erreicht. Es war Ruhe im Saal und man hatte die 'vierte Gewalt' nun gut selbst in der Gewalt.

Was sollte jetzt noch kommen? Würde dieser Schmidt jetzt mal endlich herauskommen und erklären, was das heute nun schon wieder alles sollte.

Würde es eine umfangreiche Regierungserklärung geben, in der endlich Namen genannt, Ziele der neuen Regierung erklärt, politische Grundaussagen getätigt, Vorschläge über die nächsten Schritte erwähnt würden? Es war mittlerweile 12.55 Uhr und es herrschte Totenstille und Ordnung im Saal. Sonst nichts.

Dann ging die Tür auf und besagter Herr Schmidt trat in Begleitung zweier Mitarbeiter, ein schnöseliger junger Mann und eine sehr attraktive Frau mittleren Alters, in den Saal. Bei der Frau hätte Karl Haus und Hof drauf verwetten mögen, dass er sie schon einmal gesehen hätte.

Nur wo? Er konnte sich nun gar nicht mehr richtig auf die ersten Worte von Schmidt konzentrieren, da es ihn ihm ziemlich heftig arbeitete. Nicht aus besagter Sicherheit, sie schon einmal wahrgenommen zu haben, sondern weil sie absolut sein Typ war. Etwa Ende dreißig, lange dunkle Haare, blaue Augen und einen ziemlich verschrobenen Blick, der ausdrücken sollte, dass sie durchaus mit allen Wassern gewaschen ist. Die extrem ansprechende feminine Figur tat sein Übriges, dass Karl plötzlich komplett abgelenkt war.

"...und so kann ich Ihnen versprechen, wehrte Kolleginnen und Kollegen, dass wir heute versuchen, all ihre Fragen zu beantworten. Ich darf ihnen nur noch kurz vorstellen. Zu meiner Rechten sitzt Herr Schmidt, er ist mein persönlicher Assistent. Und zu meiner Linken Frau Schmidt, sie ist die persönliche Referentin des Vorsitzenden des 'Obersten Rates für die demokratische Erneuerung'. Vorneweg möchte ich sie darauf hinweisen, dass sie sich bezüglich des vorhin stattgefundenen Vorfalls keine Sorgen machen müssen. Dem Kollegen geht es gut. Wir haben es leider nur für nötig empfunden, ihn für dieses Mal aus der Bundespressekonferenz auszuschließen."

Blitzartig und wie im Reflex, wie es sich für einen Hauptstadtjournalisten gehört, gingen die Hände nach oben, um die ersten Fragen stellen zu dürfen. Darauf erteilte Herr Schmidt den ersten drei Kollegen das Wort. Die Fragen waren natürlich nicht überraschend. Wer steckt hinter der neuen Regierung? Wie sind die Namen? Wen könne man in Zukunft denn ansprechen usw.

"Der 'Oberste Rat für die demokratische Erneuerung' besteht aus insgesamt elf Personen. Er erlässt Gesetze und Verordnungen. Des Weiteren ist er für die exekutive Machtausübung verantwortlich. Das derzeit wichtigste Ziel ist es, Ruhe und Ordnung im Staat zu garantieren. Die Namen der einzelnen Mitglieder stehen hier auf einer

Liste, die ich Ihnen nach Beendigung der PK aushändigen werde. Nun noch zu der Frage, wer sich hinter der neuen Regierung verbirgt. Sie können mir glauben, wehrte Kollegen, dass es sich um außerordentlich ehrenwerte Personen aus der Mitte des Volkes handelt, die sich als sehr verdienstvoll gegenüber unserem Land erwiesen haben. Weitere Fragen bitte?"

Nun war Karl an der Reihe. Ihm ging der Puls so heftig, dass er befürchtete, keinen einzigen Ton herauszubekommen. "Herr Schmidt, ich hätte zwei Fragen. Die offizielle Verlautbarung des 'Obersten Rates für die demokratische Erneuerung' von gestern hat die Einhaltung der Bürger- und Meinungsfreiheit garantiert.

Erste Frage hierzu: wie erklären Sie das Missverhältnis in Bezug auf die heutige Behandlung der Medienvertreter? Und mein zweites Anliegen ist, was mit den bisher Verantwortlichen passiert ist und welches Recht im Moment bei uns gilt."

Schmidt nahm sich zunächst demonstrativ seine Brille ab und putzte diese mit seiner Krawatte. Dann setzte er sie sich wieder auf und sah Karl mit einem diabolischen Grinsen an.

"Herr?"

"Lehman"

"Herr Lehman. Meines Erachtens gibt es überhaupt kein Missverhältnis. Sie und ihre Kollegen wurden heute ganz offiziell hierher eingeladen, wir beantworten ihre Fragen. Wie gesagt, der Vorfall vorhin war ein Sonderfall, da sich der Kollege anscheinend nicht zu benehmen wusste..."

"Und was war das mit dem Schuss vorhin vor dem Kanzleramt?"

"Herr Lehman, ich möchte Sie noch einmal darum bitten, sich bewusst zu machen, in welcher extrem angespannten Situation wir uns befinden. Der Mitarbeiter von der Sicherheit vorhin hat definitiv einen Fehler gemacht und wurde hierfür auch schon zur Rechenschaft gezogen. Also nochmal, sie können gerne für Ihre Zeitung morgen schreiben, was Sie möchten, eine Zensur findet auf jeden Fall nicht statt. Was war nochmal die zweite Frage...ach ja. Die bisherigen Vertreter unseres Landes wurden an einem zentralen Ort zusammen gebracht. Sie werden dort befragt und wir werden gegebenenfalls über entsprechende Konsequenzen für sie nachdenken. Aber Sie können sicher sein, dass wir das alles im Rahmen der Genfer Konvention und unter Einhaltung aller Grundrechte durchführen."

"Und welches Recht besteht derzeit?" beharrte Karl auf den letzten Teil seiner Frage.

"Welches Recht? Nun ja, wie gestern bereits mitgeteilt, wurde das Grundgesetz außer Kraft gesetzt. Somit haben alle staatlichen Institutionen, die zum Erhalt der staatlichen Ordnung beitragen, ihre Wirksamkeit verloren. Wir werden in den nächsten Tagen eine neue Übergangsverfassung veröffentlichen, spätestens zum Freitag dieser Woche. Im Moment versuchen wir im Rahmen der menschlichen Vernunft zu handeln, um die Sicherheit der Bürger zu garantieren."

"Was ist mit dem Prinzip der *Diktatur der direkten Demokratie* gemeint. Mit Verlaub Herr Schmidt, aber das versteht, glaube ich, niemand hier im Saal!" meldete sich ein Kolleg von der Wochenpresse, ohne aufgefordert worden zu sein.

"Auch Sie bitte ich, sich an die Regeln zu halten, Herr Dürrbeck. Aber nachdem ich davon ausgehe, dass diese Frage sicher von jemand anderem auch gestellt würde, möchte ich Sie in ein paar kurzen Sätzen hierüber aufklären. Wie Sie ja der gestrigen offiziellen Bekanntmachung entnehmen konnten, ist allen Parteien für die nächsten 12 Monate verboten, sich aktiv in der Öffentlichkeit zu betätigen. Das hat zunächst den Hintergrund, dass wir der Überzeugung sind, dass der Parteienstaat, wie er sich zuletzt gebar, ausgedient hat. Dieser Staat wurde von einer Interessenklientel regiert, die jedweden Bezug zur Bevölkerung und deren Sorgen und Wünschen verloren hat. Dies wollen wir sobald als möglich wieder umkehren. Deshalb wird es auch kein Parlament mehr im eigentlichen Sinne geben. Zumindest, was die Bundes- und die Landesebene betrifft. Parlamente im eigentlichen Sinne wird es künftig nur noch auf kommunaler Ebene geben. Hierzu zugelassen sind wiederum keine Parteimitglieder. Das passive Wahlrecht gilt ausschließlich für Bürger einer Kommune, die sich in den letzten fünf Jahren nachweislich nicht in einer Partei betätigt haben. Sie sehen also, dass künftig die Stimme des Volkes wieder Gewicht haben soll und haben wird."

Der Kollege Dürrbeck meldete sich erneut. Schmidt sah aber geflissentlich darüber hinweg. Er deutete auf eine Frau, die Karls Erinnerung nach von einer bedeutenden süddeutschen Zeitung kam.

"Herr Schmidt. Vielen Dank für diese erste Erklärung. Aber bitte erläutern Sie uns doch, wie der Wille des Volkes ganz oben ankommen soll, wenn es keine Vertretung auf Landes- oder Bundesebene mehr gibt."

"Frau Saridis, ich danke Ihnen für diese kluge Frage. Es ist ganz einfach zu erklären. Unser Modell der *Diktatur der direkten Demokratie* könne Sie sich wie ein Pyramidenmodell vorstellen. Also, wie schon erwähnt, in jeder Kommune wird es einen Kommunalrat geben, im Grunde also ein Lokalparlament. Diese Kommunalräte wählen aus ihrer Mitte Delegierte, die dann wiederum am 'Großen Rat für die demokratische Erneuerung' teilnehmen dürfen. Jeder einzelne Delegierte hat ein Rede-, Petitions- und Antragsrecht. Der 'Große Rat für die demokratische Erneuerung' wiederum erhält ein direktes Einflussrecht auf die Entscheidungen des 'Obersten Rates für die demokratische Erneuerung'. Das heißt im Detail, dass er Gesetzesinitiativen veranlassen kann und diese mit dem 'Obersten Rat für die demokratische Erneuerung' durch Verhandlungen in Gesetzeskraft setzen kann. Ich hoffe, dass ich Ihnen hiermit nun schon mal ein wenig mehr Klarheit anbieten konnte. Im Übrigen werden Sie am Ende der Pressekonferenz neben der benannten Liste auch eine grafische Übersicht über das eben erklärte Modell ausgehändigt bekommen."

Es war unglaublich, wie alle diesem Schmidt an den Lippen hingen. Als ob dies der Moment einer politischen und geistigen Erweckung war. Karl musste zugeben, dass das, was alle hier zum ersten Mal gehört hatten, durchaus Charme hatte. Ja, das war sogar ziemlich perfekt, wie sich das alles anhörte. Endlich Schluss mit der Laberei im Bundestag, Schluss mit dem ganzen Gezänk der Parteien gegen- oder gar untereinander. Schluss mit der Macht verschiedener Lobbygruppen, die dieses Land doch schon längst in der Hand hatten.

Schluss mit dem ambivalenten Bild des Politikers, der Wasser predigt und im stillen Hinterzimmer Wein trinkt und gleichzeitig interne Entscheidungen ausmauschelt.

Ja, das fühlte sich wirklich wie eine Befreiung an. Warum ist bisher niemand auf solch eine geniale Idee gekommen? Karl war wie im Rausch. Er erwischte sich dabei, wie wenige aber klug gesetzte Worte dazu fähig waren, einem sein ganzes bisheriges Weltbild über den Haufen werfen zu lassen und mit wehenden Fahnen den neuen Machthabern hinterherzulaufen. Als er in die Runde sah, erkannte

Karl, dass sich die Kollegen im Saal mit deutlich nicken-
den Köpfen zuflüsterten. So als ob es ihnen gerade allen
genauso erging, wie ihm.

"Wenn keine weiteren Fragen anstehen, möchte ich mich
bei Ihnen allen für Ihr Erscheinen bedanken. Ich werde
morgen mit großer Aufmerksamkeit verfolgen, was es zu
lesen gibt. Ich möchte Sie schließlich noch darauf hinweisen, dass die nächste PK höchstwahrscheinlich am kommenden Freitag stattfinden wird. Die Uhrzeit werden sie
noch rechtzeitig erfahren. Meine Damen, meine Herren."

Als sich Schmidt und seine zwei anderen Schmidts erhe-
ben und den Saal wieder verlassen wollten, kam aus dem
Hintergrund noch ein ziemlich dröhnender Zwischenruf.

"Herr Schmidt, an wen können wir uns denn in der Zwischenzeit mit unseren Fragen wenden, bis Freitag sind ja
nun noch ein paar Tage."

"An mich, werter Kollege, an mich. Die Kontaktdaten werden Ihnen beim Hinausgehen selbstverständlich ebenfalls
ausgehändigt."

Was für eine Wendung des Tages. Sollte sich also alles in
Wohlgefallen auflösen? Meinten die das wirklich ernst,
was gerade vorgetragen wurde? Karl war wie benebelt von
dieser absolut professionellen Gehirnwäsche.

Nicht der leiseste Zweifel wollte sich dagegen einstellen,
dass das richtig gut war, was die vorhatten. Warum aber
dann dieses martialische Auftreten in den letzten beiden
Tagen. Die Helikopter, die bewaffneten Sicherheitskräfte.
Und vor allen Dingen diese ganze Geheimniskrämerei. Die
Benennung aller handelnden Personen mit dem Namen
Schmidt war ja nun doch eher lächerlich, fast schon zy-
nisch. Und dann diese Ambivalenz aus 'offenen Türen'
und sehr unkonkreten Ansprechpartnern. Das alles war
so irreal. Man bekam es einfach nicht zu fassen, weder

mit seinem gesunden Verstand noch mit seinem Bauchgefühl.

Als Karl das Gebäude der Bundespressekonferenz verließ, musste er erst mal ganz tief durchschnaufen. Er packte sein zerknülltes Päckchen Zigaretten aus der Manteltasche und steckte sich eine Zigarette an. Er blickte auf die Spree, die sich zäh wie immer durch das Regierungsviertel schlängelte. Er richtete den Blick auf den Fluss und erhoffte sich dadurch einen meditativen Erkenntnisgewinn. Aber er konnte noch so lange hineinschauen, der kontemplative Effekt stellte sich bei ihm einfach nicht ein. Er machte langsam kehrt und begab sich auf den Weg zurück in den Verlag.

Als Karl sich also auf den Weg machen wollte, klingelte das Handy.
"Ja Müller?"
"Lehman, wissen Sie, wo sich Baumann rumtreibt?"
"Keine Ahnung, woher soll ich das denn wissen?"
"Wo sind Sie?"
"Ich wollte mich gerade auf den Weg zurück machen. Wie ist es denn bei Ihnen gelaufen?"
"Naja, soweit nichts überraschend Neues. Erzähle ich Ihnen später, wenn Sie da sind. Nur so viel: man heult mit den Wölfen."
"Oder die vom BDI sind doch involviert, wie Sie's heute Morgen schon vermutet haben."
"Ja möglich, würde mich jedenfalls nicht wundern. Aber ich mache mir ernsthaft Sorgen wegen Baumann. Keiner hier in der Redaktion hat die letzten beiden Stunden etwas von ihm gehört oder gesehen."
"Ja, das ist ungewöhnlich. Aber Hallo, Baumann ist der Chef. Er muss sich doch bei uns nicht abmelden, oder? Wird schon seine Gründe haben..."

"Na, wie Sie meinen. In einer viertel Stunde ist auf jeden Fall Konferenz. Wenn er bis dahin nicht da ist, möchte ich Ihr Gesicht sehen."

Karl verabschiedete sich leicht genervt von Müller, obwohl er ja mittlerweile nichts mehr gegen ihn hatte. Aber seine überkorrekte Art war eben schwer auszuhalten. Was machte er sich denn solche Sorgen? Baumann wird schon irgendwo unterwegs sein und seine eigenen Quellen anzapfen, immerhin ist er ja nicht nur Chef sondern auch immer noch Journalist. Es wird ihn wahrscheinlich in den Fingern gejuckt haben, selber zu Recherchieren.

Wieder klingelte das Handy. Nun war Sandra an der Reihe.
"Hey Liebling, schön, dass du anrufst. Alles klar bei dir?"
"Nein, nicht wirklich."
"Wie? Was soll das heißen?"
"Benhardt ist weg!"
"Wie, weg?"
"Vor einer guten Stunde kam ein Anruf bei uns rein. Ich war gerade im Bad und Benhardt ist rangegangen."
"Wie blöd ist der denn?"
"Keine Ahnung. Vielleicht hatte er es auch erwartet. Auf jeden Fall hat er sich kurz mit jemandem unterhalten. Es war aber nicht zu hören, wer am anderen Ende der Leitung war. Dann hat er aufgelegt und nach mir gerufen."
"Und weiter?"
"Er sagte nur, dass er mal ne viertel Stunde raus müsse, um den Block. Er bräuchte einfach mal Frischluft und Bewegung. Ich hab ihn danach gefragt, ob er sich denn mittlerweile sicherer fühle. Das wäre ihm im Moment egal, er halte es einfach nicht so lange in vier Wänden aus. Er klingelt dann, wenn er wieder zurückkomme."
"Also hat er gedacht, du hast das Telefonat gar nicht mitbekommen?"

"Ja, vermute ich mal, weil die Dusche noch lief und er sofort nach dem ersten Klingeln rangegangen ist."
"Hat er noch was gesagt?"
"Nein, eben nicht. Keine Andeutung, so nach dem Motto, 'wenn ich in einer halben Stunde immer noch nicht da bin, dann'. Nichts dergleichen."
"Das heißt, er ist seit einer dreiviertel Stunde überfällig."
"Genau. Was soll ich denn jetzt machen?"
"Was willst du schon machen. Hast du nen Blick nach unten geworfen, als er das Haus verlassen hat?"
"Ja, ich hab's versucht. Aber du kennst ja den Ausblick nach unten auf die Straße. Fast unmöglich, jemand mit den Blicken zu verfolgen."
"Hast du versucht, die Nummer rauszubekommen, die angerufen hat?"
"Mensch Scheiße Karl, nein, daran hab ich in der ganzen Aufregung überhaupt nicht gedacht. Man, wie blöd bin ich denn? Sorry."
"Ist schon ok, Schatz. Machen wir's so. Du smst mir die Nummer, sobald du sie hast, ok? Und wenn Benhardt doch wieder auftaucht, dann rufst du mich eh an."
"Ja, alles klar. Ich küss dich."
Karl blieb stehen und wartete auf die SMS von Sandra. Er verstand das nicht. Wie hätte Benhardt ahnen können, dass genau in dem Moment jemand für ihn anruft? Und warum rief jemand genau in dem Moment an, als Sandra auf jeden Fall verhindert war, ranzugehen? Wurde seine Wohnung überwacht? Aber wie sollte das denn gehen? Die Penthouse-Wohnung war nicht einsehbar.
- Piep Piep - Als er auf das Display seines Handys guckte und die SMS von Sandra las, war ihm klar, warum Benhardt den Hörer abnahm. Er kannte die Nummer. Es war die von Baumann.

Anstatt beruhigt zu sein, was Karl in diesem Moment eigentlich hätte sein sollen, war er verwirrter, als je zuvor.

Er versuchte, das Puzzle jetzt sinnvoll zusammenzustecken. Also, Baumann wusste, dass Benhardt bei ihm in der Wohnung Unterschlupf hatte. Baumann kannte Benhardt logischerweise selber schon seit längerem. Soweit so gut. Aber warum nahm Baumann hinter Karls Rücken Kontakt zu Benhardt auf. Er hätte ihm doch einfach kurz Bescheid geben können. Karl rief bei Baumanns Sekretärin an und fragte, ob sie wisse, wo er steckt. Sie antwortete ihm nur knapp, dass der Chef mal kurz raus wollte. Ein paar Schritte um den Block gehen, damit sein Kopf wieder frei wird. Sie hätte dann natürlich nicht weiter nachgefragt, ginge sie ja auch nichts an, was der Chef so treibt.

Karl hatte das Gefühl, dass er jetzt irgendwas unternehmen müsse, aber keine Ahnung, was. Klar für ihn war jedoch, dass Baumann und Benhardt sich verabredet hatten. Nur wo und wozu war die Frage. Er überlegte, ob er von den beiden irgendwelche bevorzugt besuchten Orte kannte. Karl sah eine Bank vor sich und setzte sich. Er musste jetzt einfach ganz konzentriert nachdenken.

Erneut packte er eine Zigarette aus. Zündete sie sich an und sog den ersten Zug so tief ein, so als ob er dadurch seine blockierten Gedanken nach außen pressen wollte.

Woher kannten sich die beiden? Wo haben sie sich das erste Mal getroffen? Hatten sie regelmäßig Kontakt? Oder waren beide so schlau und wählten einen Ort, dem niemand in den Sinn kam. Oder der so unauffällig war, dass niemand auf die Idee käme, dass sie sich gerade hier treffen würden. Aber Scheiße, in Berlin gibt es tausende solcher Orte. Wo sollte er da anfangen und wo aufhören zu suchen. Dann kam ihm plötzlich diese Carla in den Sinn. Er wusste nicht, wieso. Könnte er durch eine Finte an ihre Nummer rankommen? Er wusste ja, wo sie arbeitete. Karl fühlte sich gerade wie ferngesteuert. Was brauchte er jetzt die Nummer von dieser Carla? Aber im selben Moment fühlte er doch, dass das das Richtige war, was er tat.

Er nahm sein Handy raus und rief beim großen Konkurrenzverlag an. Er rief bewusst bei der Zentrale durch. Kollegen, die er dort natürlich auch kannte, hätte er nur hellhörig gemacht, er kennt ja diese Brut. Karl verstellte die Stimme und versuchte auf Baumann zu machen.
"Hören Sie. Ich habe einen Termin mit Carla und Sie ist nicht aufgetaucht. Ich habe es schon x-mal am Handy probiert, aber es geht niemand ran. Haben Sie vielleicht noch eine andere Nummer von ihr?"

"Von was für einer Carla reden Sie?" stellte sich die Dame am Empfang mal ganz dumm. Karl wurde bewusst, dass er jetzt überraschend reagieren musste, denn einen Nachnamen hatte er ja nicht von dieser Carla. Wenn er jetzt Schwäche zeigen würde, wäre alles für die Katz. Nachdem diese Bulldogge am anderen Ende nur durch Härte zu knacken war, brüllte Karl plötzlich in den Hörer "jetzt hören Sie mal zu. Wenn Sie weiterhin diesen Job ausführen möchten, würde ich Ihnen raten, mir aber pronto die Nummer rauszugeben. Andernfalls haben Sie in einer viertel Stunde einen persönlichen Termin bei Herrn von Traubitz, haben Sie das verstanden?"
Das hat gesessen. Am anderen Ende hörte man nur noch zittriges Atmen.
"Ja, tut mir leid Herr Baumann, ich wusste ja nicht, dass..."
"Ja ja, lassen Sie mal stecken. Ich weiss ja, dass Sie auch nur Ihren Job tun. Aber ein bisschen mehr Feingefühl möchte ich Ihnen schon anraten, wenn sie weiter in diesem Verlag arbeiten möchten. Sie sollten schon wissen, mit wem Sie es zu tun haben!"
"Ja, ich werde mich bemühen."

Dann gab Sie Karl eine weitere Handynummer.
Karl musste lachen, als er auflegte. Er konnte ja ein richtiges Miststück sein.

Nun überlegte er, was er mit der Nummer anfangen sollte.
Ein untrügliches Bauchgefühl sagte ihm, dass diese Carla bei dem Treffen dabei ist. Karl fand keinen logisch nachvollziehbaren Grund dafür. Es war dieses journalistische Gefühl, eine Fährte aufgenommen zu haben, die anfangs noch ganz schwach ist. Anrufen wäre in diesem Moment viel zu gefährlich. Er hatte eine andere Idee. Eine Ortung. Das wär's. Karl wählte die Nummer von Herbert Bosbach. Ein alter Kumpel aus Schultagen, der sich in der IT-Branche einen ziemlich guten Namen gemacht hat.

Man hatte noch losen Kontakt, sah sich so zweimal im Jahr auf ein Bier. Wenn jemand so etwas konnte, dann Herbert.
"Ja, Bosbach?"
"Herbert, altes Haus, wie geht's dir?"
"Karl, das ist ja ne Überraschung, dass du anrufst.
Danke, bei mir ist alles ok. Sag mal, was geht denn da draußen bei euch ab?"
Komische Frage, aber nicht verwunderlich bei einem Nerd, der Herbert im tiefsten Inneren war. Für ihn war alles sozusagen extraterrestrisch, was nichts mit der IT zu tun hatte.
"Tja Herbert, totales Chaos irgendwie. So recht begriffen haben's auch wir noch nicht. Du ich muss leider etwas hinmachen. Treffen wir uns doch mal die Woche auf ein Bier, wird ja eh wieder mal Zeit. Dann können wir quatschen. Ich bräuchte jetzt aber dringend deine Hilfe. Und das ist diesmal nicht ganz ohne."
"Um was geht's denn?"
"Du müsstest ne Handynummer für mich orten!"

"Sag mal spinnst du? Ich mein, ich mag dich ja echt, Karl.
Aber weisst du, was du da von mir verlangst?"
"Ja Mann, das weiss ich. Bitte, nur dieses eine Mal. Es
geht echt um Leben und Tod!" Das klang ziemlich gut.
Ihm fiel in dem Moment aber nichts Besseres ein, um Her-
bert von der Dringlichkeit zu überzeugen.
"Ganz im Ernst?"
"Ja, ganz ehrlich. Ich revanchiere mich auch bei dir!"
"Wüsste zwar nicht mit was, aber gut, weil du's bist. Geb
mir die Nummer und bleib dran."
Karl gab ihm die Nummer durch und wartete dann.
Scheiße, da muss er Herbert wirklich ne gute Story beim
Bierchen hinlegen, damit er ihm das nicht übelnimmt.
"Karl, bist du noch da?"
"Ja logisch. Und?"
"Also ich kann's nicht auf den Meter genau orten, aber
das Signal ist irgendwo am sowjetischen Kriegerdenkmal
und es bewegt sich..."
"Herbert, Tausenddank. Du hast echt was gut bei mir. Ich
melde mich wegen dem Bierchen, ok?"
"Ja ja, ist schon gut, Spinner."

Karl versuchte ein Taxi herbeizuholen und fand zum
Glück recht schnell eines.
"Zum Kriegerdenkmal. Und bitte möglichst Tempo."

Karl gingen tausend Sachen durch den Kopf, was ihn dort
erwarten könnte. War Carla doch allein dort und die ganze
Aktion umsonst? Hatte er mit seinem Bauchgefühl recht,
dass die drei dort zusammentrafen. Und wenn ja, wo lag
die Verbindung zwischen den dreien und was hatten sie
so wichtiges zu besprechen, was keiner mitbekommen
sollte?

Karl zahlte das Taxi, stieg aus und lief hinüber in den kleinen Park, der sich rings um das Kriegerdenkmal ausdehnt. Er blickte in alle Richtungen, konnte im ersten Moment aber niemanden entdecken. Schließlich sah er einen winzig kleinen Hain, auf dem ein paar Bäume standen und mindestens zwei Personen. Das müssten sie sein. Karl versuchte sich nun einigermaßen unbemerkt anzupirschen, was ziemlich schwerfiel, da er sich auf freiem Feld annähern musste. Nur eine kurze Kopfbewegung in seine Richtung und er wäre enttarnt. Schließlich gelang es ihm aber doch, so nahe an die Gruppe heranzukommen, dass er zumindest ein paar Worte verstehen konnte. Wie vermutet, waren alle drei da. Baumann, Benhardt und Carla.

"...wie hätte ich das den wissen können Carla? Du tust immer so oberschlau, als ob dir nie irgendein Fehler unterlaufen würde. Solltest vielleicht mal drüber nachdenken, warum ich nicht mehr mit dir zusammen sein konnte."

"Arschloch. Du wolltest doch nur dieses junge Ding ficken und sonst gar nichts. Bevor du sie kennengelernt hast, war ich dir ja auch ganz recht, oder?"

"Kinder! Jetzt hört auf über olle Kammellen zu streiten. Das bringt uns dich überhaupt nicht weiter..." hörte er deutlich Baumann den Schlichter spielen.

Carla war angestachelt, wie ein wild gewordenes Tier, "soso, olle Kammellen nennst du das also. Dich betrifft's ja nicht. Wegen diesem Penner hier bin ich in Gefahr."

"Er aber doch auch" erwiderte Baumann.

Carla lachte auf und sagte "das ist ja sowieso der Witz schlechthin. Peter, du hättest dir vielleicht vorher anschauen sollen, wen du dir in die Kiste mitnimmst. Aber nein, alles riskieren wegen einem schnellen Fick."

"Carla, jetzt reicht's verdammt nochmal. Du brauchst überhaupt nicht so deinen Mund aufzureißen. Wenn du dich erinnern magst, warst du es, der mit Mieletz liiert war. Hast du dir den Typen vorher genauer angeschaut?"

"Ach, leck mich doch!" beendete Carla diesen Teil des Gesprächs.

Karl war erstaunt, wie ambivalent das Verhältnis zwischen Aussehen, Ausstrahlung und Sprache dieser Carla war. Er hatte sie ja diesmal das erste Mal gesehen. Typ große schlanke Blonde, irgendwie sehr hanseatisch, sehr wohlhabend, gebildet, also aus sehr gutem Hause. Aber Karl hatte ja bereits die anderen Seiten der High Society kennengelernt. Da war gar nicht viel Unterschied, wenn man's genauer bei Licht betrachtete.

"Carla, das bringt uns jetzt wie gesagt, alles überhaupt keinen Schritt weiter. Wir müssen jetzt sehen, dass wir dich aus der Schusslinie nehmen. Deswegen sind wir ja hier, oder hab ich da was falsch verstanden?"

"Eben!" bestätigte Benhardt kurz und trocken.

Karl erschrak auf der Stelle, als er von hinten Schritte hörte. Kleine tapsige Trippelschritte durchs Herbstlaub. Er sah sich um und sah einen kleinen Dackel in Griffweite.

"Mist. Ey, verpiss dich!" flüsterte er dem kleinen Vierbeiner zu. Plötzlich fing der das Kläffen an. "Verdammt noch mal."

Karl bemerkte, dass das Gespräch der drei unterbrochen war. Hatten sie ihn entdeckt? Er wagte es, den Kopf wieder anzuheben und sah die drei weglaufen. Ihnen war wohl klar, dass es besser sei, sich während des weiteren Gesprächs fortzubewegen. In Berlin gibt es einfach nirgendwo einen Ort, wo man wirklich allein sein konnte.

Das war's. Karl hätte gerne mehr gehört, wenn nicht dieser blöde Köter angetrappelt wäre. Im Hintergrund hörte er das Frauchen rufen und sah den Dackel kehrtmachen.

"Mistvieh, elendiges!"

Sollte er den dreien nun folgen? Er konnte das unmöglich unbemerkt tun. Also was hätte er dann davon? Gut, vielleicht gingen sie noch irgendwo anders hin. Ein Versuch war es wert. Er konnte jetzt nicht einfach so abbrechen. Plötzlich hörte er sein Handy wieder summen. Dachte er sich's schon, Müller.

"Ja, Müller, was gibt's?"

"Wo treiben Sie sich denn jetzt noch rum? Haben Sie schon mal auf die Uhr geguckt? Die Sitzung hätte eigentlich vor ner viertel Stunde schon angefangen. Baumann ist nicht da, Sie sind nicht da? Keiner weiß Bescheid!"

"Tja, ich glaube diese Redaktionssitzung wird wohl ausfallen müssen, oder Sie leiten sie. Baumann und ich können auf jeden Fall nicht dabei sein."

"Dann haben Sie mich also vorhin angelogen?"

"Quatsch. Müller, jetzt überlegen Sie doch mal. Sie haben mich doch erst drauf gebracht, dass irgendwas mit Baumann ist. Ich hab meinen Job gemacht und bin jetzt gerade dabei, ihn ausfindig zu machen..." flunkerte Karl ein wenig. Er sah keine Veranlassung, alle Karten auf den Tisch zu legen.

"Naja, wie Sie meinen. Ich weiss zwar nicht, was Sie gerade treiben, aber ich versuche jetzt mal, den Laden am Laufen zu halten. Wenn's Sie's mir nicht erzählen wollen, kann ich's auch nicht ändern."

"Ich halte Sie auf dem Laufenden, versprochen. Bis später" beendete Karl das Gespräch.

Er hielt sich möglichst weit weg von den dreien, aber ihm wurde so langsam bewusst, dass das auf die Dauer nichts bringt. Sie liefen im Kreis durch den Park. Als sie die dritte Runde begannen, entschied Karl hier abzubrechen. Das könnte ja jetzt noch stundenlang so gehen. Er musste sich einen anderen Plan zurechtlegen, um herauszufinden, um was es wirklich geht. Einen der beiden, Baumann oder Benhardt musste er also eine Falle stellen, mit der sie sich verraten würde. Wer war in einer schwächeren Position? Ganz klar Benhardt. Schließlich war er es, der bei ihm Unterschlupf suchte. Er schien bedroht zu sein. Gegen seinen Chef hatte er deutlich weniger Handlungsspielraum. Aber wie sollte er das anstellen?

Karl verlies jetzt den Park und rief sich ein Taxi. Er musste jetzt erst mal zurück in die Redaktion und in Ruhe überlegen, wie er Benhardt auf's Kreuz legen könnte. Im Verlag angekommen, ging er direkt in sein Büro. Zwangsläufig kam er am Konferenzraum vorbei und sah, wie gerade alle herauskamen, inklusive Müller.

"Na, wie lief's?" fragte er Müller.

"Ungewohnt ohne Chef, aber wir haben das schon hinbekommen."

"Können wir uns in einer viertel Stunde bei mir im Büro treffen? Ich brauche Ihre Hilfe, Müller."

"Jetzt plötzlich?"

"Nein, nicht plötzlich. Ich möchte Sie in etwas einweihen und zähle auf Ihre Verschwiegenheit. Jemand anderem würde ich das im Moment nicht erzählen wollen."

"Ja, ist gut, ich komme später vorbei."

Gut. Diese heikle Situation war also erst mal abgefrühstückt. Er schloss die Tür hinter sich und rief Sandra an.

"Ist Benhardt mittlerweile wieder zurück?" fragte er sie.

"Nein. Soll ich dir Bescheid geben?"

"Ja bitte, es ist äußerst wichtig. Bis später, Schatz."

Karl begann, sich Fragen zurechtzulegen. Wie könnte er Benhardt zwingen, einen Fehler zu begehen? Gar nicht so einfach, schließlich war er als Geheimdienstchef wohl mit allen Wassern gewaschen.

Von welcher jungen Frau sprach zum Beispiel diese Carla, für die Benhardt sie anscheinend verlassen hat? Wen meinte Benhardt, als er ihr wiederum vorwarf, dass sie sich ihre Typen auch genauer hätte anschauen müssen. Karl ließ die letzten Tage im Geiste durchlaufen und erinnerte sich an ein Gespräch mit Baumann. Der erzählte doch irgendwas von Carla und einem Typen vom BDI. "Oh Mann, was bin ich bescheuert. Mieletz, klar, der war doch lange Jahre Chef. Warum kann ich mir einfach keine Namen merken?" schalt sich Karl. Aber wo ist die Verbindung zur jungen Frau, mit der Benhardt seit Neuestem rummachte?

Die Kopfarbeit strengte ihn mehr an, als alle anderen Tätigkeiten des heutigen Tages. Karl hatte einfach das Problem, dass er keine Struktur in seine Gedankenspiele reinbrachte. Er griff sich einen Notizblock auf und fing an, alles aufzuzeichnen. Aus dem Gedankenwirrwarr entstand eine Matrix, auf der er so langsam aber sicher ein Muster erkennen konnte.

Und da war es endlich. Das Verbindungsstück. Und er erinnerte sich an die Pressekonferenz heute Mittag. Er wusste es doch, dass er diese junge Frau schon irgendwann mal gesehen hat. Logisch, es war bei einem Empfang des BDI von vor ca. einem halben Jahr. Da war dieses junge Ding immer an der Seite von Boris Mieletz. Jetzt wurde ihm alles klar. Sie war es, mit der Benhardt rummachte. "Respekt!" dachte sich Karl, "die hätte ich auch nicht von der Bettkante gestoßen". Dieser Benhardt. Ließ wirklich nichts anbrennen. Sie war der Schlüssel zu allem.

Sie war die Verbindung zwischen Carla und Benhardt. Aber was hatte Baumann damit zu tun. Jetzt wurde Karl aber auch bewusst, in welcher Situation Benhardt steckte. Er, ein Vertreter der alten Systems, vögelte mit einer Vertreterin der neuen Machthaber herum. Hatte sie ihn vorgewarnt? Oder hat man sie vielleicht sogar bewusst auf Benhardt angesetzt? Soll ja nicht zum ersten Mal passiert sein, so was.

In diesem Moment klopfte es an die Tür und Müller trat herein.

"Also Lehman, Sie wollten mich ins Bild setzen?" sagte Müller, als er sich in den Sessel vor Karl fallen ließ.

"Ach ja Müller, Sie hätte ich jetzt fast schon wieder vergessen" antwortete Karl.

"Dachte ich mir schon" ließ Müller seine Enttäuschung heraus. Karl war sich darüber im Klaren, dass er Müller schon zu weit angefixt hatte, als dass er ihn jetzt einfach so hätte abservieren können. Außerdem brauchte er jetzt einen Komplizen in der Redaktion, auf den er sich verlassen könnte. Also entschied er sich, Müller so gut es ging und ohne zu viel zu verschweigen, einzuweihen.

Müller schien mit den neuesten Informationen zufrieden zu sein. Er bedankte sich bei Karl und wollte gerade das Büro verlassen, als draußen im Gang Baumann vorbei huschte.

"Soll ich ihn direkt drauf ansprechen, dass ich das ziemlich mies fand, uns hier so allein zu lassen. Ich meine, wir müssen die morgige Ausgabe wuppen und er ist einfach nicht mit im Boot."

"Keine Ahnung, Müller, müssen Sie wissen. Ich für meinen Teil lass es gut sein. War ja schließlich selber nicht zur Redaktionssitzung da. Von daher kann ich ihn schlecht anpöbeln, oder?"

"Auch wieder wahr. Na, ich werde mal um Audienz bei ihm bitten."

"Na dann viel Spaß dabei. Ich muss jetzt noch ein bisschen recherchieren. Wir sehen uns dann ja sicher später."

Als Müller die Tür hinter sich verschloss, griff Karl zum Hörer und rief Zuhause an.

"Ist er mittlerweile wieder im Lande?" fragte er Sandra.

"Ja, vor fünf Minuten ist er hereingeschneit. Ich hab ihn gefragt, ob er das ok findet, dass er einfach so verschwindet. Da hat er nur gemeint, dass es wichtig gewesen sei und außerdem sei ich ja nicht sein Kindermädchen. So ein arroganter Arsch, ich dachte eigentlich, dass er ganz nett ist."

"Ach lass gut sein, Schatz. Er ist wohl ziemlich angespannt, was ich gut nachvollziehen kann."

"Warum?"

"Ich hab rausgefunden, wo er war und wem er sich getroffen hat. Ich erzähl's dir heute Abend, wenn wir allein sind, ja?"

"Na meinetwegen. Soll ich ihn dir geben?"

Karl hörte im Hintergrund, dass Benhardt scheint's im Moment überhaupt keine Lust hatte, mit ihm zu sprechen.

"Ja, was gibt's denn? Ich hab's eilig."

"Benhardt, ich bitte Sie nur um eines. Wenn Sie schon unsere Wohnung als sicheren Rückzugsort benutzen, dann sollten Sie sich vielleicht weniger in der Öffentlichkeit zeigen."

"Keine Sorge Lehman, ich werde heute Abend sowieso gehen."

"Ok. Keine Gefahr mehr in Sicht?"

"Ich werde mich woanders hin zurückziehen, hat nichts mit Ihnen und Ihrer Süßen zu tun."

"Na dann. Aber bevor Sie gehen und ich nicht weiß, wo Sie sich rumtreiben, bräuchte ich nochmal ihre Hilfe. Es ist wirklich ausschlaggebend für meine Recherchen."

"Na, wenn's sein muss."

Karl fühlte schon eine höllische Freude und bereute, dass er jetzt nicht in der Wohnung war. Aber die Zeitspanne bis zur nächsten Redaktionssitzung ließ es einfach nicht zu.

"Ich war doch heute in der Bundespressekonferenz."

"Ja, und?"

"Ich hab da ne Frau gesehen, die ich im ersten Moment nicht zuordnen konnte. Erst als die Veranstaltung zu Ende war, fiel's mir wieder ein."

"Mann Lehman, machen Sie's doch nicht so spannend."

"Mir viel also ein, wo ich sie schon einmal gesehen habe. Und Sie waren am selben Abend anwesend. Sogar gar nicht weit weg von ihr."

Karl hörte nur ein ungeduldiges Brummen.

"Es war Ende Juli. Großer Empfang vom BDI, Sie können sich erinnern?"

"Kann schon sein."

"Na die kleine Dunkelhaarige mit der rattenscharfen Figur, die für den BDI-Chef gearbeitet hat."

"Aha. Und wie kann ich Ihnen jetzt weiterhelfen?"

"Seit wann haben Sie was mit der?"

Das war der Moment! Er hörte Benhardt schwer und zittrig atmen. Er schien körperlich förmlich zu Beben.

"Haben Sie nen Knall Lehman?"

"Wieso? Ich hätte sie sicher auch nicht von der Bettkante gestoßen, wenn ich meine Sandra nicht hätte."

"Wie kommen Sie überhaupt auf eine solch schwachsinnige Idee?"

"Ich nicht. Es wurde mir sozusagen brühwarm weitergegeben."

"Aha. Und von wem, wenn ich bitten darf?"

"Na, ich hab Ihnen doch erzählt, dass Baumann gestern einen Gast hier hatte. Ebenfalls eine Frau. Und wissen Sie was der Witz ist, Sie kennen sie auch ziemlich gut."

"Also jetzt reicht's mir langsam. Was soll der ganze Mist?"

"Benhardt. Sie glauben doch nicht im Ernst, dass ich meinen Job nicht verstehe, oder?"

"Scheiße, Lehman. Sie bringen mich jetzt in vollkommen unnötige Kalamitäten. Ok, hören Sie zu. Wir treffen uns in einer viertel Stunde am Hbf. Ich warte vor dem Infoschalter auf Sie."

"Ist gebongt. Bis gleich."

Tja, Mister BND. Jetzt hab ich dich mal ordentlich am Wickel, dachte sich Karl. Er hatte ihn jetzt da, wo er ihn haben wollte. Er musste jetzt endlich auspacken. Und dann kann er sich seinetwegen irgendwohin absetzen, er brauchte ihn dann nicht mehr. Karl stand auf, warf sich seinen Mantel um und ging auf dem Weg nach draußen an Baumanns Büro vorbei. Er überlegte, ob er sich bei ihm abmelden sollte. Klar, warum nicht. Karl wollte Baumann keinerlei Veranlassung geben, misstrauisch zu werden.

"Chef? Lang nicht mehr gesehen."

"Ach Lehman. Ja, sorry. Bei mir geht grade einiges Drunter und Drüber. Wir sehen uns später zur Redaktionssitzung?"

"Na klar!"

Er war jetzt kurz davor, alles herauszufinden. Er fühlte sich großartig.

Er fühlte plötzlich eine Macht, allen anderen einen Schritt voraus zu sein. Das könnte sein Tag werden. Er, der bisher kleine Hauptstadtjournalist, den man zwar kannte, aber nicht so furchtbar ernst nahm, könnte jetzt endlich Licht ins Dunkel bringen. Und sein Job für die Zukunft wäre gesichert. Er hätte die Zeitung mit diesem Knaller wieder nach vorne gebracht. In diesem Gefühl von Euphorie und Hochmut betrat er den Hauptbahnhof, der zu dieser Zeit schon so überquoll an eiligen und genervten Menschen, dass er sich wunderte, dass ihm sein komplettes Zeitgefühl verloren gegangen ist. Er blickte das erste Mal seit heute Mittag auf die Uhr. Es war mittlerweile kurz nach 16.00 Uhr.

Er postierte sich am Infoschalter und wartete auf Benhardt. Nach einigen sehr verdrießlichen Minuten, in denen der die hastenden Menschen versuchte zu beobachten, rempelte ihn wieder jemand an. Genauso, wie gestern am Alex. Benhardt stand vor ihm und schaute ihn grimmig an.

"Lassen Sie uns rüber in die Espressobar gehen. Ich hab nur ein paar Minuten, dann muss ich meinen Zug erwischen."

Als sie sich jeder mit einem Cappuccino bestückt hinsetzten, fing Karl an.

"Also Benhardt. Sie wissen Bescheid, dass ich mehr weiß, als Sie dachten. Legen Sie die Karten auf den Tisch und Sie hören nie mehr etwas von mir."

"Und wer versichert mir, dass mein Name morgen nicht in der Zeitung steht?"

"Ach Gott. Jetzt werden Sie doch nicht albern. Ich wär ja bescheuert, wenn ich meine wichtigste Quelle preisgeben würde, meinen Sie nicht?"

"Na gut, wie Sie meinen. Dann muss ich Ihnen einfach vertrauen."

"Richtig!"

"Also, Lehman, dann hören Sie mal genau zu und machen Sie sich vielleicht ein paar Notizen. Ich erzähle Ihnen das nur ein einziges Mal."

Benhardt gestand ihm also die Geschichten, die er mit Carla und der jungen Dame hatte. Sie hieß übrigens Danuta Schmitz, eine eingeheiratete Polin. Er hätte sie eben damals auf besagtem Empfang kennengelernt und am selben Abend sei dann schon was gelaufen. Erst als er vor ein paar Monaten mit Carla wegen ihr Schluss gemacht hatte, ist er wohl aus allen Wolken gefallen, da sie mehr wusste als er, der "notgeile Bock, der er zu der Zeit war". Karl fragte ihn, was Carla denn genau gewusst hatte. Ganz einfach. Die junge Schmitz ging ja ständig beim Chef des BDI ein und aus, da sie die persönliche Mitarbeiterin von ihm war.

Und das Verhältnis, das Carla mit ihm hatte war zwar nicht offiziell, aber es wurde auch nicht sonderlich verheimlicht. Also habe Carla sie gut kennengelernt in der Zeit.

Da Carla nah dran war an allem, was Boris Mieletz tat und verhandelte, hörte sie zwischen den Zeilen einfach ein paar mysteriöse Dinge durch, die sie stutzig machten. Schließlich war sie ja ebenfalls Journalistin. Als sie Boris Mieletz eines Tages drauf angesprochen hatte, muss es einen Riesenzoff im Büro gegeben haben, den die Schmitz mitbekommen hatte. Und der Zoff war dann auch der Grund, warum Boris Mieletz sie abserviert hatte. Ein paar Monate später habe er, Benhardt, dann Carla kennengelernt. Sie hat ihm aber nie etwas davon erzählt. Einerseits, weil sie zu der Zeit nicht wusste, ob sie vielleicht sogar observiert wurde. Boris Mieletz war ja nun kein unwichtiger Mensch in dieser Republik. Und andererseits ginge es Benhardt ja privat nichts an.

Und eben, als Benhardt wiederum sie zum Teufel jagte wegen der Schmitz, da muss alles aus ihr herausgebrochen sein. Sie erzählte ihm alles. Die ganzen Pläne, die sie zumindest bis zum damaligen Zeitpunkt mitbekommen hätte. Und Danuta Schmitz war eben nicht nur das kleine Licht im Vorzimmer von Boris Mieletz. Da sei ihm damals ganz anders geworden.   Ihm wurde bewusst, dass er sich wie ein gottverdammter Amateur verhalten hatte. Er schämte sich dafür. Und deswegen hätte er natürlich nichts darüber erzählt. Könne Karl doch verstehen, oder!

Ja, Karl verstand.

"Ich brauche aber noch weitere Namen, Benhardt. Das ist zu wenig."

"Ich hab Ihnen hier was notiert...", er steckte Karl einen zusammengefalteten Zettel zu.

"Da stehen noch ein paar Namen drin. Mehr weiß ich auch nicht, ehrlich."

"Ok, ich muss es Ihnen glauben. Aber wissen Sie was?"

"Lehman, ich muss dann wirklich langsam."

"Zwei Sachen wären da noch. Erstens, was hat Baumann mit der ganzen Geschichte zu tun? Und zweitens, warum wurde mir von König gestern erzählt, dass angeblich erst seit einigen Monaten irgendwas im Busch war, von dem ja auch Sie was erzählt haben? Wenn ich richtig rechnen kann, dann läuft die ganze Verschwörung ja schon seit über einem Jahr. Und niemand will was mitbekommen haben?"

Benhardt machte schon Anstalten, sich langsam anzuziehen. Er antwortete, "ich weiß nicht mehr, was ich Ihnen gestern genau erzählt habe. Klar gab es schon länger diese Vermutungen. Und seit der Geschichte mit Carla habe ich ja versucht, was herauszufinden. Sie können sich hoffentlich an die Geschichte mit meinem Ex-Kollegen von gestern erinnern. Innenpolitik ist ja nun nicht unsere Aufgabe. Und irgendwann geriet das bei mir in Vergessenheit. Wie gesagt, da drin stehen noch ein halbes Dutzend Namen. Machen Sie was draus."

"Und Frage eins?"

"Ob Sie's glauben oder nicht. Donata Schmitz ist, um ein paar Ecken herum, eine Verwandte von Baumann."

Karl fiel die Kinnlade herunter.

"Lehman. Ich muss jetzt wirklich. Vielen Dank, dass Sie mich bis heute untergebracht haben. Und sagen Sie nen schönen Gruß an ihre Sandra. Man sieht sich, wenn's sich's hier wieder etwas beruhigt hat." Und mit diesen Worten war er weg. Karl brachte gar kein Wort mehr heraus. Er dachte nur noch an Baumann und an die Tatsache, dass er gestern als letzter den Leitartikel redigiert hat. Wollte er seine Anverwandte einfach nur schützen? Er war wie gelähmt. Das Hochgefühl von vorhin war zunächst einmal verschwunden. Baumann ließe ihn nie und nimmer den morgigen Artikel mit allen Namen veröffentlichen, niemals!

Karl ging auf den Vorplatz des Hauptbahnhofes und musste sich erst mal eine Zigarette gönnen, bevor er sich auf den Weg zurück in den Verlag machte. Dann erinnerte sich Karl wieder an den Zettel, den er gerade eben als Abschiedsgeschenk von Benhardt erhalten hatte. Er faltete ihn auf, überflog die Namen und sah dann mit einem Mal...KÖNIG, Hans-Dieter! Verdammte Scheiße nochmal.

Als Karl im Verlag ankam, ging er erst noch schnell in sein Büro. Den Zettel, den er vorhin von Benhardt zugesteckt bekam, musste erst mal in Sicherheit gebracht werden. Da es nur noch ein paar Minuten bis zur Nachmittagskonferenz waren, versuchte er, Baumann vorher abzupassen. Er nahm den Hörer ab und rief bei ihm an.

"Ja Lehman, was gibt's denn?"

"Chef. Bevor die Sitzung gleich beginnt, würde ich gerne vorher unter vier Augen mit Ihnen reden."

"Ist grade etwas schlecht."

"Es ist aber wichtig!"

"Ok, kommen Sie meinetwegen in fünf Minuten zu mir."

Was hatte er so wichtiges zu tun, überlegte sich Karl.

Baumann hat es anscheinend gar nicht interessiert, was Karl den ganzen Tag getrieben hatte. Er überlegte, wie er Baumann alles so erklären könnte, dass er ihn nicht düpieren würde. Da klingelte sein Telefon.

"Ja Chef?"

"Kommen Sie gleich rüber, Sie haben mich jetzt sowieso aus dem Konzept gebracht. Ich kann nur für Sie hoffen, dass es wirklich was Wichtiges ist."

"Da können Sie Gift drauf nehmen, Chef."

"Also, was müssen Sie mit mir allein besprechen?" fragte Baumann, als Karl die Tür hinter sich schloss.

"Chef. Ich hab mich heute nochmal mit Benhardt getroffen."

"Ja, und weiter?"

"Er hat mir da ein paar Dinge gesteckt, die ich nicht unbedingt bei der Sitzung nachher ansprechen möchte."

Karl bemerkte, dass Baumann ziemlich nervös auf seinem Sessel herumrückte.

"Was für Dinge, Lehman?"

"Chef! Ich will Ihnen wirklich nicht zu nahe treten, aber ich glaube, Sie haben mich nicht umsonst auf diesen Posten gesetzt. Ich nehme an, Sie wissen, dass ich meinem Job einigermaßen ordentlich mache, oder?"

"Mag sein, ja. Worauf wollen Sie hinaus jetzt?"

"Ich sage nur: Carla, Mieletz, Benhardt...und Donata."

Jetzt wurde es ziemlich ernst. Wenn Baumann einen so ansah, wie gerade eben, dann sollte man sich in Acht nehmen. Er musste schwer atmen. Lockerte sich seine Krawatte, die er heute komischerweise trug. Er sah ihn ganz tief in die Augen, bedrohlich aber auch verängstigt. Wie ein wildes Tier, das in die Enge getrieben wurde.

"Lehman. Ich weiß zwar immer noch nicht, was Sie mir damit sagen wollen, aber ich kann Sie nur warnen, mich in einem falschen Licht zu sehen."

"Das meinte ich ja gerade eben, Chef. Ich bin mir sicher, dass Sie mit der ganzen Sache nichts zu tun haben, aber leider sind Sie trotzdem mittendrin."

"Was wissen Sie denn schon?"

"Alles, Chef. Alles."

Karl berichtete ihm alle Details vom heutigen Nachmittag. Und er erkannte in Baumanns Gesicht eine Art von Erstaunen. So, als ob Baumann ihm so etwas doch nicht zugetraut hätte. Dann war erst mal Schweigen. Baumann sah auf die Uhr.

"Wir müssen dann los."

"Chef. Nochmal. Ich habe hier Namen, die die Öffentlichkeit sicher interessieren werden. Wir könnten morgen die einzige Zeitung in Deutschland sein, die das exklusiv bringt."

"Vergessen Sie's Lehman."

"Aber Sie haben doch selber gesagt, dass wir uns endlich mal von den anderen Zeitungen abheben müssten. Das wäre doch die Chance, oder nicht?"

"Keine Namen Lehman. Sie wissen, was uns allen gestern ins Haus geflattert ist, oder?"

"Ja, weiß ich. Aber was wollen die schon machen?"

"Ich hab' Nein gesagt. Und dabei bleibt es. Haben Sie mich verstanden?"

"Chef, ich kann ja verstehen, dass Sie bestimmte Personen schützen möchten. Aber wie können Sie das mit Ihrer journalistischen Ehre vereinbaren, wenn wir solche Informationen zurückhalten?"

"Sehr gut, Lehman. Sehr gut sogar. Ich werde einen Teufel tun und unsere Verleger in Verlegenheit bringen. Ich frage Sie was, Lehman. Möchten Sie morgen noch Ihren Job haben?"

Das war das Totschlagargument. Karl wusste hierauf keine Antwort. Zumindest keine, die auch für ihn selbst stichhaltig genug gewesen wäre.

"Na? Sehen Sie Lehman. Sie sind ja nicht dumm, oder? Ich weiß, was Sie denken. 'Der Alte will nur verhindern, dass seine eigene Familie und sonstige Bekannte mit hineingezogen werden', richtig?"

"Hm, was sollte ich denn Ihrer Meinung sonst denken?"

"Ich nehme Ihnen das nicht übel, Lehman. Was Sie mir jedoch ernsthaft glauben können ist, dass mir das Wohl des Verlages noch ne Spur wichtiger ist. Denn auch ich will morgen noch auf diesem Stuhl sitzen. Haben Sie das verstanden?"

"Ja, schon. Und was sollen wir dann morgen bitte auf die Seite eins bringen, wenn ich fragen darf?"

"Keine Sorge Lehman. Es gibt genug zu tun. Ich hab mir da vorhin schon was ausgedacht."

"Und das wäre?"

"Nachdem ich gesehen habe, dass Sie mit Müller mittlerweile ganz dicke sind, schlage ich gleich in der Sitzung vor, dass meine besten zwei Männer zusammen einen Lagebericht schreiben. Sie wissen schon. Was denkt die Bevölkerung über den Umsturz, was die Wirtschaftsverbände und und und. Das reicht vollkommen aus, damit man uns auch morgen als Meinungsorgan ernst nimmt. Seien Sie ruhig kritisch, damit hab' ich überhaupt kein Problem. Aber, KEINE NAMEN. So Lehman, es wird Zeit, wir müssen." Damit stand Baumann von seinem Sessel auf und forderte Karl auf, dasselbe zu tun. Gemeinsam gingen Sie hinüber in den Konferenzsaal, wo schon alle warteten.

"So Leute..." eröffnete Baumann die Sitzung, "es gibt viel zu tun. Bitte von jedem kurz und knapp, was er hat und dann zurren wir die Ausgabe für morgen fest. Ich will's möglichst kurz machen."

Als alle Ressorts mit Ihren Berichten fertig waren, begann Baumann einzuteilen, wer was bis wann zu erledigen hatte.

Karl und Müller waren immer noch nicht genannt, als Müller einwarf, "Chef, für was habe ich dann den ganzen Tag lang recherchiert?"

"Müller, immer langsam. Sie kommen just im Moment dran. Ich darf nämlich mitteilen, dass Sie und Lehman zusammen den Leitartikel schreiben werden. Und ich erwarte, dass das richtig gut wird."

"Aha. Und was soll da alles drinstehen?" fragte Müller.

"Muss ich Ihnen Ihren Job erklären? Müller, Müller. Wir müssen unseren Lesern knallharte Analyse anbieten. Auswirkungen auf das Leben, Fragen der staatlichen Ordnung, moralische Aspekte, die ganze Palette. Und auf gutem intellektuellen Niveau, verstehen Sie?"

"Was sagen wir zu den Hintergründen?" insistierte Müller.

"Nichts. Hat ja sowieso jeder mitbekommen. Wichtig ist doch jetzt nur, wie es weitergeht und wie die Bürger da draußen mit klarkommen. Wie sich die Wirtschafts- und Finanzwelt dazu verhält, was das Ausland dazu sagt. Was bringt es denn jetzt noch, darüber zu Rätseln, wie und was dahinter steckt?"

"Naja, ganz irrelevant ist das nicht, wenn Sie mich fragen."

"Müller. Ich frage Sie aber nicht. Sondern Sie haben gerade einen klaren Arbeitsauftrag von mir erhalten. Und ich bitte Sie, diesen zusammen mit dem Kollegen auszuführen. Wenn Ihnen das nicht zusagt, können Sie ja Ihre Sachen packen."

Das saß. Müller versank in seinem Stuhl. Sein Gesicht lief knallrot an und er versuchte seinen Blick auf Lehman zu richten. Karl deutete ihm mit einem verständnisvollen Blick an, dass er gerade mit ihm fühlt.

"Also, meine Herren. In drei Stunden sehen wir uns wieder. An die Arbeit!"

Karl ging zu Müller hinüber. Er klopfte ihm aufmunternd auf die Schulter und sagte, "kommen Sie. Wir haben zu tun."

Müller erhob sich und ging mit Karl zusammen in sein Büro.

"Setzen Sie sich erst mal. Einen Drink?"

"Ja. Wär jetzt kein Fehler."

Karl schenkte sich beiden ein Glas Brandy ein. Sie prosteten sich mit einem tröstenden Blick zu.

"Was soll das, Lehman?"

"Was meinen Sie?"

"Warum behandelt mich Baumann wie einen Anfänger?"

"Weil er in einer denkbar beschissenen Situation steckt."

"Aha. Und inwiefern?"

Karl stand auf, ging zur Tür und schloss ab. Er senkte seinen Ton leicht und begann Müller vom restlichen Nachmittag zu erzählen.

Je tiefer er in die Geschichte eindrang, desto mehr erkannte er in Müllers Gesicht dessen naive Verwunderung. Er war ja ein Guter, wenn es um die Wirtschaft ging, aber mit politischen Händeln war Müller bisher nicht so intensiv in Berührung gekommen, als dass er alles hätte verstehen können. Karl versuchte ihm klarzumachen, dass ihm diese Situation auch nicht schmeckt, aber es bringe ja nichts, wenn Sie beide morgen auf der Straße stünden.

"Aber irgendwann müssen die Namen doch mal auf den Tisch" forderte Müller.

"Ja, klar. Da gebe ich Ihnen vollkommen Recht. Ich glaube auch, dass das unsere Leser von uns erwarten dürfen. Aber was sollen wir tun. Sie haben die Order von gestern ja auch mitgekriegt."

"Na, dann kann man nur hoffen, dass sich alle anderen auch dran halten. Wenn nicht, dann sind wir ab morgen das Provinzblatt schlechthin."

"Ja, das würde dann wohl so sein. Aber im Moment müssen wir einfach davon ausgehen, dass die anderen genauso viel Schiss haben, wie wir.

Und wenn es soweit ist, dann bringen wir die Namen schon noch. Natürlich wollen das die Leute wissen. Aber auf der anderen Seite, das meine ich jetzt ganz ernsthaft. Wenn sich am persönlichen Leben für die Menschen zunächst nichts verändert, bzw. wenn es ihnen zukünftig sogar besser gehen soll, weil jeder Bürger künftig ernstgenommen wird. Glauben Sie, dass dann die Umstände noch wichtig sind? Müller, ich bin heute den ganzen Tag durch die Stadt gezogen. Egal, wo ich war, egal, welche Gespräche ich teilweise mitgehört habe. Unterm Strich sind die Menschen doch froh, dass der ganze alte Haufen von der Bildfläche verschwunden ist. Wer hat denn noch wirklich etwas von den Politikern erwartet, hm?"

"Kann schon sein. Ich gebe ja zu, dass ich heute ähnliche Erfahrungen gemacht habe. Aber die Leute sind doch trotzdem verunsichert. Niemand weiß, ob das alles stimmt, was die neue Regierung umsetzen will."

"Sicher. Aber wussten die Leute das früher? Müller, ganz im Ernst. Haben Sie seit gestern irgendeinen Übergriff der Sicherheitskräfte auf einen ganz normalen Bürger mitbekommen. Oder auf uns Journalisten? Ok, mal abgesehen von der Geschichte heute Mittag in der Bundespressekonferenz. Man lässt uns doch machen. Und die Leute auch. Jeder geht normal in seine Arbeit und seines sonstigen Weges. Was kümmern da die paar Nasen, denen man früher auch nicht wirklich vertraut hat?"

"Ja. Ist ja nicht falsch, was Sie erzählen, Lehman. Aber ich fühle mich einfach in meiner Ehre als Journalist gepackt. Natürlich tun sie uns nichts und es hat den Anschein, dass wir unseren Job wie bisher machen können. Aber das passt einfach nicht mit dieser Order zusammen. Entweder gibt es weiterhin volle Meinungsfreiheit, oder nicht."

"Sehen Sie's so. Wir werden uns einfach ein paar Tage, oder meinetwegen ein zwei Wochen damit abfinden müssen. Dann werden wir schon sehen."

"Naja, Ihr Wort in Gottes Ohr. Ich glaub da nicht recht dran. Aber was sollen wir uns jetzt noch stundenlang den Kopf drüber zermartern, bringt ja eh nichts. Lassen Sie uns einfach anfangen. Was haben Sie?"

Sie steckten die Köpfe zusammen und sammelten, was man von dem bisher offiziell und inoffiziell Gehörten einflechten könne, damit sie etwas Passables bei Baumann abliefern könnten. Karl verspürte immer mehr Zuneigung zu Müller. Hätte ihm das jemand noch vor zwei Tagen erzählt, er hätte ihn persönlich in der Klapse abgeliefert. Aber es war einfach so.

Aus Missgunst und tiefer Abneigung ist auf Grund der Umstände so etwas wie echte Kollegialität entstanden. Vielleicht würde ja noch mehr draus werden. Eigentlich hätten sich beide beim 'Obersten Rat für die demokratische Erneuerung' bedanken können. Denn unterm Strich hatten beide nicht so viele echte Freunde um sich geschart.

Mittwoch, 22. September

Sandra setzte sich an den Küchentisch und war schon ganz gespannt auf Karls Artikel. Karl selber schlief noch. War eine harte, aber schöne Nacht. Er kam gegen halb zehn Abends heim und sie hatten sich's endlich mal wieder gemütlich gemacht. Karl war selten so redselig wie gestern. Das machte Ihr Eindruck und brachte sie ihm wieder sehr viel näher. Und der Rest des Abendprogramms hatte dann auch noch seine Reize. Von daher ließ sie ihn lieber mal schlafen.

Sie nippte an ihrem frisch gebrühten Kaffee und begann zu lesen.

Neue Zeiten - gute Zeiten!?

Eine Analyse von Karl Lehman und Karl-Dieter Müller

Liebe Leserinnen und Leser,

wir, die Redakteure, denen man im besten Sinne unterstellt, immer einen Schritt näher am Geschehen zu sein, sind selber unschlüssig, wie mit den neuen Machtverhältnissen in unserem Staate umzugehen ist. Einerseits steckt uns allen, wie Ihnen sicher auch, noch der Schock des Montags in den Knochen. Wer von uns, wer von Ihnen hätte sich ernsthaft diese Ereignisse vorstellen können. In Deutschland. Einem Land, das seit über 70 Jahren so etwas, wie eine gefestigte Demokratie genannt werden durfte. Im 21. Jahrhundert, dem man per se unterstellt, dass es gewisse Verhaltensweisen der Mächtigen nicht mehr geben könnte. Außer vielleicht in Ländern, die wir auch heutzutage die 'Dritte Welt' nennen, oder im Nahen Osten oder in Lateinamerika. Wer am Morgen des 18. September die Woche begann, wie man es seit Jahrzehnten gewohnt war, schien in einer Welt aufzuwachen, die einem Alptraum glich. Auch uns erging es dergleichen. Und nun. Zwei Tage später? Was ist uns seitdem widerfahren? Können wir von uns behaupten, zu wissen, wo wir uns gerade befinden? In welchem System wir uns ab sofort zurechtfinden müssen? Was es zu tun und was es besser zu lassen gilt? Wir wissen es nicht.

Wir wissen bis heute nicht, was wir davon halten sollen, in einer *Diktatur der direkten Demokratie* zu leben. Weder haben wir jemals etwas davon gehört, noch fällt es uns leicht, darunter etwas klar zu beschreibendes zu erkennen. Sicher, man mag uns entgegenhalten, dass uns gestern ein klares Konzept vorgelegt wurde, was im Einzelnen darunter zu verstehen sei. Jedoch hilft uns das nicht wirklich weiter.

Wenn Sie, geneigte Leser mehr wissen sollten, dann geben Sie uns durchaus gerne Bescheid. Auch wir, die vierte Gewalt, so wir diese noch sind, lernen gerne dazu. Auch wir können wahrlich nicht alles wissen.

Aber lassen Sie uns einfach über die Fakten reden, die sich als herausragend dargestellt haben:

1) die Parteien, die bisher die tragenden Säulen der Meinungsbildung und Staatsführung waren, sind zwar nicht verboten. Jedoch dürfen sie sich die nächsten 12 Monate in keinerlei Weise in der Öffentlichkeit tätig zeigen. Wir fragen: was ist der Sinn dahinter? Wird von den neuen Machthabern unterstellt, dass die Parteien - also alle - den Karren an die Wand gefahren haben und jetzt erst mal Pause haben? Wenn dem so ist, warum sollen sie in einem Jahr wieder tätig werden dürfen? Werden sie sich bis dahin geläutert haben?

2) das Grundgesetz, also unsere gültige Verfassung ist außer Kraft gesetzt worden, inklusive aller darin erwähnten Verfassungsorgane. Wir fragen: darf man das einfach so? Beruft man sich hier auf den GG-Artikel, der dem Volk erlaubt, sich gegen das System aufzulehnen? Wenn dem so ist, fragen wir weiter, wo denn das Volk das Heft des Handelns in der Hand hatte. So wie wir und so wie sicher auch Sie, wehrte Leser mitbekommen haben, handelt es sich nicht um das Volk, dass am Montag aktiv war, sondern nur um einen geringen Teil desselben. Noch dazu ist völlig unklar, wie dieser Teil aus unserer Mitte benannt werden darf. Der Einfachheit halber wohl erst einmal 'Schmidt'. Von daher scheint der Name aller Mitglieder der neuen Regierung sehr wohl überlegt zu sein.

3) der Parlamentarismus - zumindest in der bekannten Form - ist ebenfalls außer Kraft gesetzt worden. Wir fragen also: werden die 'Kommunalräte', der 'Große Rat' und der 'Oberste Rat' wirklich einen besseren Weg aufzeigen, wie das Volk bei allem, was es zu entscheiden gilt, beteiligt sein darf? Dies zumindest gilt es noch zu beweisen. Jedoch müssen selbst wir, die, wie oben bereits

erwähnt, von diesem Konzept eines neuen Staatsaufbaus noch nie etwas gehört haben, sagen, dass gleichwohl ein gewisser Charme darin liegen mag. Jedoch nur, wenn es ernsthaft so gemeint ist.

4) die Meinungs- und Pressefreiheit, sowie die geltenden bürgerlichen Grundrechte sind nicht außer Kraft gesetzt worden, behalten also weiter ihre Wirksamkeit. Wir fragen: wie verhält es sich dann mit der Einschränkung der Presse in Dingen, die wir leider im Moment nicht beim Namen nennen dürfen? Leben wir also justament in einer Art Zwischenphase?

Wir erhoffen uns bald eine Antwort des 'Obersten Rates', denn hierauf können wir uns selbst keine Antwort geben. Was uns jedoch wiederum gütig sein lässt, ist die Tatsache, dass weder wir, noch unsere Kollegen irgendetwas in den Straßen Berlins oder anderswo in Deutschland mitbekommen hätten, dass dieses Recht gebrochen worden wäre. Diese Tatsache lässt also wirklich hoffen, dass man es mit den bürgerlichen Grundrechten durchaus ernst meint.

Und was passiert sonst im Lande? Wer hat zu dieser neuen Zeit etwas zu sagen? Die Unternehmens- und Industrieverbände, die Gewerkschaften, die Kirchen, die Kultur...der Mensch an sich? Wir haben uns gerne für sie umgehört. Und so wie es keine Überraschung für unser Land sein mag, so ist es doch erstaunlich. Wie vor sehr langen Zeiten, und hier möchten wir gar keinen unsäglichen Vergleich ziehen wollen, arrangiert man sich mit den neuen Verhältnissen.

Man wartet ab und will sehen, 'wie sich die Lage entwickelt', 'wie die Menschen behandelt werden' und 'wie die eigenen Interessen künftig vertreten und durchgesetzt werden können'. Ist das nun gut oder schlecht zu nennen? Auch hierauf wissen wir leider keine Antwort. Wir können ebenfalls nur hoffen, dass sich aus den neuen Zeiten, gute Zeiten entwickeln. Vielleicht sollen wir wirklich alle daran mittun, vielleicht aber auch nicht. Aber dann wäre die Semantik der neuen Zeit eine infame Täuschung. Hoffen wir also nur das Beste.

ps. Falls Sie sich wundern, wehrte Leser, dass wir bis hierher kein Wort über die internierten Politiker des bisherigen Systems fallen ließen. Interessieren Sie sich etwa dafür?

"Wow!"

"Was, wow?" fragte Karl, der schon seit längerem in der Küche stand und Sandra beim Lesen beobachtete.

"Du bist ja richtig gut."

"Na danke, auch schon gemerkt?" erwiderte Karl ziemlich süffisant.

"Ach Schatz, so hab ich das doch nicht gemeint."

"Ja ist schon gut. Findest du ihn wirklich gut?"

"Ja, ganz ehrlich. Und noch dazu, dass du ihn mit deinem 'Lieblingskollegen' zusammen geschrieben hast.

"Ach, so schlimm finde ich Müller gar nicht mehr. Wir sind uns irgendwie näher gekommen in den letzten Tagen. Arschloch und Arschloch geben zusammen doch was Gutes..." lachte Karl.

"Und wie geht's heute weiter?"

"Ganz ehrlich? Keine Ahnung. Solange wir keine Namen veröffentlichen dürfen, müssen wir jetzt wohl jeden Tag so was schreiben."

"Ich versteh' das echt nicht. Wovor haben die denn Angst? Es weiß doch eh jeder, dass keiner 'Schmidt' heißt, oder? Und außerdem haben sie doch jetzt die Macht. Kannst du mir das erklären?"

"Ich dachte, du hast den Artikel fertig gelesen?"

"Ja schon."

"Na also. Ich, wir, wir alle haben keine Ahnung, was das soll. Ich komme mir vor, wie in einem Roman von Kafka, findest du nicht?"

"Ja stimmt, das trifft es genau. Wirklich seltsam. Schatz, mal im Ernst. Glaubst du wirklich, dass unser Leben, also ich meine unser kleines privates Leben einfach so weitergeht?"

"Ich hoffe es. Mehr kann ich dir nicht dazu sagen."

Karl ging dann ins Bad, um sich fertig zu machen. Er hatte diese extrem intensive Motivation, sich noch tiefer in die Hintergründe zu bohren. Aber er wusste nicht, ob Baumann ihn lassen würde. Ach, und selbst wenn nicht. Er würde dranbleiben. Irgendwann würde doch das Verbot, Namen zu nennen, sicher aufgehoben werden. Er würde also sozusagen vorarbeiten. Oder sollte er sich jetzt noch die Butter vom Brot nehmen lassen? Nein, das würde er niemals zulassen. Egal, was kommt, und wenn er 20 Stunden am Tag arbeiten müsste, das war jetzt sein Ding und irgendwann würde er dafür die Ernte einfahren.

Er verabschiedete sich sehr herzlich von Sandra. Es hatte den Anschein, als ob die Verabschiedung um ein paar Minuten im Bett weiter fortgeführt werden müsse. Aber Sandra war leider selber spät dran. Sie hatte um zehn Uhr einen Vorsprechtermin im Theater.

"Heute Abend, Schatz, ok?"

Betröppelt machte sich Karl auf den Weg und war doch erstaunlich guten Mutes.

Karl wollte es sich bis zur ersten Morgensitzung um halb elf eigentlich ein bisschen in seinem Büro gemütlich machen. Ausgiebig Kaffee trinken, die anderen Zeitungen durchblättern, Huldigungen der Kollegen am Telefon anhören.

Aber daraus wurde erst mal nichts. Das Telefon klingelte. Genervt sah Karl auf das Display. 'Unbekannte Nummer'. Soll das jetzt ein gutes oder schlechtes Zeichen sein? Wenn's ne Huldigung seines Artikels wäre? Er hob also ab.

"Wo ist Benhardt?" kam es ziemlich scharf von der anderen Seite.

"Bitte? Wer ist denn dran?" und die Frage war wirklich ernst gemeint. Aus den drei Worten konnte sich Karl zunächst keinen Reim drauf machen, wer es sein könnte.

"Sie waren doch bis zum Schluss ganz dick mit ihm, oder nicht?"

Der deutlich erhöhte Wortanteil ließ Karl nun Zeit, die Stimme am anderen Ende einzuordnen, er war sich aber immer noch nicht sicher.

"Hallo?"

"Ja, was denn?"

"Ich habe Sie was gefragt."

Langsam dämmerte es Karl.

"Ich wüsste nicht, was Sie das angeht, König!"

"Hören Sie Herr Lehman, was Sie meinen und was Sie denken, ist mir ziemlich schnuppe. Ich weiß nur, dass Sie Benhardt in den letzten Tagen öfters getroffen haben. Wir können es jetzt so machen. Sie sagen mir einfach, wo er hin ist oder ich lasse Sie im Verlag abholen und wir machen einen kleinen Spaziergang."

"Was soll das König. Was gibt Ihnen das Recht, überhaupt so mit mir zu reden?"

Karl wusste zwar von Benhardt, dass König anscheinend der neue BND-Chef ist, aber offiziell war das ja noch nicht. Also konnte er sich erst mal dumm stellen. Außerdem würde er einen Teufel tun, und König in irgendeiner Weise helfen.

"Sie werden sich noch wundern, Lehman, was ich alles kann und darf. Also?"

"Also was? Lecken Sie mich am Arsch König!" und Karl legte auf. Eine ganz tiefe innere Zufriedenheit breitete sich in Karl aus. Das tat sehr gut. Er fühlte sich von König getäuscht. Man hatte eigentlich mal ein ganz vertrauensvolles Verhältnis. Doch das Schauspiel, was er am Montag abzog, war für ihn unter aller Sau. Wieder klingelte das Telefon. Was will er denn jetzt noch?

"Lehman, ich kann nur empfehlen, dass Sie sich in Acht nehmen sollten. Sie wissen überhaupt nicht, wen Sie vor sich haben."

"Eben, König, eben. Das ist ja das Problem. Sagen Sie mir doch einfach, in welchem Auftrag oder in welcher Funktion Sie mich hier versuchen zu belästigen."

"Ok, Sie wissen es nicht?"

"Wie sollte ich überhaupt etwas wissen, dank der Kommunikationspolitik Ihrer neuen Regierung. Oder soll ich Sie jetzt besser auch 'Schmidt' nennen?"

"Ach, lassen Sie den Unfug, Lehman. Das hat schon seine Gründe."

"Was hat seine Gründe? Dass sich alle 'Schmidt' nennen? Wovor habt Ihr Angst, können Sie mir das mal verraten?"

König ging überhaupt nicht auf die Frage ein und sprach weiter, "Lehman, Sie können mir glauben, dass ich in einer Position bin, die mich dazu berechtigt, mir Sorgen um Benhardt zu machen."

"Aha, Sorgen machen nennen Sie das also. Wissen Sie was, König. Ich mache meinen Job vielleicht besser, als Sie denken. Und ich weiß mehr als Sie denken. Vielleicht rufen Sie ja gerade deswegen bei mir an. Aber hören Sie zu. Auch wenn Sie nicht nur der neue Chef des BND wären, sondern der Kaiser von China, ich wiederhole es ausgesprochen gerne...lecken Sie mich am Arsch." Karl knallte den Hörer auf.

In dem Moment klopfte es an der Tür und Baumann trat ein.

"Na, schlechte Kritiken bekommen oder warum regen Sei sich so auf?"

Der hatte ihm jetzt gerade noch gefehlt.

"Guten Morgen Chef. Nein, äh, es war nur ein unangenehmer Anruf."

"Naja, das hab ich schon gemerkt. Wer war es denn?"

Bevor Karl antwortete, klingelte wieder das Telefon. Er ließ es läuten.

"Lehman, wollen Sie nicht rangehen? Was soll das?"

"Sehen Sie auf's Display, Chef."

Baumann hob einfach ab und stellte sofort auf laut, als ihn von der anderen Seite jemand ins Ohr brüllte. Baumann nahm den Hörer etwas vom Ohr weg und bedeutet Karl, dass der Gesprächspartner wohl ein Problem im Kopf hätte.

Karl flüsterte ihm mit deutlichen Lippenbewegungen zu, dass es König sei. Das schien Baumann zwar zu überraschen aber nicht aus der Fassung zu bringen. Er ließ König zunächst ausbrüllen, bis er fertig war.

"König?, hier ist Baumann. Wussten Sie eigentlich, dass alle Gespräche, die von außen in die Redaktion reinkommen, automatisch aufgezeichnet werden?"

Was für ein genialer Schachzug von Baumann. Karl war erneut fasziniert von ihm. Auch wenn er ihm manchmal wirklich auf die Nerven ging, mit seiner Art, aber das war schon ganz große Klasse an Schlagfertigkeit. Am anderen Ende war es nämlich ziemlich still geworden.

"Herr König? Sind Sie noch dran? Ich würde Ihnen empfehlen, Ihren Job etwas besser zu machen, sonst wüssten

Sie so was, nicht war? Das ärgert Sie jetzt, stimmt's?"
Baumann war in diesem Moment wirklich großartig, man
konnte wirklich von ihm lernen.

Doch dann kam der Gegenangriff. "Baumann, wenn Sie
meinen, Sie können mich in irgendeiner Weise beeindru-
cken, dann haben Sie sich geschnitten. Wenn Sie morgen
noch Ihren Job als Chefredakteur haben möchten, würde
ich Ihnen empfehlen, Ihren Mitarbeiter Lehman mal ein
wenig einzuorden. Und wenn der's mir nicht sagen will,
wo Benhardt ist, dann müssen Sie eben dran glauben.
Haben Sie das verstanden, Baumann?"

"Na klaro. Zu Befehl..." lachte Baumann, "König, wissen
Sie was? Sie können mir kreuzweise den Buckel runter-
rutschen, auf Wiederhören."

Karl musste losprusten vor Lachen. Da waren Sie also auf
gleicher Wellenlänge, was diesen Typen anging.

"Danke für die Unterstützung, Chef."

"Gern geschehen. Aber ehrlich gesagt, hab ich's ja nicht
nur für Sie gemacht, wie Sie sich vorstellen können."

"Hat er Ihnen erzählt, wo er hinwollte?" fragte Karl direkt
weiter, denn aus dem Gespräch der drei von gestern hatte
er ja mitgehört, dass so was im Raum stand.

"Er hat mir nur erzählt, dass er untertauchen will. Wohin,
hat er mir natürlich nicht erzählt, was meinen Sie denn
Lehman. Benhardt ist ja kein blutiger Anfänger mehr."

"Stimmt schon. Hätte ja sein können, dass Sie da noch ein
engeres Vertrauensverhältnis haben, als ich."

"Und wenn Lehman. Soweit geht das Vertrauen zu Ihnen
dann doch wieder nicht."

"Was machen wir jetzt mit König? Glauben Sie, dass er
uns die Bude auseinandernehmen will?"

"Ach, dieser Hosenscheißer. Der haut doch nur kräftig auf die Trommel. Selbst wenn er neuer BND-Chef sein soll und selbst, wenn wir jetzt ne komplett neue Verfassung haben. Der Auslandsgeheimdienst hat im Inland nichts zu melden, das wird bei den neuen Machthabern nicht anders sein, als vorher."

"Ihr Wort in Gottes Ohr, Chef. Aber was macht Sie da so sicher?"

"Hallo? Lehman? Die letzten drei Tage geschlafen? Es ist doch offensichtlich, wer hinter dem Umsturz steckt, zumindest die Personen, die ihn ausgeführt haben. Oder glauben Sie, das waren irgendwelche pazifistischen Bürgerinitiativen?"

"Sie meinen also Militär, Geheimdienste usw.?"

"Sehr schlau Lehman, wirklich, sehr schlau. Gehen Sie nicht mehr ran, wenn dieser Vollidiot wieder anruft. Sein Problem, wenn er seinen Vorgänger nicht zu fassen kriegt. Wir konzentrieren uns jetzt wieder aufs Wesentliche. Wir sehen uns dann später."

"Äh, Chef, was wollten Sie eigentlich ursprünglich von mir?"

"Hm, ehrlich gesagt, hab ich's schon wieder vergessen." Als er die Tür verschließen wollte, blickte er nochmal kurz zurück, "ach so, ja. Gute Arbeit Lehman, kann man echt lesen, Ihren Artikel."

Karl war froh, dass die morgendliche Redaktionssitzung diesmal ziemlich kurz war, er hatte ja schließlich noch einiges vor heute. Als er in sein Büro zurückkam, bemerkte er den Benachrichtigungston seines Handys. Er schaute gespannt auf das Display und entdeckte, dass die SMS von einer unbekannten Nummer kam.

-- lehman, dass wir uns richtig verstehen. ich werde sie im auge behalten! k --

König also. Langsam ging er ihm wirklich auf die Nerven. Musste er Angst vor ihm haben? Karl überlegte, ob er sich nochmal mit Baumann besprechen sollte. Aber was sollte er schon tun können. Ihn beschützen? Obwohl Karl seinen Chef mittlerweile sehr gut kannte, würde er nicht die Hand für ihn ins Feuer legen. Wenn es hart auf hart ging, wird Baumann der Verlag und die Zeitung wichtiger sein als eine Einzelperson.

Er entschloss, trotzdem zu ihm rüber zu schauen. Als er seine Bürotür öffnete nahm er ziemlich lautes Geschrei wahr. Es kam aus der Richtung von Baumann's Büro. Was war da los? Stritt er sich mit Müller? Er näherte sich ein paar Schritte und versuchte mitzubekommen, um was es ging. Er hörte Baumann laut herumbrüllen.

"Was bilden Sie sich eigentlich ein? Wenn Sie mir nicht auf der Stelle sagen, von wem Sie geschickt wurden, dann lasse ich Sie hochkant von unserem Sicherheitsdienst rausschmeißen..."

Eine ziemlich dunkle und sehr abgebrühte Stimme antwortete "Herr Baumann, wir müssen Ihnen überhaupt nichts sagen. Nur so viel. Halten Sie Ihre Leute im Zaum. Und wenn es um bestimmte Personen geht, für die wir verantwortlich sind, dann benötigen wir Ihre Mithilfe, das kann doch nicht so schwer sein, oder?"

"Welche Personen?" fragte Baumann etwas abgemildert im Ton.

"Sie wissen schon, von wem ich spreche. Der Anruf von Herrn König war doch deutlich genug, nicht wahr?"

"Und was erwarten Sie jetzt von mir? Soll ich ihnen einen meiner Redakteure zum Fraß vorwerfen, oder was? Haben

Sie schon mal etwas vom Quellenschutz der Presse gehört?"

"Wir wollen doch nur das Beste für Herrn Benhardt, das muss Ihnen doch bewusste sein."

"Na klar. Hören Sie zu. Ich werde nen Teufel tun, solange ich hier keine offizielle Anfrage von einer verantwortlichen Person vorliegen habe. Und nun bitte ich Sie, mich zu entschuldigen, ich habe zu tun."

Die Tür von Baumann's Büro sprang auf. Karl versuchte sich schnellstmöglich aus der Schusslinie zu nehmen und versteckte sich hinter einem Pfosten im Flur. Karl erkannte zwei Typen in schwarzen Klamotten, die schweigend Richtung Aufzug liefen. Wie das Klischee aus einem Agentenfilm. Karl fand das fast schon zum Lachen. Er klopfte an Baumanns Tür. "Was ist denn jetzt noch?" brüllte er.

"Ich bin's nur."

"Ah, Lehman, was gibt's denn?"

"Was war das denn bitte schön?"

"Keine Ahnung. Dieser König geht mir langsam richtig auf den Senkel."

"Schauen Sie mal, was ich gerade von ihm bekommen habe", er hielt ihm die SMS zum Lesen hin.

"Ich weiß wirklich nicht, was der für ein Problem hat. Wenn er Benhardt aus den Augen verloren hat, dann ist das verdammt nochmal nicht unser Problem. Lassen Sie sich nicht von ihm kirre machen, Lehman. Ich werde mal meine Kontakte spielen lassen. Der soll sich mal nicht in mir täuschen, dieser Penner."

"Und wie geht's jetzt weiter?"

"Sie machen einfach Ihren Job Lehman, so wie wir es vorhin besprochen haben."

Karl brauchte jetzt erst mal Kaffee und eine Zigarette. Er musste sich in Ruhe überlegen, wie er jetzt weitermachen sollte. Auf dem Raucherbalkon waren ein paar Kollegen vom Sport. Sie beglückwünschten ihn für den guten Aufmacher heute Morgen und fragten ihn, wie es denn jetzt weitergehe. Man sei ja selbst irgendwie im Tagesgeschäft hängen geblieben. Der Ball in den Stadien würde ja weiter rollen. Karl wusste keine zufrieden stellende Antwort, weder für die Kollegen noch für sich selbst. Man verlegte sich lieber aufs Fachsimpeln über die Champions-League-Spiele, die ja ungeachtet dessen, was in Deutschland passierte, heute Abend stattfinden würden.

Karl tat das gut, mal etwas sinnfreier mit anderen Leuten reden zu können, sich keinen Kopf über Politik und die nächsten Stunden machen zu müssen. Irgendwie beneidete er in diesem Moment die Kollegen. Sie waren im Endeffekt so gestrickt, wie der Rest der Bevölkerung, die er in diesen Tagen beobachten konnte. Das ganz normale Leben, was immer man darunter verstehen sollte, lief einfach weiter, so als ob nichts passiert wäre. Für die Kollegen ging es um Stars, Wechselgerüchte, Trainerentlassungen und Ablösesummen. Für die "normalen Menschen" um ihren Job, um die Familie und die alltäglichen Sorgen.

Karl musste tief seufzen, manchmal wäre er auch gerne so ein gleichgültiger Normalo, dem das eigene Hemd näher ist, als der Rock.

Aber, es ist wie es ist, dachte sich Karl. Etwas mehr Ruhe und Privates könnte er sich gönnen, wenn dieser ganze Zinnober mal vorüber wäre. Mit neuem Mut betrat er sein Büro. Nicht mal an den Ärger mit König musste er jetzt denken. Er nahm sich ein leeres Blatt Papier und versuchte sich eine Gedankenstruktur aufzuzeichnen. Er brauchte das, um für sich einen klaren Arbeitsauftrag ableiten zu können. Wer kannte wen, und seit wann, und wie waren alle miteinander verstrickt? Wer hatte Zugriff auf was? Und wer steckte noch hinter den Ereignissen der letzten Tage?

Als er mit seinen Aufzeichnungen fertig war, die aussahen wie ein Zuschnittmuster aus den Frauenzeitschriften der siebziger Jahre, als seine Mutter noch selber Kleider nähte, kam ihm beim Betrachten desselbigen die Frage auf, wer ihm jetzt dabei helfen könnte, dieses Wirrwarr zu entflechten. Er sah auf die Uhr. Es war halb eins. Karl konnte es kaum fassen, dass er beim Arbeiten jegliches Zeitgefühl verloren hatte. Er war so in die Sache vertieft, dass ihm ein wenig das Gefühl aufkam, denn Sinn für die Realität zu verlieren. Auf der anderen Seite genoss er aber auch dieses Gefühl. Es verlieh den Trug einer gewissen Wichtigkeit. Einer der wenigen zu sein, die eines Tages diese große Geschichte aufklären würde. Fast ein bisschen, wie die zwei Typen von der 'Washington Post', die den Watergate-Skandal aufdeckten. Da war sie also wieder, die hochgefährliche Selbstüberschätzung, die Karl so oft im Leben Probleme bereitete. Aber diesmal hatte er das Gefühl, dass sie ihm ausnahmsweise nicht schaden würde.

Karl überlegte nun ernsthaft, ob er nochmals Benhardt kontaktieren sollte. Aber in dieser Situation? König fiel ihm in diesem Moment natürlich wieder ein. Hatten sie sein Handy angezapft? Ausschließen konnte er das seit heute Morgen sicher nicht mehr. Das Problem war nur, dass sich Karl sicher war, dass Benhardt so ziemlich der Einzige wäre, der ihm wirklich weiterhelfen könnte. Er musste es einfach wagen, auch auf die Gefahr hin, dass er Benhardt gefährden würde. Wäre es diesen Preis wert? Seine Quelle zu opfern, nur damit er an seine Story käme?

Karl beschloss, ja, das war es wert. Er holte sein Handy raus und schrieb eine SMS.

-- benhardt, wenn sie irgendwie zu erreichen sind, bitte feedback. lehman -- Nun vergingen quälend lange Minuten, in der Karl leider nicht die Zeit vergessen konnte, ganz im Gegenteil. Jede Minute zog sich schmerzhaft in die Unendlichkeit.

Piep--Piep. Endlich!

-- who's there? don't know any lehman. what do you want -- Scheiße. Hatte er die falsche Nummer eingegeben? Nein, sicher nicht, er hat ja direkt den Kontakt aufgerufen. Hat Benhardt sein Handy oder seine Chipkarte vernichtet? Konnte auch nicht sein, dann wäre die Nummer ja tot gewesen. Er versuchte es nochmal.

-- sure, you know, what i want. talking about carla and all the stuff. please don't chaeting me. really need your help. and greetings from sandra :-) -- Jetzt müsste er doch Vertrauen schöpfen. Ihm war schon klar, dass Benhardt auf Nummer sicher gehen musste.

-- greetings back to this sweet dear. call 0164-222222 –

Na also geht doch, dachte sich Karl. Sofort wollte er die Nummer anrufen, bis er selber feststellen musste, dass er ziemlich naiv war. Er müsse raus aus dem Verlag, am besten in einer der noch spärlich vorhandenen Telefonzellen. Er durfte Benhardt jetzt nicht noch mehr gefährden. Karl schnappte sich seinen Mantel und verließ das Verlagsgebäude. Genüsslich zündete er sich nochmal eine Zigarette an.

Er war ziemlich stolz auf sich. Er hatte Benhardt wirklich soweit, dass er ihm vertraute. Seine Chance also, endlich die Verschwörung des Umsturzes komplett aufzuklären. Auch auf die Gefahr hin, dass das am Ende des Tages fast keinen interessieren würde. Seine journalistische Leistung als solches, an der Geschichte hartnäckig dran geblieben zu sein, würde sicher in Fachkreisen für Aufsehen sorgen.

Blieb nur ein letztes Problem. Wo war die nächste Telefonzelle?

Nach einer gefühlten Stunde war Karl endlich am Ziel. Unglaublich, was war das vor ein paar Jahren noch eine komfortable Situation, wenn man mal schnell wo anrufen wollte und noch kein Handy hatte. Nun konnte er nur noch hoffen, dass er Kleingeld in der Tasche hätte. Er warf ein Zwei-Euro-Stück ein, vorsorglich, er konnte ja nicht wissen, wo sich Benhardt aufhielt. Es läutete. Niemand hob ab. Was sollte das nun wieder? Wollte er nun mit ihm sprechen oder nicht? Es läutete weiter.

"Lehman, sind Sie's?"

"Mensch Benhardt, wo treiben Sie sich denn herum?"

"Werde ich Ihnen jetzt sicher nicht auf die Nase binden. Wie geht's Ihrer Süßen?" Seinen Humor hatte Benhardt zumindest noch nicht verloren.

"Ihr geht's bestimmt gut. Sie können ihr die Daumen drücken, sie hat heute ein Vortanzen. Aber lassen Sie uns gleich mal zum Geschäft kommen."

"Ich hab Ihnen doch schon alles gesagt, was ich weiß."

"Nein, haben Sie sicher nicht. Oder was ist der Grund, warum Sie das Land verlassen haben? Können Sie sich vorstellen, wie mir seit heute Morgen König im Nacken hängt?"

"Kann ich mir sehr gut vorstellen", Benhardt musste dabei laut schmunzeln. "Was meinen Sie, was ich Ihnen noch nicht gesagt habe?"

"Ich glaube, ziemlich viel. Warum wird König wohl nach Ihnen suchen? Weil er die Büroübergabe mit Ihnen regeln will?"

"Vielleicht?"

"Machen Sie's mir doch nicht so schwer Benhardt. Ich weiß nicht ob es Sinn macht, dass wir das am Telefon be-sprechen. Können wir uns irgendwo treffen?"

"Klar, können wir. Wenn Sie sich nen Tag frei nehmen?"

"Ich nehme mir auch zwei Tage frei, wenn's sein muss."

"Wenn Sie das mit Baumann regeln, soll's mir recht sein."

"Also, wo kann ich Sie finden?"

"Ich gebe Ihnen die Adresse später per Mail durch, das ist sicherer. Ich bin mir sicher, dass König alles versucht, mich zu erwischen. Und dumm ist der Mann nicht, wissen Sie ja selbst. Nur so viel kann ich Ihnen sagen. Ich halte mich derzeit in Kopenhagen auf. Wenn Sie's schaffen, würde ich morgen Mittag vorschlagen."

"Alles klar. Wie erkenne ich, dass die Mail von Ihnen kommt?"

"Ich lasse mir was einfallen. Könnte was mit Ihrer Süßen zu tun haben..." lachte Benhardt.

"Hätte ich mir denken können. Nur eine wichtige Frage hätte ich. Wenn Sie mir die gleich beantworten könnten, würden Sie mir wirklich weiterhelfen."

"Ich werd's versuchen."

"Ist Donata Schmitz nur das, was man sehen soll, oder ist sie mehr?"

"Wie meinen Sie das?"

"Ok, ich versuche es nochmal. Ist sie nur ne Verwandte von Baumann, die irgendwie in die Geschichte reinge-schlittert ist, oder steckt sie tiefer drin?"

"Sie steckt definitiv tiefer drin."

"Wusste ich's doch. Ist Baumann deshalb in Gefahr?"

"Nein, warum sollte er? Zumindest nicht, wenn's um die neuen Machthaber geht. Er wird eher Probleme von anderer Seite bekommen. Aber lassen Sie uns das wirklich morgen besprechen, mir wird das langsam etwas zu heiß hier. Ich bilde mir schon ein, dass ich beobachtet werde. Wir sehen uns morgen Lehman."

"See you, Benhardt."

Wer war diese Donata Schmitz? Karl versuchte sich nochmal etwas genauer zu erinnern. Das mit dem Empfang beim BDI war ihm ja klar. Aber ihm war, als ob er sie schon in anderem Zusammenhang gesehen hatte, so wie er sich das auf der Bundespressekonferenz schon einbildete. So lange und so intensiv er auch nachdachte, ihm fiel es einfach nicht ein. Irgendein Zusammenhang bestand, den er nicht erkennen konnte. Aber so, wie einem ein gängiger Name sprichwörtlich auf der Zunge liegt, so lag ihm die Klarheit der Erkenntnis ebenso in seinen Gehirnwindungen, aber konnte sie nicht artikulieren, nicht in konkrete Gedanken überführen. Vielleicht würde jetzt ein kühles Pils weiterhelfen?

Ja, würde es, beschloss er und scannte die Umgebung nach einer Bar oder einem Café ab. Er nahm sofort Kurs auf die entdeckte Quelle, setzte sich, bestellte und war gespannt, ob er in den nächsten Minuten dazu fähig wäre, endlich auf das zu kommen, was ihn den entscheidenden Schritt weiterbringen würde. Noch weitere Tage im Nebel herumzustochern würde ihm sicher nicht dabei helfen, den großen Wurf zu machen.

Er atmete tief durch, nahm einen großen Schluck vom herrlich frischen Pils und begann, seine Mitte wieder zu finden. Er sah aus dem Fenster. Ein herrlicher Spätsommertag, der eigentlich viel zu schade war, sich selbst zu martern. Aber egal, das hatte er ja heute schon mit sich selbst verhandelt. Jetzt gab es kein Zurück mehr. Basta!

Vom restlichen Tag erhoffte sich Karl, dass er möglichst schnell und reibungslos an ihm vorüber gehen möge. In der Nachmittagskonferenz wurden die Aufgaben verteilt. Karl sollte sich, wieder in Zusammenarbeit mit Müller, um Reaktionen und Einschätzungen der politischen Lage in den mittlerweile zur Untätigkeit verurteilten Parteien kümmern.

Man wunderte sich allenthalben, dass Baumann so einen Artikel wünschte, aber dieser erwiderte nur, dass er sich als Chef einer der größeren Tageszeitungen nun nicht alles verbieten lassen wolle. Man werde ja wohl noch die Stimmen aus den entmachteten Parteien wiedergeben dürfen.

Sei's drum, dachte sich Karl, Baumann würde schon wissen, was er tut. Die Alt-Parteien haben zwar ein Verbot aufgedonnert bekommen, aber vielleicht war eine Behandlung in der Presse wieder was anderes. Er war froh, dass er was zu tun hatte und sich ein wenig von der Aufgewühltheit in Hinsicht auf das Treffen mit Benhardt morgen ablenken konnte. Er tat also einfach seinen Job. Wie eine Maschine. Ohne Emotionen, ohne negative oder positive Gefühle. Diese hob er sich für seine eigentliche Story und die nächsten Tage auf.

Kurz nach der Spätkonferenz musste beiden, Karl und Müller nochmal zum Chef, um den letzten Feinschliff zu erledigen und dann durften sie beide in den verdienten Feierabend. Müller fragte ihn im Überschwang der neu entdeckten Freundschaft, ob er mit ihm ein Bier trinken gehen wolle.

Aber Karl verneinte. In weiser Voraussicht. Denn schließlich brauchte er für morgen irgendeine Ausrede, dass er nicht in die Redaktion könne. Er durfte jetzt keinerlei Verdacht auf sich ziehen, auch nicht gegenüber einem wohlgesinnten Kollegen. Deswegen entschuldigte er sich bei Müller. "Das ist sehr nett von Ihnen, aber ehrlich gesagt geht's mir nicht so besonders."

"Was haben Sie denn?"

"Ach, irgend so ein Ziehen im Nacken. Ich werd' mir daheim mal lieber ein heißes Bad machen und mich von meiner Freundin schön massieren lassen, dann wird das schon wieder."

"Na schade, vielleicht ein andermal."

"Ja klar, kein Thema. Von mir aus gerne morgen."

Perfekt! Das fiel ihm alles mehr oder minder spontan ein, brachte ihn aber schon einmal auf den richtigen Weg der Lüge, die er morgen kundtun müsste. Aber ehrlich gesagt war Karl auch einfach nur froh, heute Abend mit Sandra zusammen zu sein. Es war ihm ja auch wirklich wichtig, was bei ihrem heutigen Vortanzen herausgekommen ist. Zumindest musste er ihr das gegenüber so ausdrücken, dann würde der Abend sicher sehr ruhig und harmonisch werden.

Donnerstag, 23. September

Karl wachte am nächsten Morgen auf und fühlte sich, entgegen seiner Planung wirklich etwas schlapp. "Mist, das war jetzt eigentlich nicht so gedacht. Selber schuld, wenn man den anderen so einen Scheiß vorspielt. Jetzt hab ich's mir wirklich eingehandelt" murmelte Karl vor sich hin.

"Was brummst du denn schon wieder vor dich hin? Hast du schlechte Laune? Nach unserer gestrigen Nacht ja wohl schlechterdings möglich, oder?" versuchte Sandra seine wirklich nicht sehr ansprechende Laune wegzulächeln.

"Ach, ich fühl mich wirklich nicht so toll heute. Aber ich muss doch später los. Ich kann das never ever absagen mit Benhardt."

"Ich mach dir jetzt erst mal ein richtig gutes Frühstück und dann wird das schon wieder. Ich fahr dich auch zum Flughafen, ok? Dann musst du dich nicht mit den Öffis abquälen."

"Echt? Das ist wirklich sehr lieb von dir." Karl merkte, wie es ihm gleich besser ging. So viel besser, dass er eigentlich auf etwas anderes als Frühstück Lust gehabt hätte. Sandra bemerkte das unweigerlich und musste laut loslachen.

"Oh Schatz, das ehrt mich aber, dass du offensichtlich auf mich stehst. Aber jetzt ruf lieber mal Baumann an, noch hast du ja ein wenig von deiner schlechten Laune übrig, das wirkt sicher sehr überzeugend."

Karl griff zum Hörer und rief Baumann am Handy an, im Büro wäre er sicher zu der Zeit noch nicht. Es ging aber nur die Mailbox ran. Er sprach ihm drauf. Er hatte wirklich Talent zum Schauspielern. Wenn Baumann ihm die Geschichte nicht abnehmen würde, wer dann? Zu Sicherheit schickte er ihm auch noch eine SMS und berichte ihm, dass er so eine Art Hexenschuss bekommen hätte. Kein Wunder bei dem Stress der letzten Tage. Er müsse erst mal zum Arzt und meldet sich dann wieder. Als Baumann, seid Sandra ihn schon längst am Flughafen abgeliefert hatte immer noch nicht zurückrief, dachte Karl, er müsse es jetzt nochmal versuchen. Aber dann dachte er sich, wenn er so viel Wind macht, würde ihn das eher verdächtig machen und ließ es lieber bleiben.

Gegen 13 Uhr landete Karl dann endlich in Kopenhagen. Er hatte gestern Abend noch die versprochene Mail von Benhardt abgewartet. Er wollte sich mit ihm irgendwo im Stadtteil Christiania treffen. Keine schlechte Idee. Viele Menschen, Althippies, Kiffer, Künstler, das was man sich halt so darunter vorstellt. Er ließ sich von einem Taxi zum ausgemachten Ort bringen und wartete. Und wartete. Und wartete.

Ständig musste sich Karl umdrehen, seine Ungeduld ließ ihn glauben, dass mindestens schon eine halbe Stunde vorbei sei. Er schaute auf die Uhr. Ok, zehn Minuten. "Man, komm jetzt mal wieder runter. Du verkrampfst dich ja völlig, Junge" versuchte Karl sich selber zu beruhigen. Wie sollte er in diesem bunten Gemenge an zwielichtigen Gestalten Benhardt ausmachen? Plötzlich bekam er wieder einen Rempler. Das schien so langsam das Erkennungszeichen von Benhardt zu werden.

"Kommen Sie mit. Wir gehen rüber in den kleinen Park."

"Hallo Benhardt. Guten Tag erstmal."

"Ja ja, lassen Sie's gut sein. Die Formalitäten können wir uns für später aufheben."

War Benhardt angepisst, weil Karl ihn zu diesem Treffen gezwungen hat?

"Hier. Sie haben sicher Durst, oder?" lud Benhardt ihn zu einem klassischen 'Carlsberg' ein.

"Danke. Und wo fangen wir jetzt an, Benhardt?"

"Ganz einfach. Hören Sie hierbei zu." Er zog ein Diktiergerät aus seiner Tasche, drückte auf den 'Play'-Knopf und hielt es Karl ans Ohr.

"...das könnte endlich deine Chance sein, aus diesem Job rauszukommen."

"Ach, Donata, du hast wirklich keine Ahnung."

"Wieso schaltest du so auf stur?"

"Weil ich nicht weiss, wo das hinführen soll. Du erzählst mir seit Monaten, dass ihr ein großes Ding vorhabt. Aber du hast mir bis heute keine Personen genannt, die bei eurem Kreis dabei sind. Ich kann mir doch überhaupt kein Bild davon machen, was die genau wollen, wenn ich nicht mal weiß, wer dabei ist. Das musst du doch verstehen."

"Ach Onkelchen, bitte. Ich geb ja zu, ich hab mich da ziemlich weit aus dem Fenster gelehnt. Aber ich habe denen von dir vorgeschwärmt, bzw. kennen dich die meissten ja sowieso."

"Keine Namen, keine Entscheidung von mir, basta! Ich werde doch wohl wissen dürfen, für wen ich arbeiten soll."

"Versprichst du mir was, Onkelchen?"

"Hab ich dich schon mal enttäuscht?"

"Nein, hast du nicht, das stimmt."

"Du hast mir, im Gegenteil einiges zu verdanken, wie du sicher noch weisst."

"Ja. Also hör zu. Ich nenne dir jetzt die acht wichtigsten Namen. Wenn du die dann weisst, entscheidest du dich dann pro oder contra."

"Ausgemacht."

"Also, in erster Linie ist auf jeden Fall mal mein Chef zu nennen. Boris ist einer derjenigen, die den Kreis mit aufgebaut haben."

"So so, Boris."

"Ja? Wir duzen uns, schließlich bin ich ja im engsten Kreis dabei!"

"Das ist alles?"

"Ach Onkelchen, das tut doch jetzt nichts zur Sache!"

"Wie du meinst, du bist ja alt genug. Du weißt, was ich deinem Vater damals versprochen habe."

"Ja, ich weiß es, du musst es mir nicht ständig auf's Brot schmieren. Ich bin Mitte zwanzig, schon vergessen?"

"Ist ja gut jetzt. Was ist mit den anderen Namen?"

"Naja, da wären noch Hans-Dieter König, den kennst du ja auch von früher. Dann zwei ehemalige Generäle der Bundeswehr. Karl Poschmann und Jürgen Sawitzki."

"Verstehe, die kümmern sich sozusagen um die 'Hardware'."

"Ja, so in etwa. Außerdem sind noch dabei Hans Grobowski, du weißt schon, der war früher mal Aufsichtsratsvorsitzender der Deutschen Bank. Naja, es ist ja so, dass das alles nicht ganz billig ist."

"Schon klar."

"So. Dann hätten wir noch Frau Antje Kohlmann..."

"Was? Die von der Gewerkschaft?"

"Ja genau. Das war uns eben sehr wichtig, dass wir auch die Schicht der Facharbeiter auf unserer Seite haben wollen. Ja, eher müssen, sonst kannst du das ja fast vergessen. Dann haben wir da noch Ole Brinkmann. Du siehst, wir haben an alle Kräfte gedacht, die Einfluss im Lande haben."

"Aha, Brinkmann. Na ist ehrlich gesagt nicht so mein Fall, kannst du dir ja vorstellen. Die machen doch alle anderen Meinungen im Lande platt mit ihrem scheiß Verlagshaus."

"Mag schon sein, aber die sind die Meinungsmacht im Lande, da kommt man einfach nicht umhin. So, und, last not least, Heribert Minichmayer."

"Bitte?"

"Das wusste ich, dass du so reagierst. Ja, die guten Christen sind auch mit im Boot."

"Ich fass es ja wohl nicht."

"Ist aber Fakt. Und, Onkelchen, was ist jetzt deine Meinung drüber?"

"Ziemliche Mischpoke, muss ich schon sagen. Aber ganz ehrlich, wie haben die das geschafft, in den letzten drei Jahren so eine Geheimorganisation aufzubauen, ohne dass irgendjemand was mitbekommen hat?"

"Das weiß ich eben nicht, ob das so ist. Ich würde mich nicht wundern, wenn sich mal jemand verplappert hätte."

"Seit wann bist du da eigentlich mit dabei? Und, ganz ehrlich, sei mir jetzt aber nicht böse. Warum bist gerade du dabei? Ich meine, du bist, wenn man's mal ganz neutral betrachtet, ein ganz ganz kleines Licht."

"So klein bin ich nicht, Onkelchen. Schließlich habe ich schon einige Zeit für Mieletz gearbeitet..."

"Und mit ihm sonst noch was getrieben. Verstehe schon, du bist dann sozusagen die 'First Lady' oder wie soll ich das verstehen?"

Plötzlich hörte man ein ziemliches Geraschel und Geknackse auf dem Band und die letzten Worte

"...Scheiße, ich glaub da ist jemand. Wir müssen sofort abhauen. Ich ruf dich...knknknknkkrrrrrr..."

Karl war so vor den Kopf gestoßen, dass er zunächst keinerlei Worte fand. Er schaute zu Benhardt herüber. Von ihm kam zunächst keinerlei Reaktion.

"Ich nehme an, dieser 'jemand' war einer von Ihren Leuten, richtig?"

"Nein."

"Sondern?"

"Das war ich selbst."

"Sie gottverdammtes Arschloch, Benhardt! Sie hatten doch wirklich Zeit genug, mir das schon vor ein paar Tagen vorzuspielen."

"Sind Sie total bescheuert? Sie können sich aber schon vorstellen, warum ich hierhergekommen bin, oder?"

Karl wusste nicht hundertprozentig, was er damit meinte.

"Hallo? Jemand da oben zu Hause? Mann, Lehman. Was sind Sie denn für ein Naivling. Machen hier einen auf Undercover-Reporter und haben von Tuten und Blasen keine Ahnung."

"Tut mir leid, ich stehe jetzt anscheinend wirklich auf dem Schlauch."

"Ja, aber auf einem sehr dicken. Also nochmal, zum Mitschreiben. Obwohl, zu einem Journalisten sollte ich so was lieber nicht sagen.... Dieses Band hier ist meine Lebensversicherung, kapiert?"

"Ok, ja ich verstehe..."

"Na Gott sei Dank. Es gibt nur dieses eine Exemplar. Ich habe es damals nem Kumpel von mir gegeben, der hier in Dänemark lebt. Wenn das in den letzten Tagen jemand bei mir gefunden hätte, dann können Sie sich ja vorstellen, was passiert wäre."

"Ja, definitiv. Jetzt kapier ich endlich, warum König einfach nicht locker lässt wegen Ihnen."

"Glückwunsch, Sie Blitzmerker!"

"Wie alt ist das Band?"

"Raten Sie mal!"

"Benhardt!"

"Spielverderber."

Benhardt entnahm die Kassette und zeigte ihm die Rückseite. Auf einem kleinen weißen Aufkleber stand ein Datum. '13.09.'

"Wie jetzt, dieses Jahr?"

"Ach was, wo denken Sie hin. Im letzten Jahr war das."

"Das ist jetzt nicht ihr Ernst? Baumann weiß seit über einem Jahr über diese Sache Bescheid?"

"Sieht wohl ganz danach aus, oder?"

"Ich fasse es wirklich nicht. Ich...ich. Nein, ich glaub ich fange jetzt ernsthaft an, bekloppt zu werden."

"Müssen Sie nicht, so sind die Fakten."

"Was hat Sie ihm denn angetragen. Welchen Job sollte er bitte schön für die machen?"

"Das konnte ich leider nicht genau rausfinden. Aber wenn Sie eins und eins zusammenzählen, dann wird es wohl irgendwas mit Presseaufgaben zu tun haben."

"Aber dann versteh ich nicht, was passiert ist?"

"Wie? Was passiert ist?"

"Benhardt! Jetzt stellen Sie sich aber ehrlich gesagt etwas an. Warum ist Baumann seit Montag nicht das, was ihm

angeboten wurde? Gab es deswegen das Treffen am Dienstag? Hat er Ihnen diesbezüglich irgendwas gesagt?"

"Warum sollte er? Er weiß bis heute nichts von diesem
Band!"

Karl musste von der Bank aufspringen. Ihm lief ein kalter
Schauer über den Rücken. Er musste in die Sonne. Die
Bank, auf der die beiden saßen, befand sich unter großen
schattigen Bäumen. Er ging ein paar Schritte Richtung
Gehweg, der in der warmen Herbstsonne lag. Mit den Son-
nenstrahlen, die auf sein Gesicht trafen, kam dann auch
irgendwie das Leben in ihn zurück. Als er den Kopf wieder
zu Benhardt umdrehte, sagte Karl "und, wie soll's jetzt
weitergehen?"

Doch sein Gegenüber war nicht mehr anwesend. Benhardt
saß nicht mehr da, wo er noch vor ein paar Sekunden gesessen hatte. "Behnhardt!" schrie Karl. "Behnhardt, was
soll der Mist. Ich hab jetzt echt keine Zeit für dumme
Agentenstreiche." Nichts tat sich. "Das kann doch alles
nicht wahr sein..." sagte Karl zu sich selbst. Er ging Richtung Bank und sah sich in einem Umkreis von ein paar
Metern genau um. Hat er ihm vielleicht irgendwas dage-
lassen? Er streifte mit seinen Schuhen das Herbstlaub zur
Seite. Nichts. Er sah in den Abfalleimer, der neben der
Bank stand. Der Müll bestand aus ziemlich ekligen Be-
standteilen wie verfaulten Obstschalen, weggeworfene und
angebissene Brote, Zigarettenkippen, Alupapier, alten Zeitungen. Sollte er jetzt wirklich auch noch diesen Müll
durchwühlen? Benhardt war manchmal wirklich ein ziemliches Arschloch, dachte sich Karl.

Er setzte sich erschöpft auf die Bank und atmete wieder
ganz tief durch. Er griff in seine Manteltasche, zog eine Zigarette aus der Packung und zündete sie an. Als er seine
Ellenbogen auf seinen Knien abstützte und den Kopf nach
unten zwischen seine Beine absinken ließ, entdeckte er
auf einmal etwas. Was war das? dachte er. Er fasste mit

seiner linken Hand hin und bemerkte, dass es sich wie ein Schlüssel anfühlte. Angepappt mit einem Kaugummi. Stimmt, Benhardt hatte vorhin, ganz entgegen seiner Art, Kaugummi gekaut. Das hatte er vorher bei ihm noch nicht erlebt. Also überwand er seinen Eckel und versuchte, den Schlüssel abzulösen.

Es war ein Schließfachschlüssel vom Bahnhof. Karl blickte auf die Uhr. Gut eineinhalb Stunden hatte er noch. Also kein Problem. Er lief aus dem Park und hielt Ausschau nach einem Taxi.

Innerhalb einer viertel Stunde war er am Bahnhof von Kopenhagen. Die Menschenmengen waren zwar nicht vergleichbar mit denen in Berlin, aber weil er sich schnell orientieren musste, reichte es aus, dass Karl sich bedrängt und unwohl fühlte. Als er endlich in der Reihe mit '100' beginnend ankam, zog er nochmal den Schlüssel heraus. '164'. Er ging in die Hocke, machte die Tür auf, griff in das Schließfach und fand eine CD in einem kleinen weißen Sichtkuvert. Es stand aber nichts drauf. Karl drehte die Scheibe und siehe da, auf der Rückseite dann diese Worte.

-- Machen Sie was draus. Und rufen Sie mich möglichst nie mehr an. Eines Tages werden wir uns sicher wieder sehen. Benhardt --

Karl war baff und schämte sich gleichzeitig dafür, dass er Benhardt doch falsch eingeschätzt hatte. Der ging wirklich ein für sich absolut untragbares Risiko ein.

Und für wen? Für ihn. Karl! Er hätte ihm das jetzt am liebsten direkt ins Gesicht gesagt, aber dazu bestand leider keine Möglichkeit.

Wieder rempelte ihn jemand an. Aber während der Zeit, bis Karl wieder aus seiner Hocke nach oben kam, war der

Mann schon so gut wie weg. Karl konnte nur noch sche-
menhaft das Gesicht erkennen. Es war Benhardt, der ihm
zuzwinkerte.

KAPITEL IV

"Ich glaub's ja echt nicht. Hättest du ihm so was zugetraut?" fragte Sandra, nachdem ihr Karl die ganze Geschichte erzählt und den Mitschnitt von dem Gespräch vorgespielt hatte.

"Naja, natürlich nicht. Ich bin auch noch nicht dahinter gekommen, warum er den Job abgelehnt hatte."

"Was willst du jetzt machen?"

"Gute Frage. Ich hab ehrlich gesagt keine Ahnung. Mir kribbelts dermaßen in den Fingern, dass ich die Story bringen muss. Aber wie bitte soll ich das anstellen?"

"Glaubst du, Benhardt möchte, dass du sie bringst. Ich meine, sonst hätte er dir das doch nicht auf das Cover draufgeschrieben, oder?"

"Vermutlich."

Es folgten einige Minuten der Stille, so als erwarteten beide eine Antwort von irgendwoher.

"Schatz. Ich will, dass du sie bringst. Sieh doch mal. Das wäre deine Chance, dir endlich mal nen Namen zu machen."

"Sicher wäre es das. Aber wie stellst du dir das vor? Soll ich morgen zu Baumann reingehen und sagen, 'Chef, übrigens, ich habe die Namen aller wichtigen Hintermänner des Umsturzes, sie kennen Sie ja bereits'."

"Nein, das wäre sicher keine gute Idee."

"Na also. Ich meine, wenn ich ihn mit der CD unter Druck setzen würde, wäre das Erpressung. Baumann hat mir doch nichts getan, im Gegenteil."

"Und wenn du's jemand anderem anbietest?" schlug Sandra plötzlich völlig unvermittelt vor, ohne zu wissen, was diese Frage in Karl auslöste.

"Hm, keine schlechte Idee, wenn ich mir's recht überlege."

"Siehst du? Kannst ruhig mal auf deinen Schatz hören."

"Gut, aber wenn das trotzdem mit meinem Namen erscheint, bin ich meinen Job in der Redaktion los, das muss dir doch klar sein."

"Na, vielleicht wäre das der Einstieg bei einer anderen Zeitung?"

Sandra ließ es dabei bewenden und Karl einfach so stehen. Sie konzentrierte sich jetzt lieber auf's Kochen.

"Kann ich dir helfen, oder..."

"Ne, lass mal. Geh ruhig ins Wohnzimmer und mach dir deine Gedanken."

Ja, die machte sich Karl ab diesem Moment, und das ziemlich schmerzhaft. Er konnte doch Baumann nicht dranhängen? Was sollte er bloß tun?

Er setzte sich auf die Couch, machte ein Bier auf, was er sich gerade aus dem Kühlschrank holte und dachte weiter nach. Dann fiel ihm sein altes Adressbüchlein ein, was er vor Jahren, als man damit aufhörte, Adressen in Schriftform aufzuheben, in seinem Nachtkästchen verstaut hatte. Klar, er hatte doch Kontakte zu Gott und die Welt, auch wenn er zu der Zeit noch ein ziemlich kleines Licht war. Er lief hinüber und holte es. Blätterte von A-Z durch. Eine deutsche Zeitung durfte es auf jeden Fall nicht sein, logisch. Da würde sich in der jetzigen Situation keiner die Finger verbrennen wollen. Da fiel ihm plötzlich Howard Newman ein, der damals beim Guardian in London arbeitete. Auf der Seite machte er sich mal ein Eselsohr rein. Und was dann? Er beim Guardian? Wer's glaubt wird selig. Er blätterte weiter, jetzt schon etwas frustrierter.

Da! Na klar! Urs Kunstmann, der für die NZZ damals in fast derselben Stellung war wie Karl. Ob er noch dabei wäre? Er griff zum seinem Handy und wählte die Nummer.

"Ja, Kunstmann?" meldete er sich mit dem unverkennbaren schweizer Dialekt.

"Urs, bist es du? Karl hier. Karl Lehman aus Berlin."

"Ja Grüezi Karl, das ist ja eine Überraschung. Mensch, wir haben uns ja schon Ewigkeiten nicht mehr gesehen. Was gibts denn? Sag mal, was ist denn bei euch in Deutschland los? Da muss man sich ja Sorgen machen, oder?"

Für einen Schweizer sprach Urs ungewöhnlich flink, das hatte Karl ganz vergessen.

Karl kam eigentlich gleich zur Sache. Er redete nur kurz über Privates, von Sandra wusste Urs zum Beispiel noch nichts. Karl erläuterte ihm die mehr als diffizile Situation in der er steckte und fragte, nicht durch die Blume, sondern ganz direkt, ob er ihm da weiterhelfen könnte.

"Ja Mensch Karl, was machst du denn für Sachen? Tja, das ist jetzt erst mal ein wenig überraschend alles, kannst du dir ja denken. Also nochmal, damit ich's richtig verstanden habe. Du hast den Mitschnitt bei dir daheim?"

"Ja, hab ich."

"Und du willst aber, dass dein Chef nicht beschädigt wird."

"Richtig."

"Aber was könnten wir in der Schweiz für ein Interesse an der Story haben?"

"Na Hallo? Ihr seid eine der führenden deutschsprachigen Zeitungen. Oder hab ich da in der Zwischenzeit was verpasst?"

"Nein, hast du nicht. Hm. Mensch Karl, ich weiß jetzt echt nicht, was ich machen soll?"

"Schlag's doch einfach mal deinem Chef vor."

"Unmöglich."

"Wieso denn?"

"Der Chef bin ich."

Wow, Urs hat also richtig Karriere gemacht. Im selben Moment bemerkte Karl, dass sein Selbstbewusstsein schon wieder zu schrumpfen anfing.

"Karl? Bist du noch dran?"

"Ja ja, klar."

"Hör zu. Ich bin jetzt gerade erst heimgekommen. Lass mich mal ein paar Minuten überlegen, ja? Ich ruf dich in spätestens einer Stunde wieder an."

"Ist gut. Ich warte."

Warum hatte er das nicht mitbekommen? Karl scannte eigentlich regelmäßig, was so im Blätterwald vor sich ging. Aber von Urs' Karrieresprung hatte er nichts mitbekommen. Karl fühlte sich nun wie unter einer Käseglocke. Alles um ihm herum war dumpf und matt. Er wusste nicht, wo vorne und hinten, welcher Tag, welche Uhrzeit es war. Er hörte nur ganz gedämpft das Geklapper in der Küche, das Sandra verursachte. Er war jetzt an der Weggabelung seines Lebens. Einfach so. Von einer Minute auf die andere. Ohne das er sich drauf hätte vorbereiten können. Was tat er da eigentlich gerade? Das waren die Momente, in denen Karl manchmal dachte, dass er nicht so ganz richtig tickt.

"Schatz, magst du dann schon mal den Tisch decken?"
kam es aus der Küche. Das war die Erdung. Von tausenden Metern in der Atmosphäre in Bruchteilen von Sekunden wieder zurück auf dem Boden.

"Ja, gleich." kam es wie aus der Pistole geschossen.

Wie konnte sie jetzt an so was denken? Er war hier gerade dabei, sein Leben neu zu justieren und sie wollte, dass der Tisch gedeckt wird.

Karl besann sich trotzdem eines besseren und stand auf. Als er fast fertig war mit Decken, klingelte das Handy. Er blickte aufs Display. Gott sei Dank, es war Urs.

"Karl?"

"Ja?"

"Nur mal so nebenbei. Wenn wir das veröffentlichen würden, soll ja sicher dein Name drunter stehen, nehme ich an?"

"Ja, wäre schon gut. Schließlich hab ich die Sache ja recherchiert."

"Und dir ist dann schon klar, dass du dich in deiner Redaktion nicht mehr blicken lassen solltest."

"Ist anzunehmen, ja."

"Und weiter? Wie hast du dir das dann vorgestellt? Ich meine, du brauchst dich bei keiner anderen Zeitung in Deutschland bewerben."

"Steht zu befürchten, ja."

"Mann oh Mann Karl. Du stellst mich vor ganz schöne Gewissensbisse. Ich mein, ja, ich bin der Chef hier, aber das muss ja alles gut begründet sein."

"Ist das kein guter Grund, als einzige Zeitung in Europa die wahren Hintergründe und Namen preisgeben zu können?"

"1:0 für dich. Ach, weißt du was? Scheiß drauf. Wir machen das einfach."

"Echt jetzt?"

"Ja, echt! Aber ich bin immer noch am Rätseln, wie wir Baumann, so heißt er doch noch, oder?, wie wir den raushalten können."

"Ihr habt doch sicher gute Techniker. Ich meine, die Stimme wird man doch so verzerren können, dass man ihn nicht erkennt."

"Ja, das würden wir schon irgendwie hinbekommen. Und was ist mit der Kleinen? Wie heißt die nochmal?"

"Schmitz, Donata Schmitz."

"Willst du die dranhängen? Ich meine, sie ist, wie du erzählt hast, eine Verwandte von Baumann."

"Ja, die müssten wir sicher auch raushalten."

"Aber ganz ehrlich Karl, wie soll das gehen? Irgendwann wird man glauben, dass haben wir zusammen geschnipselt."

"Und wenn schon. Das Original haben wir ja trotzdem. Wenn es unbedingt sein muss und es der Wahrheitsfindung dient, hab' ich's mir halt dann mit Baumann verschissen."

"Ist es das wert?"

"Ganz ehrlich? Mittlerweile ja. Ich will auch mal mein Stück vom Erfolg, verstehst du? Ich hab keinen Bock, immer nur einer unter vielen zu sein. Die anderen machen's doch auch so."

"Na gut, wie du meinst. Solange du mir meinen Job nicht streitig machen willst."

"Keine Sorge. Ich will mir einfach mal nur nen richtigen Namen machen."

Karl bemerkte, dass Sandra bereits in der Tür stand und ihn mit offenen Augen beobachtete.

"Also nochmal, Urs. Ist das für dich alles so ok? Ganz ehrlich. Ich weiß, dass das jetzt alles aus heiterem Himmel kommt. Nicht nur für dich, kann ich dir versprechen. Aber wenn du kein gutes Gefühl dabei hast..."

"Nein Karl, ist schon in Ordnung. Du kennst mich. Wenn ich mal zu etwas ja gesagt habe, dann ist das so. Ganz schön fix für nen Schweizer, nicht wahr?"

Karl lachte, "ja, du musst irgendwelche fremden Gene haben. Wie machen wir jetzt weiter?"

"Du mailst mir den Mitschnitt am besten gleich noch als File. Ich lass das morgen von den Technikern prüfen. Und du gehst morgen ganz normal in deinen Job und tust, als wär nichts gewesen. Ich melde mich dann morgen Nachmittag. Dann könnten wir die Story noch in die Samstagsausgabe heben. Das wäre natürlich wirklich der Knaller. Die Ausgabe fürs Wochenende wird immer besonders intensiv gelesen und von der Konkurrenz beobachtet."

"Ok Urs, so machen wir's. Mann, ich werde wie auf Kohlen sitzen, ich hoffe, ich kann das morgen irgendwie überspielen, du weißt dass ich kein guter Schauspieler bin."

"Dann musst du's eben lernen. Du darfst dir morgen keinen Fehler erlauben. Also, ich muss jetzt, bin noch ins Theater eingeladen. Wir hören uns."

"Ja, bis morgen."

"Wow, hätte ich dir jetzt gar nicht zugetraut."

"Na danke für's Kompliment."

"Nein, im Ernst. Finde ich klasse, dass du dazu stehst. Hey, du bist Journalist, du hast doch ein berufliches Ethos. Und ein bisschen Erfolg darfst du doch auch mal haben."

Karl lief das gerade runter wie Öl, er lief ein wenig rot an. Seine Sache war eigentlich immer das Understatement.

"Und außerdem. In Zürich gibt's reichlich gute Theater..." schmunzelte Sandra. "Jetzt lass uns mal drauf anstoßen und essen, ok?"

Was für ein Tag. Was für eine Woche. Was für heftige Gefühlsausschläge innerhalb einiger weniger Minuten. In dieser Intensität hatte Karl sein Leben noch nie spüren können. Und dass alles Dank des "Obersten Rates für die demokratische Erneuerung". Sein aktueller journalistischer Gegner, aber wohl definitiv nicht sein persönlicher Feind. Karl merkte, wie auch er immer mehr Sympathie für die Sache des "Obersten Rates" bekam, obwohl er für seinen persönlichen Erfolg erst mal gegen sie arbeiten musste. Aber unterm Strich hatte wohl alles seine Richtigkeit. Das Volk auf den Straßen sah es zumindest so und er gehörte ja irgendwie dazu.

Freitag, 24. September

Karl wälzte sich unentschlossen im Bett herum. Er wollte nicht aufstehen. Er wollte nicht in die Redaktion gehen. Sich nicht der Realität seines Schauspiels stellen müssen. Sandra war anscheinend im Bad, zumindest lag sie nicht mehr neben ihm. Zur Ablenkung hätte er jetzt nichts gegen ein aufmunterndes Liebesspiel gehabt. Ihm war flau im Magen. Was sollte er tun? Da summte sein Handy. Es war auf lautlos gestellt. Es war Baumann.

"Na, Lehman? Wie geht's Ihnen, kommen Sie heute wieder auf die Beine?"
"Ja ja, mir geht's schon wieder ganz ok. Ist was Wichtiges?"
"Ja. Sie brauchen nicht ins Büro kommen?"
Bitte? Hat er jetzt irgendwas verpasst? Karl war noch in jener Phase, in der man beim Aufwachen gerade Mal weiß, wo oben und unten ist und man schnell mal auf's Örtchen müsste. Hat sein Chef irgendwas rausbekommen? Das gibt's doch überhaupt nicht.
"Wieso soll ich denn nicht ins Büro kommen, ich war doch nur einen Tag mal unpässlich!"
Karl bemerkte schon, bevor er den Satz beendet hatte, dass er vollkommen unklug formuliert war. Er hat sich gerade ohne Not gerechtfertigt.
"Verstehe ich zwar nicht ganz, was Sie meinen, Lehman, aber egal. Um 10.00 Uhr gibt's nochmal eine große Pressekonferenz. Angeblich soll da jetzt nochmal alles neu aufgezurrt werden, mit Zeitplan, was die nächsten Wochen so alles passieren soll und so Zeug. Ich will, dass Sie da hingehen."
"Ach so. Ja klar Chef, ist kein Problem. Wie viel Uhr ist denn jetzt überhaupt?"
"Kurz vor neun. Deswegen ruf ich ja an. Dachte eigentlich, dass Sie sich von sich aus melden."
"Sorry, tut mir Leid, Chef. Ich hab anscheinend heute mal richtig ausschlafen müssen, ich bin gerade erst wach geworden."
"Ja, das merke ich. Also, machen Sie hin."

Zum Glück ist ihm jetzt dieser Termin dazwischen gekommen. In Anbetracht seiner Unsicherheit beim Telefonieren hätte Karl sich ausmalen können, wie lange er heute standhaft geblieben wäre. Beim leisesten Windhauch wäre er doch umgeflogen. Er wusste ehrlich nicht, wie er diesen Tag überstehen sollte. Er konnte anderen Menschen nicht ins Gesicht lügen, zumindest Menschen, die ihm nahe-standen.

Karl schob sich müden Schrittes in die Küche. Zum Glück hatte Sandra schon Kaffee aufgesetzt. Er goss sich eine Tasse ein und überlegte, was ihn wohl auf dieser PK er-warten würde. Ja, noch schlimmer. Was wäre, wenn sich die ganze Mannschaft heute offenbaren würde. Mit Namen und Gesichtern. Dann wäre seine "Exklusivstory" ja kom-plett für die Tonne. Alles aus und vorbei. Der Ruhm, die Wertschätzung der Kollegen für seine Standhaftigkeit. Er versuchte Urs anzurufen, aber dort ging nur die Mailbox ran. Auf der anderen Seite, was würde er jetzt dabei ge-winnen, wenn er Urs unnötig nervös machen würde. Nein, er geht da jetzt hin und dann wird man schon sehen, wie's weitergeht.

Sandra kam in die Küche und begrüßte ihn mit einem Kuss. Sie roch so anziehend. Sie war so hübsch heute Morgen. Es tat gut, sie so ansehen zu können. Was hätte er jetzt drum gegeben, wenn diese Stunden schon längst Geschichte wären und sie beide, jetzt in diesem Moment in irgendeinem Hotel irgendwo auf der Welt wären.
"Alles klar mit dir? Du schaust, als ob dir der Teufel per-sönlich über den Weg gelaufen wäre."
"Du, äh, nö. Alles ok. Ich bin nur noch ein wenig durchei-nander wegen gestern."
"Wer hat denn gerade angerufen?"
"Baumann."
"Baumann? Was wollte er denn?"
"Ich soll auf ne PK, gleich jetzt."
"Und was ist daran so schlimm?"

"Gar nichts. Ich hab bloß im ersten Moment gedacht, dass er was bemerkt hätte, wegen gestern."
"Schatz, langsam spinnst du. Pass auf, dass du keinen Verfolgungswahn bekommst. Woher hätte er denn wissen sollen, was du gestern getrieben hast?"
"Ja, weiß ich doch selbst. Man, ich bin echt total durch den Wind. Ich mache drei Kreuzzeichen, wenn dieser Tag vorbei ist."
"Kopf hoch, das schaffst du schon. Ist ganz einfach, das Schauspielern." lachte Sandra.

Karl rief sich ein Taxi, er war schon ziemlich spät dran. Als er das Haus verließ und auf die Straße schaute, bemerkte er eine schwarze Limousine, in die gerade sein Nachbar einstieg. Klar, das war doch der Dings. Mann, wie hieß er denn gleich wieder. Der, wegen dem sie am Montag früh so viel Wind hier gemacht hatten. Er wusste wirklich nicht mal seinen Namen. Wohnt nur zwei Stockwerke unter ihm und dieser Mann sagt ihm nichts, gar nichts. Karl bemerkte noch, wie der Nachbar ihn anstarrte, als er in den Wagen stieg. Der Blick war nicht wohlwollend, aber auch nicht wirklich bedrohend. Auf jeden Fall fühlte sich Karl nicht wohl dabei. De Tür fiel zu und die Limousine brauste mit quietschenden Reifen los. Komische Szene. Karl fühlte sich irgendwie von überall beobachtet. Fast, als ob die Polizei an der Tür klingelt. Man fühlt sich just in dieser Sekunde schuldig, obwohl man doch weiß, dass man hundertprozentig nichts angestellt hat, oder? Ist doch so?

Karl steckte sich schnell noch eine Zigarette an, damit die Wartezeit auf das Taxi schneller vergehen möge. Dann kam es endlich. Und innerhalb einer viertel Stunde war er endlich an der BPK. Das übliche Prozedere erwartete ihn. Lange Schlange mit Kollegen aus der ganzen Medienbranche. Auch Kollegen aus dem Ausland. Hey, vielleicht war ja sogar einer von Urs' Leuten auch hier. Er guckte sich um, konnte aber niemanden entdecken. Dann kam er endlich an die Reihe. Man war diesmal nicht mehr so forsch und aggressiv, wie letzten Dienstag. Es war eigentlich so wie früher, wie in der guten alten Zeit der dahinsiechenden Demokratie. Alles schien wieder seinen normalen Gang zu gehen. Politiker beschließen was. Politiker erklären was, oder meinen zumindest, dass sie es tun. Man schreibt seinen Notizblock voll und am nächsten Tag steht alles in der Zeitung. So, wie man es erwarten konnte. Keine Überraschungsmomente, keine Impulse, dass sich irgendwas ändern würde. Ja, genauso fühlte es sich an. Aber diesmal konnte es doch sicherlich nicht so ablaufen.

Karl betrat den Innenraum der Bundespressekonferenz und suchte sich einen Platz. Wie immer möglichst nahe am Fenster und an der Außenseite. Er blickte umher, ob er irgendeinen Kollegen entdecken konnte, den er kannte. Im Herumschweifen seines Blickes fiel ihm dann plötzlich ein Mann auf, den er kannte. Naja, klar kannte er den. Es war der Nachbar von gerade eben. Er postierte sich oben in der Mitte des Podestes. Was machte er da oben? Was hatte er denn für einen Auftrag? Wie gesagt, Karl wusste nichts weiter von ihm, außer eben, dass er im selben Haus wie er wohnte. Jetzt machte die ganze Aktion von Montagmorgen, von Wegen Personenschutz und so weiter endlich einen Sinn. Er gehörte zu denen. Klar. Aber in welcher Funktion? Wo konnte er ihn hinstecken? Karl wusste ja nicht einmal ansatzweise, was und wo dieser Typ arbeitete. Er hatte Geld. Definitiv.
Das sah man an seine Klamotten. Zumindest die drei bis viermal, als Karl ihm mal im Haus begegnete. War er womöglich einer der Hauptdrahtzieher? Würde er seine Namen heute offenbaren? Was war das denn für ein Witz.

Nicht mal hinter den Namen seines unmittelbaren Nachbarn wäre Karl gekommen, hätte er nicht die Informationen von Benhardt erhalten.

Karls Blicke trafen nun mit denen seines Nachbarn zusammen. Dieser schmunzelte ziemlich hämisch. Karl wurde rot, das konnte er fühlen. Er spürte die Überlegenheit des wissenden Nachbarn förmlich wie eine Faust im Gesicht. Als dann so langsam Ruhe im Saal einkehrte, übernahm dieser dann das Wort.

"Sehr geehrte Damen und Herren von der Presse, ich darf Sie zunächst im Namen des 'Obersten Rates für die demokratische Erneuerung' freundlich begrüßen. Ich hoffe, dass nach dieser PK weitestgehend alle Fragen, die Ihnen auf den Nägeln brennen, geklärt sein werden..."

"Dürften wir auch noch Ihren Namen in Erfahrung bringen?" kam aus einer der hinteren Reihe. Es war eine Frauenstimme. Das lies hoffen, dass Karls Nachbar vielleicht ein wenig sanfter reagierte, als der Herr vom Dienstag.

"Natürlich, wehrte Kollegin. Mein Name ist Schmidt. Richard Schmidt. Ich bin seit gestern der neue Regierungssprecher und zukünftig Ihr allererster Ansprechpartner, wenn Sie Fragen haben. Aber lassen Sie mich bitte weiter ausführen..."

Schmidt. Was sonst. Auch wenn Karl den Namen seines Nachbarn nicht kannte, Schmidt hieß der sicherlich nicht. Den Überblick hatte er gerade noch bei den vier Parteien, die sich in Karls Haus versammelten. Es fing sofort wieder an, in seinem Kopf zu arbeiten. Er musste doch irgendwie auf seinen verdammten Namen kommen.

"...und ich werde Ihnen jetzt kurz aufzeigen, wie wir die nächsten Wochen vorgehen werden."

Mist, was soll vonstattengehen. Karl musste versuchen, sich jetzt wieder zu konzentrieren.

"In der Pressekonferenz vom Dienstag wurde Ihnen ja schon einmal skizziert, wie der künftige Staatsaufbau aussieht. Sie können sich das im Endeffekt, wie eine Pyramide vorstellen. Ganz oben befindet sich also der 'Oberste Rat für die demokratische Erneuerung'. Dieser setzt sich im Moment noch aus insgesamt 11 Personen zusammen. Der 'Oberste Rat für die demokratische Erneuerung' stellt die Exekutive im Lande dar. Für die Übergangszeit, bis es ordentliche Wahlen auf allen Ebenen gegeben hat, wir dieser Gesetze erlassen und für die Ausführung derselben sorgen. In der Stufe darunter wird künftig der 'Große Rat für die demokratische Erneuerung' seine Tätigkeit aufnehmen. Das wird das künftige Parlament sein. Aber im Gegensatz zur bisher herrschenden Ordnung, wird dieses Parlament eben kein repräsentatives Organ im herkömmlichen Sinne sein, sondern sich direkt aus Mitgliedern aus der Mitte der Bevölkerung zusammensetzen. Diese Mitglieder werden von allen in Deutschland zu wählenden 'Kommunalräten für die demokratische Erneuerung' delegiert werden. Haben Sie das soweit verstanden?"

Er sah sich in der Meute der Presseleute um und stieß auf teilweise verstörte und fragende Blicke.

"Naja, ich werde weiter ausführen, dann wird Ihnen dieser neue Staatsaufbau sicher noch klarer werden. Wie gesagt, die 'Kommunalräte für die demokratische Erneuerung' delegieren in Rotation alle zwei Jahre Mitglieder in den 'Großen Rat für die demokratische Erneuerung'.

Zugleich haben die 'Kommunalräte für die demokratische Erneuerung' ein Petitions- und Eingaberecht in den 'Großen Rat für die demokratische Erneuerung'. Das heißt, alle Anliegen aus der kommunalen Ebene können dort behandelt werden, sobald sich mindestens ein Drittel der dort Delegierten dafür ausspricht, das jeweilige Thema zu behandeln. Am Ende kann dann ein Gesetzesvorschlag daraus entstehen, der dann wiederum zusammen mit dem

'Obersten Rat für die demokratische Erneuerung' in Kraft gesetzt werden kann, sobald beide Gremien zustimmen. So, haben Sie hierzu zunächst Fragen?"

Unangenehme Stille im Raum, nur vereinzeltes Gemurmel aus den hinteren Reihen.

"Gut, das scheint nicht der Fall zu sein. Kommen wir also zur Zeitplanung und zum Verfahren der Wahlen. Am 01.12. sollen die Kommunalräte für die demokratische Erneuerung' gewählt werden. Passives Wahlrecht haben alle deutschen Staatsbürger, EU-Bürger die vor Ort ihren Wohnsitz haben, sowie sonstige Ausländer, die seit mindestens fünf Jahren in einer Kommune gemeldet sind und mindestens 25 Jahre alt sind. Für das aktive Wahlrecht gilt im Übrigen dasselbe, außer dass hier die Altersgrenze bei 16 Jahren liegen wird. Weiterhin gehört zur Voraussetzung des passiven Wahlrechts, dass alle Kandidaten seit mindesten fünf Jahren keiner der bisherigen Parteien angehört haben bzw. für diese in irgendeiner Form tätig gewesen waren.

Zwei Wochen später, also am 15.12. müssen sich alle 'Kommunalräte für die demokratische Erneuerung' konstituiert haben und ihre Delegierten für den 'Großen Rat für die demokratische Erneuerung' aus seinen Reihen ernannt haben. Wie viele Delegierte in einer Kommune jeweils gewählt werden dürfen, hängt von der Bevölkerungsgröße der Kommune ab. Der jeweilige Verteilungsschlüssel wird den 'Kommunalräten für die demokratische Erneuerung' rechtzeitig vor der Konstituierung bekannt gegeben. Am 20.12. tritt dann zum ersten Mal der 'Große Rat für die demokratische Erneuerung' im Berliner Reichstag zusammen.

Aus seiner Mitte sollen dann insgesamt 10 Repräsentanten für den 'Großen Rat für die demokratische Erneuerung' gewählt werden, die automatisch an den Sitzungen des 'Obersten Rat für die demokratische Erneuerung' teilnehmen. Sobald sich alle Gremien also konstituiert haben, wird es so sein, dass die Zusammensetzung des neuen 'Obersten Rat für die demokratische Erneuerung' für das nächste Jahr ab dem Januar besprochen und beschlossen werden soll. Im März, spätestens, wird dann ein neuer 'Oberster Rat für die demokratische Erneuerung' vom 'Großen Rat für die demokratische Erneuerung' gewählt. Die 11 Mitglieder dürfen keinem der unteren Organe angehören. Für den 'Obersten Rat für die demokratische Erneuerung' darf sich, angelehnt an das vorhin genannte passive Wahlrecht, jede und jeder bewerben, der sich die Verantwortung zutraut, entsprechendes Fachwissen hat und mindestens 35 Jahre alt ist. Des Weiteren ist noch festzuhalten, dass die Gewaltenteilung, wie wir sie bisher gekannt haben, in der Form weiterbesteht, dass es eine unabhängige Judikative geben wird."

Wieder kam eine Stimme aus dem Hintergrund, "und was ist mit der Verabschiedung einer neuen Verfassung?"

"Ach so ja, sehen Sie. Vielen Dank, dass Sie mich drauf hingewiesen haben, aber der Punkt wäre jetzt am Schluss sowieso noch gekommen. Die neue Verfassung wird allen Wahlberechtigten dann spätestens im Mai nächsten Jahres zur Volksabstimmung vorgelegt."

Karl konnte gar nicht in Worte fassen, wie ihm es erging, noch wie sich die Kollegen im Saal fühlten. Aber Fakt war, dass eine Welle der Zufriedenheit, ja der Geborgenheit zu spüren war. Sollte das wirklich alles wahr sein? Wahr werden? Dass jetzt wirklich das Volk das Sagen haben sollte und nicht mehr die Parteien und sonstigen Interessengruppen?

Wie war es möglich, dass eine Gruppe Menschen etwas initiiert haben, denen man sicher das komplette Gegenteil unterstellt hätte. Der Montag war ja noch allen in Erinnerung. Damals fühlte sich das alles andere als geborgen an, was da geschah. Diese Leute waren der Widerspruch in sich. Oder war dieses martialische Auftreten Anfang der Woche einfach nötig, das alte Establishment zu beseitigen? Karl hatte diesen Gedanken noch nicht zu Ende gedacht, als er bemerkte, welche Sprengkraft hinter allem lag. Was ist aus all den Leuten, die bisher diesen Staat geführt haben, geschehen? Wurden nicht nur die bisherigen Politiker interniert oder unter Hausarrest gestellt, sondern auch alle möglichen Lobbyvertreter? Sollte er das jetzt vielleicht fragen?

"Herr Schmidt," ertönte eine Stimme hinter ihm, "können Sie uns vielleicht darüber aufklären, was mit den bisher Verantwortlichen passiert ist. Ich meine, es würde gut zur ‚Erneuerung' passen, wenn hierüber in der Bevölkerung Klarheit herrscht."

Mist, warum bekam er nicht schnell genug den Mund auf? Das war doch seine Frage?

Schmidt antwortete, "werter Kollege, darüber kann ich Ihnen im Moment keine Auskunft geben. Da müssen Sie sich bitte an die zuständigen Justizbehörden wenden. Heute geht es hier einzig und allein um die Neuorganisation unseres Staatswesens und nicht darum, was bisher war. Ich bitte hierfür um Verständnis."

Raschner! Ja, klar, Raschner war sein Name. Mein Gott, warum ist er nicht früher drauf gekommen? Das wäre doch jetzt die Gelegenheit, seinen so selbstsicheren Nachbarn aus der Fassung zu bringen. Sollte er es wagen? Würde er sich nicht sofort verdächtig machen, dass er noch mehr weiß, als nur den Namen seines Hausnachbarn? Aber was konnte er denn schon verlieren? Schließlich kann man nicht anders als Journalist. Man musste den Finger in die Wunde legen, dass mussten die doch verstehen und Baumann auch. Karl meldete sich.

"Ja Herr Lehman?" kam es ganz trocken von der Empore.

"Herr Raschner. Können Sie mir einen Grund nennen, warum sich alle Mitglieder und Mitarbeiter mit dem Namen Schmidt vorstellen, inklusive Ihnen? Das ergibt meines Erachtens keinen Sinn und entspricht doch auch nicht dem neuen Verständnis von Demokratie, den, denke ich, nicht nur ich gerade eben sehr wohlwollend aufgenommen habe."

"Sehr geehrter Kollege, ich kann verstehen, dass Sie als Journalist nur Ihren Job tun. Aber Sie können mir glauben, dass die namentliche Vorstellung des 'Obersten Rat für die demokratische Erneuerung' unmittelbar bevor steht."

Für Karl brach just im gleichen Moment sein ganzer Traum zusammen. Was soll denn nun aus seiner exklusiven Story werden? Das würde dann doch kein Schwein mehr interessieren. Er konnte es einfach nicht glauben. Für was hatte er sich die letzten Tage so reingehängt? Er konnte seine Story und sein neues Leben jetzt nur noch durch eine einzige Frage retten.

"Herr Rascher, erlauben Sie mir noch eine letzte Frage, auch wenn Sie mir die erste nicht beantwortet haben?"

"Bitte schön, wenn es unbedingt sein muss?"

"Wann soll das 'unmittelbar' denn sein?"

"Wir werden zusammen mit allen Mitgliedern des 'Obersten Rates für die demokratische Erneuerung' spätestens am 30.11. eine Pressekonferenz abhalten, die dann sicher zu Ihrer Zufriedenheit ausfallen wird."

Das Gemurmel im Saal wurde immer intensiver und lauter, bis sich Raschner noch einmal zu Wort meldete. Die Pressekonferenz sei jetzt zu Ende, wenn es keine weiteren Fragen gäbe. Das war nicht der Fall, zumindest keine Fragen mehr an ihn.

Die entscheidende Frage aber, um die es jetzt so ein intensives Geflüster und Geraune gab, war so präsent in diesem Raum, dass es den Anschein machte, dass sich bisher niemand diese Frage stellte. Der Kollege Lehman hatte recht, warum verdeckt die neue Regierung ihre wahre Identität? Karl bemerkte, wie sich die Blicke auf ihn richteten und die Kollegen zunächst tröpfchenweise, dann immer anschwellender wie eine Welle auf ihn zubewegten, so als hätte er die Antwort darauf. Er konnte sich fast nur noch mit Gewalt aus dem Pulk der drängenden und insistierenden Kollegen befreien. Schrecklich, wie Journalisten sein konnten. Das war Karl bisher noch nie so richtig bewusst geworden. Er verließ schnellen Schrittes die Bundespressekonferenz und schaute, dass er möglichst flott in die Redaktion kam. Während er nach einem Taxi Ausschau hielt, zog er sein Handy hervor.

Er war nun in Sorge, ob das mit Urs noch klappen würde. Das 'Go', dass er die Story jetzt bringen musste, hatte er ja gerade höchstpersönlich vom unwissenden Nachbarn bekommen.

In der Redaktion angekommen, schaute Karl zunächst im Konferenzzimmer vorbei, denn eigentlich war jetzt die Zeit der Mittagskonferenz. Er öffnete die Tür.

"Hallo allerseits, lohnt sich's noch?" fragte er.

Baumann antwortete mit einem freundlichen Lächeln im Gesicht, "ne, lassen Sie mal gut sein Lehman. Wir sind eh gleich durch. Schreiben Sie mal lieber über die PK. Wie ist es gelaufen?"

"Ja, gut. Sehr aufschlussreich. Müller, sind Sie wieder mit im Boot?"

"Nein, Müller macht sein eigenes Ding heute." verabschiedete Baumann Karl mit einer Handbewegung, dass er hin machen solle.

Karl wusste nicht, wo er anfangen sollte. Er musste den Artikel für Urs ja auch noch schreiben. Außerdem, was ist, wenn Urs sich nicht meldet, oder wenn er ihm wider Erwarten absagen müsse? Solche Situationen machten Karl wahnsinnig. Er hatte einfach keinen Schalter im Kopf, Wichtiges von Unwichtigem zu unterscheiden. Er entschied sich, erst mal mit seinem "eigentlich wichtigen" Artikel zu beginnen.

Um kurz vor 15 Uhr klingelte das Handy. Voller Erwartung sah er auf's Display.

Gott sei Dank!

"Ja, Karl hier. Was gibt's Neues Urs?"

"Also, hör zu. Die Sache ist geritzt. Ich brauche den Artikel bis spätestens halb fünf. Du bekommst morgen sogar die Titelseite. Die Verleger waren ehrlich gesagt ganz hin und weg, dass wir die Einzigen sein könnten, die das veröffentlichen."

"Ja geil! Du, ich wollte sowieso gerade damit anfangen."

"Dann ist ja gut. Ach ja, noch was. Du musst morgen nach Zürich kommen. Die Verleger bieten dir einen Vertrag an. Du könntest neuer Korrespondent mit besonderen Aufgaben werden. Das heißt, du könntest sogar in Berlin bleiben. Wenn sie dich lassen. Und noch was. Schau bitte, dass du am besten vom Ausland aus fliegst.

Nachdem, was du mir von König erzählt hast, könnte ich mir gut vortsellen, dass die dich in Berlin filzen. Am besten du fährst mit dem Auto rüber nach Warschau, ich denke, das ist sicherer."

"Meinst du? Ok, ich denke, du hast vielleicht sogar recht. Also, ich schick dir den Artikel dann. Hören wir uns heute nochmal?"

"Mal sehen. Wo bist du heute Abend?"

"Ich werde schauen, dass ich heute bis neun Uhr daheim bin."

"Ok, wenn was ist, melde ich mich dann nochmal. Wenn nicht, bis morgen. Sorry, wenn ich etwas kurz angebunden wirke, aber du kennst ja unseren Job. Bis morgen."

Karl fiel ein so kolossal großer Stein vom Herzen. Er wäre jetzt am liebsten in eine Kneipe gegangen und sich volllaufen lassen. Na egal, dachte er, er kann das heute Abend ja mit Sandra begießen. Also legte er los.

Mitten im Schreiben, als Karl mal wieder jegliches Zeitgefühl verloren hatte, rief Baumann bei ihm an.

"Lehman? Was ist los? Wo bleibt denn ihr Artikel? Es ist bereits kurz nach vier. Schlafen Sie?"

"Äh, nein Chef. Ich bin gerade noch drüber. Mir passt das alles noch nicht. Ich war kurz davor, den ganzen Schrott wegzuwerfen und neu anzufangen."

"Was soll das denn? Wie ich Sie kenne, ist der Artikel sicher ganz gut geworden, schicken Sie ihn mir doch mal rüber, dann kann ich meinen Senf dazu abgeben."

"Nein. Tut mir leid Chef, aber die erste Fassung ist wirklich so grottig, dass ich mich dafür schäme. Ich verspreche Ihnen, in ner Stunde haben Sie ihn auf dem Tisch, ok?"

"Naja, wie Sie meinen."

Karl hatte kalte Schweißausbrüche. Er roch sich unter die Achseln. Es war abscheulich. Er war jetzt kurz vorm Hyperventilieren. Er musste einen Weg finden, wie er beide Geschichten zeitlich unter einen Hut bringen konnte. Karl stand auf, holte sich eine Zigarette aus der Packung und stellte sich ans Fenster. Ja, das tat gut jetzt.

Wieder klingelte das Telefon. Das konnte doch nicht wahr sein. Kann man hier keine fünf Minuten seine Ruhe haben?

"Lehman, ich bin's Müller."

"Was gibt's denn, ich hab grade wirklich überhaupt keine Zeit."

"Sorry, ich wollte nicht stören. Ich wollte nur fragen, ob wir heute Abend vielleicht zusammen ein Bierchen trinken gehen."

"Oh. Danke der Nachfrage, aber heute ist wirklich ganz schlecht. Sandra hat heute ne Vorstellung. Und wenn ich da nicht auftauche, sehen Sie mich am Montag nen Kopf kürzer." Karl war immer wieder erstaunt über sich selbst, wie ungeniert er die Leute dann doch anlügen konnte.

"Ok, naja dann. Schade, vielleicht dann nächste Woche, oder?"

"Ja, sehr gerne. Bis dann."

Gott sei Dank. Das hätte ihm heute noch gefehlt. Als Karl seine Zigarette ausgeraucht hatte, setzte er sich wieder und machte weiter. Mit dem Artikel für Urs, den er übrigens sicherheitshalber auf seinem Tablet-PC schrieb - man weiß ja nie - wurde er sogar frühzeitig fertig und schickte ihn gleich los. Dann machte er sich an seinen anderen Artikel ran. Karl schwitzte und keuchte vor Hektik.

Ihm war dermaßen unwohl, dass er nicht wusste, ob er die nächsten Stunden heil überstehen würde.

Es war kurz vor fünf, also schon fast ne halbe Stunde über der Zeit, als Karl den Leitartikel an Baumann absandte. Wieder klingelte das Telefon.

"Lehman, was ist denn mit Ihnen los, sagen Sie mal. Ich sagte um halb fünf."

"Echt, haben Sie ne Uhrzeit gesagt? Ist ja auch egal, Sie haben ihn ja jetzt. Soll ich gleich mal rüber kommen?"

"Geben Sie mir ne viertel Stunde, dann können Sie kommen." schloss Baumann etwas missmutig das Gespräch.

Karl ließ sich in seinen Bürostuhl fallen. Er war fix und fertig. Was sollte er jetzt die viertel Stunde machen? Vielleicht nochmal Urs anrufen, ob alles geklappt hat? Nein, keine gute Idee. Er entschied sich, ihm eine SMS zu schicken. Zwei Minuten später kam die Antwort,

-- artikel ist da. Sieht gut aus. Denke, kein redigieren nötig. Rufe später nochmal an, gegen 21:30. grüezi. –

Na also, lief doch wie am Schnürchen. Dann entschied sich Karl, noch schnell eine Zigarette am Balkon zu rauchen und dann zum Chef zu gehen.

"Herein!" kommandierte Baumann.

"Und?"

"Was und?"

"Naja. Passt der Artikel?"

"Ach so. Ja klar passt der. Ich weiß gar nicht, was Sie haben, Lehman?"

"Naja, ich sagte doch. Die erste Version hätten Sie in der Luft zerrissen."

"Das einzige, was Sie definitiv vergessen können, ist der Klarnamen vom Regierungssprecher. Ich dachte, die Botschaft ist in den letzten Tagen doch klar rübergekommen!"

"Naja Chef, ein Versuch war es wert. Ich meine, die ganze BPK kannte seit dem Zeitpunkt seinen wahren Namen."

"Scheißegal, Lehman. Übrigens, woher kannten Sie ihn überhaupt?"

"Ist mein Nachbar. Ohne Witz, er wohnt zwei Stockwerke unter mir."

"Was, das ist jetzt aber nicht Ihr Ernst, oder?"

"Doch Chef. Ich erzähl' Ihnen mal ne Geschichte vom Montag."

Baumann lauschte interessiert zu und musste lachen. "Na dann sei Ihnen verziehen. Das eine mal. Wahrscheinlich hätte ich ähnlich gehandelt. So, Lehman. Wie schaut's aus. Das wollte ich Sie eh schon länger mal fragen. Aber Sie wissen ja, was die letzten Tage los war. Ich würde Sie gerne auf einen Drink einladen, wenn wir hier fertig sind, wie schaut's aus?"

"Oh, das ist sehr lieb gemeint, Chef. Aber gerade heute ist es ganz schlecht. Sandra hat heute ne Vorstellung. Und wenn ich da nicht auftauche, sehen Sie mich am Montag nen Kopf kürzer..." wiederholte er den heute schon einmal gesagten Satz wie ein Papagei, "und das wollen Se doch nicht, oder?"

"Klar. Kann ich verstehen, dann aber nächste Woche, nicht war?"

"Ja, auf jeden Fall, Chef."

Als er das Büro verließ, bemerkte Karl wieder das aufkommende schlechte Gewissen. Er war Baumann einfach zu so viel Dank verpflichtet und jetzt hinterging er ihn schamlos. Das machte ihn echt fertig. Aber was sollte er tun? Schließlich ging er ja nicht über Leichen, also zumindest nicht sprichwörtlich. Als sich der Tag in der Redaktion dem Ende zuneigte, ging Karl nach Hause und freute sich einfach nur auf Sandra. Zumindest mit ihr könnte er den Coup, den er da gelandet hatte jetzt feierlich begießen.

Karl schloss auf. Es war still und dunkel in der Wohnung. "Sandra? Sandra, bist du da?" Nichts. Keinerlei Reaktion. Er schaltete das Licht an und sah einen Zettel auf der Anrichte liegen.

-- hallo schatz. tut mir leid, ich hab heute nachmittag nen job für heute abend bekommen. hab dich nicht mehr erreicht. ich kann in einer choreographie mittanzen, die ich schon in und auswendig kenne. bin gegen 24 uhr bestimmt wieder da. bis später. KUSS. –

Na toll. Einmal, wenn es wirklich was zu Feiern gibt. Er machte es sich auf der Terrasse gemütlich. Zog sich ein Bier aus dem Kühlschrank, steckte sich ne Zigarette an und schaute in den langsam sich rot färbenden Berliner Himmel. Er war sehr zufrieden mit sich, hatte aber trotzdem dieses diffuse Gefühl von Angst.

Angst, was der nächste Tag, die nächsten Wochen, die nächsten Monate bringen würden. Er war jetzt genau an einem Scheideweg. Links die Karriereleiter nach ganz oben, rechts der tiefe Abgrund. Karl steigerte sich förmlich körperlich in dieses Gefühl hinein, so dass er sich ernsthaft nicht in der Lage sah, sich von der Balkonliege wegzubewegen.

Nach, konservativ gerechnet, fünf Bieren und einer halben Schachtel, fielen Karl die Augen zu. Er schleppte sich mit allerletzter Kraft ins Bett und war innerhalb weniger Minuten weg. Sein letzter Gedanke, mit dem er einschlief war die Frage, warum Urs sich nicht mehr gemeldet hatte.

Samstag, 25. September

Karl erwachte mit einem ziemlich kapitalen Kater. Sandra lag noch neben ihm im Bett und schnarchte. Naja, dachte er sich, das mit 24 Uhr war wohl auch nichts. Sandra schnarchte nur, wenn sie getrunken hatte. Und so, wie sich das anhörte, war das gestern Nacht nicht wenig. Er versuchte möglichst lautlos aufzustehen, ging in die Küche und machte sich Kaffee.

Seine zweite Amtshandlung des Tages war, sein Tablet-PC einzuschalten und die heutige Ausgabe der NZZ zu laden. Karl kribbelte es überall. Hatte es vielleicht doch nicht geklappt, weil Urs sich nicht mehr meldete?

Als die Ausgabe heruntergeladen war, traf ihn fast der Schlag. Da war sie! SEINE Story. In der NZZ. Auf der Titelseite! Er griff sofort zum Handy und versuchte, Urs zu erreichen.

"Ja? Kunstmann hier?"

Karl hatte ihn sicher aufgeweckt, sonst hätte Urs ja gesehen, wer anrief.

"Guten Morgen du Schweizer Faultier."

"Ach, du bist's. Du Karl, sorry, dass ich nicht mehr angerufen habe gestern. Bei uns war die Hölle los. Ich hatte noch ne Abendveranstaltung mit Investoren, da ging es sehr feucht fröhlich zu. Ich hab's dann einfach vergessen."

"Na, ist ja schön, dass sich gestern scheint's alle alleine die Kante gegeben haben."

"Wieso? Hast du deinen Triumph nicht mit deiner Freundin gefeiert?"

"Nein, die hatte nen Auftritt."

"Tja, so ist das Leben, Herr Lehman. Du, sag schnell, wann dein Flieger geht. Ich muss jetzt erst mal wach werden."

"Ich komme um 16.05 Uhr in Zürich an."

"Alles klar, ich hole dich ab. Bis später."

Sowas. So kannte er Urs gar nicht. Er war eigentlich immer der Vernünftige. Karl schenkte sich eine zweite Tasse ein und las jetzt noch mal seinen eigenen Artikel. Was war das für ein geniales Gefühl. Einerseits. Andererseits musste er sich auf jeden Fall auf nen Einlauf von Baumann gefasst machen. Plötzlich klingelte wieder das Handy. Karl sah auf dem Display, dass es mal wieder König war.

"Leck mich König." er drückte ihn weg. Eine Minute später kam eine SMS.

-- lehman, wenn sie meinen, dass sie mich verarschen können. ich behalte sie im auge, darauf können sie sich verlassen. k. –

Karl schrieb zurück. -- ich mache nur meinen job anständig, im gegensatz zu ihnen. f... you! lehman –

Karl musste beim Absenden so laut lachen, dass Sandra dadurch aufwachte.

"Was ist denn mit dir los? Guten Morgen Schatz."

"Auch guten Morgen. Na, war wohl ein paar Minuten nach 24 Uhr, oder?"

"Bist du sauer? Naja, du weißt doch, wie die Künstler sind...aber jetzt sag mal, was ist denn jetzt mit deinem Artikel, hat das geklappt?"

Karl schob ihr das Tablet-PC hin und zeigte mit seinem Finger auf die Seite.

"Wow, das ist ja echt der Hammer! Glückwunsch."

Sandra umarmte ihn so heftig, dass ihm fast die Luft wegblieb.

Er erzählte ihr in allen Einzelheiten, was gestern alles passiert ist und merkte nur noch mal kurz am Ende etwas beleidigt an, dass er das halt gerne mit ihr begossen hätte.

"Kein Problem, Schatz. Schau mal in den Kühlschrank."

Karl entdeckte eine Flasche Schampus. Er bewunderte Sandra in diesem Moment. Sie machte immer alles zur rechten Zeit, sie dachte einfach mit.

Sie stießen beide an und wollten den restlichen Tag besprechen, als wieder eine SMS ankam. Nicht schon wieder König, bitte!

-- herzliche grüße aus übersee. b hier ;-). chapeau, lehman. hätte ich ihnen gar nicht zugetraut. jetzt bin ich mal gespannt, wie in berlin der bär steppt. alles gute. cu...irgendwann. –

Benhardt! Karl freute sich wirklich aus tiefstem Herzen. Schließlich hatte er das alles ihm zu verdanken. Er musste sich Benhardt irgendwann einmal erkenntlich dafür zeigen, wenn er ihn noch mal sehen würde.

Er schrieb zurück. -- 1000 dank für alles. hoffe sehr auf cu. ich muss ihnen das auf jeden fall noch vergelten. machen sie's gut so lange. lehman --

"Wann müssen wir los, Schatz?"

"Ich muss um halb eins in Warschau sein. Das heißt, wir müssen in ner Stunde eigentlich los."

"Oh Scheiße, das schaffe ich ja nie."

Sandra ging sofort in die Dusche und Karl wandte sich wieder seinem Artikel zu. Komisch, dachte er sich, dass noch niemand sonst angerufen hatte. Schlief Baumann noch?

In diesem Moment klingelte es an der Haustür. Karl schaute auf das Kameradisplay. Wenn man vom Teufel spricht. Sollte er so tun, als wäre niemand da? Nein, das konnte er Baumann jetzt nicht antun. Er müsse jetzt Manns genug sein, diese Standpauke durchzustehen. Er wartete auf seinen Richter und Henker.

"Sie gottverdammtes Arschloch, Lehman!" schrie Baumann, noch nicht, dass er die Wohnung richtig betrat.

Karl wurde sofort mulmig. Er schloss die Tür hinter sich und sah seinem Chef direkt in die Augen.

Sie waren Blut unterlaufen. Aber nicht nur das, das Gesicht von Baumann wies rote Flecken auf und seine Halsschlagader pulsierte heftig.

"Tut mir ehrlich Leid Chef. Aber was hätten Sie denn an meiner Stelle gemacht."

"Ach! Das mit dem Chef können Sie sich ab sofort eh sparen. Wie können Sie mich so hintergehen? Sie wissen schon noch, wem Sie Ihre Stellung zu verdanken haben, oder? Mann Lehman, ich würde Ihnen jetzt ernsthaft gerne die Fresse polieren!"

Sandra kam aus dem Badezimmer und sah beide mit verstocktem Blick an.

"Guten Morgen. Feinen Freund haben Sie da! Ich bin wirklich dermaßen enttäuscht, ich kann Ihnen das gar nicht sagen."

"Herr Baumann," warf nun Sandra ein, "Sie dürfen Karl wirklich nicht böse sein. Sie sind doch auch Journalist, oder? Karl hat das einfach nicht mehr ausgehalten, dass ihm die Hände gebunden sind. Was ist denn das für ein Arbeiten, wenn man als Journalist nicht die Wahrheit schreiben darf?" wandte sie sich direkt an ihn.

"Naja, jetzt haben wir ja eine..." bemerkte Karl süffisant.

"Sehr witzig Lehman. Habt ihr nen Kaffee?" fragte Baumann, jetzt durchaus wieder wohlwollend. Hatte es Sandra tatsächlich geschafft, Baumann mit diesen wenigen, aber äußerst klug gewählten Worten zu besänftigen?

Karl goss ihm ein. Er wartete auf die Fortsetzung der Standpauke. Aber nichts geschah.

"Was glotzen Sie so blöd?" fragte ihn Baumann.

"Naja, ich dachte, Sie wollten noch was sagen, Chef...äh, nicht-mehr-Chef?"

"Ja. Ich würde Ihnen gerne noch länger die Leviten lesen. Aber Ihre Freundin hat im Grunde ja Recht. Was meinen Sie, wie beschissen ich mich gefühlt habe die letzten Tage. Meinen Sie nicht, mir hätte es nicht auch in den Fingern gejuckt? Glauben Sie, mir hat mein Job in den letzten Tagen Spaß gemacht? Immer schön die Schnauze halten. Bloß nichts riskieren. Aber Sie können sich ja vorstellen, dass das nicht nur damit zu tun hatte, dass ich meinen Job verlieren könnte. Und das in meinem Alter."

"Versteh ich jetzt nicht, Che..."

"DAS verstehen Sie jetzt nicht, aha. Ich nehme an, dass Sie sehr genau wissen, wer mit wem auf diesem gewissen Mitschnitt spricht, oder?"

"Ach so, ja. Sonst gäbe es diese Story ja nicht."

"Da haben Sie den Grund. Ach ja, nebenbei, danke, dass Sie mich und meine Verwandte dabei rausgehalten haben. Lehman. Ich wäre schlicht und einfach erpressbar geworden."

"Von wem?"

"Dreimal dürfen Sie raten."

"Benhardt?"

"Ach was, Benhardt! König, dieses Riesenarschloch. Dieser miese Speichellecker und ölige Karrierist. Ich hab's von Benhardt eben am Dienstag erfahren, dass dieser Penner den Mitschnitt in Kopie hatte. Keine Ahnung, woher. Benhardt konnte sich auch keinen Reim draus machen."

"Oh Mann. Das tut mir jetzt noch mehr leid, Chef."

"Ach, lassen Sie's gut sein Lehman. Meinetwegen nennen Sie mich weiterhin Chef. Aber dass ich's im realen Leben nicht mehr sein werde, ist Ihnen schon auch klar, oder?"

"Ja Chef. Aber keine Sorge, ich bin versorgt."

"Mir schon klar. So, jetzt hab ich mich ausgekotzt. Ich muss wieder."

Karl begleitete Baumann zur Tür. Als er sich umdrehte, sagte er nur noch, "Lehman. Tut mir auch leid, dass ich Sie gerade so angebrüllt habe. Eigentlich bin ich Ihnen nicht wegen dem Artikel böse. Sie sind wirklich ein guter Mann. Und jetzt können Sie nicht mehr für mich arbeiten. Das ist der eigentliche Grund, warum ich Ihnen eine scheuern könnte."

Karl ging auf Baumann zu. Er nahm ihn in den Arm. Das verstörte Baumann ziemlich, doch schließlich ließ er es zu.

"Wir bleiben in Kontakt, Chef, ok?"

"Na klar. Bis bald mal. Ihre Papiere schicke ich Ihnen zu."

Mit allergrößter Eile erreichten Sandra und Karl den Flughafen in Warschau. An der Grenze gab es keine Probleme. Er verabschiedete sich von Sandra und dankte ihr, dass sie das heute Mittag so genial gemanagt hatte. Er checkte ein, ging durch die Passkontrolle und wartete dann im Vorraum. In ca. 20 Minuten ging der Flieger. Er setzte sich und atmete tief durch. Jetzt wäre eine Zigarette nicht schlecht, dachte er. Aber keine Chance mehr. Selbst hier in Polen war das Rauchen auf dem Flughafen nicht erlaubt. Er sah sich im Vorraum um und entdeckte einen Fernseher. Er erkannte bestimmte Personen. Er ging näher hin und erkannte, dass es ein Nachrichtensender war. Ein polnischer zwar, aber es liefen englische Untertitel mit. Es war tatsächlich die kurzfristig eingesetzte Sonder-Pressekonferenz des 'Obersten Rates für die demokratische Erneuerung'. Karl konnte im englischen Text mitverfolgen, was die Herren und eine Dame von sich gaben.

Es wurde bedauert, dass es der Regierung nun leider aus der Hand genommen wurde, die Mitglieder des 'Obersten Rat für die demokratische Erneuerung' selbst bekannt zu geben. Jedoch wäre das halb so schlimm, man hätte das im Laufe der kommenden Woche sowieso nachgeholt. - wer's glaubt... dachte sich Karl.

Der Grund, warum man sich mit den Namen zunächst zurückgehalten habe, wäre die Sorge gewesen, dass sich die deutsche Bevölkerung sonst zu viele Gedanken gemacht hätte.

Schließlich seien alle Mitglieder der neuen Regierung seit langem in der Öffentlichkeit bekannt und hätten das bisherige System ja aktiv unterstützt. Man sei sich sicher gewesen, dass ihnen Anfangs niemand geglaubt hätte, dass man es mit der Einführung einer echten Demokratie ernst gemeint hätte. Man wollte zunächst Ruhe im Lande bewahren und dann schrittweise an die Öffentlichkeit gehen, was ja mit der gestrigen Pressekonferenz einer der Schritte gewesen sei, um der Bevölkerung möglichst schnell und transparent gegenüber zu treten. Im Übrigen sei die neue Regierung der Meinung, dass es mehr um Inhalte und weniger um Personen ginge. Die positiven Reaktionen in den Medien und vor allem in der Bevölkerung bestätigen ihnen das. Man sei jetzt also in der glücklichen Lage, alle noch offenen Fragen geklärt zu haben und man jetzt in die Endphase eintreten könne, um die *Diktatur der direkten Demokratie* mit Leben zu erfüllen. Man freue sich auf die nächsten Wochen und Monate und sei sich sicher, dass nun neue und bessere Zeiten für die deutsche Demokratie anbrechen....und so weiter und so weiter.

Karl dachte sich jetzt nur, während der Flug aufgerufen wurde, dass leider schon sehr viele Leute im Laufe der Geschichte geglaubt hatten, dass gerade ihre politische Idee die einzig wahre und gute und heilbringende sei. Die Geschichte lehrte jedoch bis heute das Gegenteil. Aber, wer weiß, vielleicht hatte man diesmal ja sogar Recht?

Dies galt es jetzt, "nur noch" zu beweisen!

ENDE

Zeitfracht Medien GmbH
Ferdinand-Jühlke-Straße 7
99095 Erfurt, Deutschland
produktsicherheit@kolibri360.de